KB045812

살
수

살수

2

적이 없는 전쟁

김진명 장편소설

RHK
알에이치코리아

영양왕

"자, 가자!"

왕은 힘차게 채찍을 휘둘렀다. 백마는 순식간에 먼지를 일으키며 질풍같이 내달았다.

"대왕님, 저희가 앞장서겠습니다."

젊은 호위병들이 이내 왕의 앞으로 말을 몰았다.

"하하, 그럼 어디 한번 겨루어볼까?"

채찍을 잡은 왕의 손에 잔뜩 힘이 들어갔다. 채찍은 푸른 하늘로 올라가는가 싶더니 눈으로는 볼 수 없는 빠른 속도로 말의 등을 내리쳤다.

히히히힝—.

우렁찬 울음소리와 함께 왕을 태운 백마는 미친 듯이 내달았다.

"오오!"

호위병들은 놀라움에 가득 찬 탄성을 뱉어내며 필사적으로 왕의 뒤를 따라 내달았다.

　"자칫하면 놓치겠는걸!"

　아지랑이가 피어오르는 들판에서 한 떼의 마필이 먼지를 뽀얗게 날리며 달리는 모습은 경쾌하기 이를 데 없었다. 평소 보지 못하던 장쾌한 군마들의 질주에 날짐승들은 놀라 몸을 숨기고, 가축들은 우왕좌왕 정신을 못 차렸다. 불과 100여 명의 호위를 거느리고 중원을 공격하러 가는 고구려 왕 일행의 사기는 오히려 하늘을 찌를 듯했다.

　"하하하! 너희의 기마술이 고작 그 정도더냐!"

　왕은 호쾌한 웃음을 터뜨리며 말을 멈췄다.

　"저희가 어찌 대왕을 따라잡겠습니까?"

　"하하하하!"

　다음 날 아침이 밝았을 때 쏜살같이 말을 달려 오는 무리가 있었다.

　"멈춰라!"

　호위병들이 창을 겨누며 말을 멈추게 하자 무리는 고삐를 꽉 잡아당겼다.

　"을지문덕 공은 어디 계신가?"

　"누구시오?"

"내 이름은 아야진! 말갈의 전사다. 을지 공에게 전하라. 말 갈의 전사 아야진이 일곱 명의 대표와 함께 고구려 대왕께 인사를 여쭈러 왔다고 말이다."

호위병이 채 걸음을 옮기기도 전에 문덕의 목소리가 들려 왔다.

"아야진! 오래 기다리지 않았나?"

"친구! 얼마 만인가?"

두 사람은 뜨겁게 상대를 끌어안았다.

"이제야 드디어 그날의 치욕을 갚을 날이 왔네."

아야진이 문덕의 귀에 입술을 바짝 대고는 감회 어린 목소 리를 내보냈다.

"하지만 가라앉히게. 의욕이 너무 지나치면 실수가 오는 법 이니까."

"알겠네. 나는 자네의 말만 듣겠네. 섶을 지고 불 속에 들어 가라 해도 기꺼이 들어가겠네. 자네가 없었으면 이런 날이 오 지도 않았을 테니. 아니, 나는 이미 그날 죽은 목숨이었지."

"과거는 잊어버리게. 차가운 머리로 이번 싸움을 어떻게 이 길 것인가만 생각하게."

"알겠네. 먼저 대왕께 인사를 올려야겠네. 일곱 명의 대표 가 모두 대왕을 뵈러 왔네."

"같이 가세."

아야진이 데리고 온 일곱 명의 대표는 다소 상기된 표정으로 문덕을 따라 왕의 막사로 걸음을 옮겼다.

"전하, 말갈의 족장 아야진입니다."

문덕이 아야진을 소개하자 왕의 얼굴에는 흡족한 미소가 피어올랐다.

"오, 아야진. 을지 공에게 얘기를 들었소. 이번에 고구려를 위해 1만 병력을 거느리고 와준 것을 고구려는 결코 잊지 않을 것이오."

"전하, 이토록 우리 말갈을 중히 여겨주시니 감격의 눈물이 나려 합니다. 여기 우리의 대표들을 소개해 올리겠나이다."

말갈의 젊은 대표들은 아야진의 소개에 한 사람씩 고개를 깊이 숙였고 이를 대하는 왕은 흡족해했다.

"전하, 이제 우리의 전사들이 진을 치고 있는 곳으로 자리를 옮기어 그들을 격려해주시기 바랍니다. 전하와 을지 공을 보면 그들의 사기는 하늘을 찌를 것이옵니다."

"호오, 그들이 을지 공을 아오?"

"우리 말갈의 전사들에게 을지 공은 바로 하늘이옵니다. 위기에 처한 말갈을 지켜준 적이 한두 번이 아니옵니다."

아야진을 비롯한 말갈의 대표들을 앞세운 왕은 말갈의 기병들이 진을 치고 있는 언덕으로 이동했다.

"와아!"

"와아아!"

"우와아아아아!"

고구려의 왕이 직접 자신들을 지휘하기 위해 왔다는 사실에 말갈의 기병들은 끝없이 환호성을 질러댔다. 더군다나 영웅 중의 영웅 을지문덕까지 함께하였으니.

"말갈의 용사들은 들으라!"

아야진의 우렁찬 소리에 용사들은 숙연해졌다. 이번 전쟁의 의미를 누구보다 잘 아는 그들이었다.

"비명에 가신 족장님의 원수를 갚을 날이 드디어 왔도다!"

"와아아!"

"우리는 이날을 기다리며 살을 저미고 뼈를 깎는 고통을 감내해왔다!"

"와아아아!"

"하지만 우리의 힘이 저들에 미치지 못하는 것은 누구보다 여러분이 잘 아는 터!"

"우우우!"

"하여 이제 우리에게는 하나의 선택밖에 없다!"

"우우!"

"고구려와 운명을 같이하느냐! 아니면 수의 말발굽 아래 다시 유린당해 부족의 종말을 맞느냐!"

"우우우!"

"말하라! 말갈의 용사들이여! 고구려와 운명을 같이할 것이냐? 아니면 다시 한 번 저 양광이란 미치광이 앞에서 피를 뿌리며 부족의 운명을 마칠 것이냐?"

"고구려! 고구려! 고구려!"

아야진이 영양왕 앞으로 돌아섰다.

"전하, 보십시오. 말갈의 용사들이 고구려를 외치고 있나이다!"

"오오! 아야진 족장, 고맙소."

"전하의 한 말씀이 말갈의 용사들에게는 큰 힘이 될 것입니다."

"알겠소!"

왕은 한 걸음 앞으로 나섰다. 고구려 왕을 눈앞에 둔 말갈의 젊은이들은 열광했다. 늘 동경해 마지않던 강대국 고구려의 왕이 직접 온 데다가 이제 바야흐로 말갈을 위해 사자후를 터뜨리려 하는 것이 아닌가. 누가 시작했는지도 모를 함성이 언덕 위에 끝없이 울려 퍼졌다.

"와아아아! 고구려! 고구려! 고구려!"

"말갈의 용사들은 들으시오!"

"와아아!"

"중원의 수가 천하를 통일했지만 그것은 다만 중원의 일일 뿐이오!"

"와아아!"

"왼쪽으로는 요동, 오른쪽으로는 시퍼런 바다, 북쪽으로는 송화강을 넘어 하늘호수에 이르기까지 우리 고구려와 말갈은 우정을 나누며 평화롭게 살고 있었소!"

"와아아!"

"그러나 이제 수(隋)가 우리 고구려와 말갈을 개돼지 보듯 마구 업신여기고 있소!"

"와아아아!"

"며칠 전 수의 사신 소적기라는 자는 우리 고구려에 처녀 300을 내놓으라 했소!"

"우우!"

"나는 평양을 떠나오면서 그의 목을 치고 왔소!"

"와아아아아아아!"

고구려의 왕이 평양을 떠나오면서 수나라 사신의 목을 치고 왔다는 말에 말갈의 용사들은 더욱 환호했다. 소적기는 말갈에서도 처녀 200을 잡아간 장본인이었다.

"와아! 고구려! 고구려!"

비록 자신들은 소적기의 협박에 넘어가, 꼼짝 못 하고 울며 불며 매달리는 처녀들을 보내지 않을 수 없었지만 가슴은 비통하기 짝이 없던 터였다.

"이제 우리는 오만하기 짝이 없는 저 양견에게 세상은 넓고

넓다는 걸 가르쳐야만 하오! 비록 그가 중원을 통일하였다곤 하나 중원이 천하의 전부가 아님을 뼈저리게 깨닫도록 해야만 하오! 그리하여 그로 하여금 말갈과 고구려의 금성철벽 같은 우정이 있는 한, 다시는 우리를 넘보아선 안 된다는 피의 철칙을 가르칩시다!"

"우와아아아아!"

왕은 불과 몇 마디의 말로 말갈 병사들이 가려워하는 곳을 시원하게 긁어주었다. 주변국들을 숨가쁘게 압박해오고 있는 수의 횡포 아래 족장을 잃고 처녀를 바쳐야 하는 수모를 겨우 견디어오고 있던 말갈인들이 뼈저리게 느꼈던 것은 바로 외로움이었던 것이다.

"이제 우리에게는 고구려가 있다!"

누군가가 기쁨에 찬 목소리를 힘차게 입 밖으로 밀어냈다.

"와아! 고구려!"

또다시 말갈 병사들의 환호가 시작되었다.

"말갈의 용사 여러분! 이제 이 자리에서 본 왕은 천하에 선포하나니, 앞으로 말갈인들은 언제든 우리 고구려의 백성이 될 자격이 있소! 여러분은 언제든 원하는 순간에 우리 고구려의 백성이 되어 기존의 고구려인과 똑같은 자격으로 살아갈 수 있단 말이오. 고구려는 이 순간 이후부터 모든 말갈인들에게 백성의 지위를 허용함을 천지신명에게 약속드리는 바요."

순간 말갈인들은 멈칫했다. 전혀 예상치 못한 발언이었다.

"무슨 말씀이지?"

잠시 쑥덕이던 병사들은 한참이 지나서야 그 의미를 알아들을 수 있었다. 고구려. 이 세상에 수와 대적할 수 있는 유일한 나라. 언제나 용맹스럽고 우정을 나누어온 고구려. 그 고구려가 이제 말갈인에게 문호를 완전히 개방한 것이었다.

"우리가 고구려인이 될 수 있다는 얘기야?"

"그래. 바로 그 말씀이지."

"오오, 이런!"

병사들의 수군거림이 차츰 환호로 이어지기 시작했다.

"아아, 내 나라 고구려!"

누군가의 입에서 자신도 모르게 흘러나온 탄성이 모두의 정서를 크게 자극했다.

"와아! 고구려! 말갈! 고구려! 말갈은 고구려다!"

"고구려는 말갈이다!"

"이제 말갈인은 고구려인이다!"

"아니, 고구려인이 말갈인이다!"

결국은 같은 내용의 환호가 병사들 사이에서 한동안 터져나왔다. 자신도 감격한 채 이들을 지켜보던 아야진이 앞으로 나섰다.

"말갈의 용사 여러분! 이제 우리도 우리의 사랑하는 가족들을 저 무자비한 수의 만행으로부터 지켜낼 수 있게 됐다!
이제 더 이상 우리의 재산을 빼앗기지도, 울부짖는 우리의
처녀들을 수나라로 보내지도 않게 되었다. 나 족장 아야진은
지금 이 순간 이후부터 고구려의 백성임을 선포한다!"

족장 아야진이 자신의 입장을 분명히 밝히자 말갈의 병사
들은 다시 한 번 환호했다. 꿈에도 그리던 고구려 백성이 되
었다는 사실은 말갈 병사들의 사기를 하늘까지 채우고도 남
음이 있었다.

"오오!"

호위대장은 말갈 병사들의 이런 모습을 보면서 애초의 걱
정이 완전히 씻겨나가는 것을 느꼈다. 전쟁을 수행하는 데
있어 가장 중요한 것은 누가 뭐래도 병사들의 사기였다. 사
기가 떨어진 병사들은 많으면 많을수록 오히려 해가 되는 법
이라는 병서의 한 구절을 떠올리며 호위대장은 고개를 끄덕
였다.

"이번 전쟁에서 여러분은 고구려의 전수대장군 을지문덕의
지휘를 받는다. 천하의 기인 을지문덕 장군을 여러분에게 소
개하겠다."

"와아아아아!"

한 걸음 앞으로 나선 을지문덕은 병사들의 환호가 끝나기
를 기다렸지만 병사들은 고함을 지르고 또 질러댔다. 을지문

덕이 누구인가. 미치광이 양광으로부터 백산말갈을 지켜준 은인이 아니던가.

"여러분, 나는 오늘뿐만이 아니라 오래전부터 늘 여러분을 같은 핏줄이라고 생각해왔소."

"와아아아아!"

"어떤 이들은 고구려가 예맥족이고 말갈은 숙신족이라 하지만 그런 구분이 뭐 그리 큰 의미가 있겠소? 신라 백제가 있는 반도 끝에서부터 하늘호수에 이르기까지 광활한 영토 모두가 조선의 것이었고, 우리는 모두 조선의 후예가 아니오? 그러니 우리의 근본은 모두 한가지라 할 수 있소. 옛적에 하나였던 것이 지금 다시 하나가 된 것이오!"

"와아아아아!"

"지금 우리에게 당면한 것은 수와의 전쟁이오. 아니, 지금 이 순간의 전투요."

병사들은 숙연한 표정이 되었다.

"우리는 1만, 저쪽은 5만!"

현실적인 숫자 앞에서 병사들은 잔뜩 긴장했다.

"더군다나 저쪽은 튼튼한 성채 안에 들어앉아 있고, 우리는 이 벌거벗은 언덕 위에 천막을 치고 있소."

병사들의 얼굴에 한층 더 심각한 표정이 아로새겨졌다. 무엇 하나 수(隋)에 비해 유리한 것이 전혀 없었던 것이다.

"그러나 우리에게는 을지문덕 장군이 있습니다!"

병사들 사이에서 누군가가 힘찬 목소리로 외쳤다.

"맞소!"

누군가가 맞장구를 치자 병사들은 일제히 환호했다.

"우리는 을지문덕 장군을 믿소! 죽으라면 죽을 것이고 살라면 살 것이오! 그가 아니었으면 이미 우리 백산말갈은 멸족했을 거요!"

"와아아아아! 을지문덕! 을지문덕!"

문덕은 병사들의 환호가 잦아들기를 기다려 다짐을 두었다.

"좋소! 여러분들이 나를 믿어준다면 나는 최선을 다해 이 전투를 승리로 이끌겠소. 나에게는 적을 쳐부술 충분한 계략이 있소!"

"와아아아아아!"

을지문덕의 자신감 넘치는 목소리에 병사들은 미친 듯 환호했다. 그들에게 을지문덕이란 이름은 가히 기적의 대명사였다.

그 모습을 보던 호위대장이 옆에 있는 아야진에게 혼잣말처럼 한마디 던졌다.

"그에게는 도대체 무슨 계략이 있을까요?"

을지문덕은 말갈 병사들을 지휘해 신속하게 진용을 갖추었다. 수의 요동 주둔군과 정면으로 마주 보는 언덕 위에 흙과 돌로 크게 담을 쌓고 천막을 드문드문 세웠다.

"음, 이건 뜻밖인데."

호위대장은 문덕의 의중을 이해하기 어려웠다. 그것은 아야진 역시 마찬가지였다.

"이건 병법에 어긋나는 게 아닌가요?"

"글쎄……."

"이번 출정은 요동을 장악하기 위함이 아니라 양견의 분노를 촉발시키기 위한 것이 아닌가요?"

"그렇지."

"그렇다면 우리는 가볍게 기습하고 신속히 군사를 되돌려 돌아오는 것이 마땅한데, 대장군은 왜 병력을 반으로 쪼개 계속 성벽을 쌓고 있는 걸까요?"

"나도 그 점이 이해되지 않네. 저들이 대거 공격해 오면 우린 몰살을 당할 것인데!"

두 사람은 급기야 막사에 있는 문덕을 찾아갔다.

"그래. 병법에 어긋나지."

두 사람의 말을 듣고 문덕은 잠자코 고개를 끄덕였다.

"설명을 해주게. 천하의 기인인 자네가 이렇게 나올 때에는 반드시 무슨 이유가 있지 않겠나?"

"글쎄……."

하지만 문덕은 별다른 설명을 하려 들지 않았다. 그 바람에 두 사람은 궁금하기 짝이 없었지만 그냥 물러나오는 수밖에 도리가 없었다. 문덕은 눈만 뜨면 병사들을 몰아쳐 성벽을 쌓아나갔다.

"허 참, 도무지 이해할 수가 없어. 이건 마치 공격군이 수비군 같아. 하루 종일 담만 쌓고 또 쌓고 있으니."

아야진뿐만이 아니었다. 전의를 단단히 다져가며 출정했건만, 내내 성벽만을 쌓게 되자 모두들 수군대기 시작했다.

"저들이 쳐들어오면 어쩌려고 성벽만 이렇게 짓고 또 짓는단 말인가? 우리가 설마 담벼락과 싸우러 온 건 아니겠지."

그러나 을지문덕은 미동도 하지 않고 계속 담을 쌓아나갔다. 원정군의 이러한 행태는 수의 요동 주둔군에게도 도무지 이해되지 않는 것이었다.

"조 장군, 자네는 저들이 왜 저러는지 이해가 가나?"

"글쎄요, 도저히 이해할 수 없습니다. 병법을 전혀 모르는 자가 지휘를 하고 있는 것 같습니다."

"먼 길을 힘들게 온 군사가 화살 한 번 안 쏘고 담을 쌓고 또 쌓고 있다……, 도대체 이게 뭐란 말인가?"

영민한 참모 한 사람이 앞으로 나섰다.

"도독님, 우리는 이번에 신중하게 대처해야 합니다."

"그게 무슨 말인가?"

"도독님, 저들은 모두 말갈 병사들입니다. 지휘는 고구려의 장수들이 하고 있고요."

"그런데?"

"생각해보십시오. 고구려 장수의 지휘 아래 1만 명 정도의 말갈 병사들이 나타나 계속 성벽을 쌓고 있다는 것은 무엇을 말하는 겁니까?"

"허어! 그걸 모르니 이렇게들 전전긍긍하고 있지 않나?"

"이제 곧 고구려의 대병력이 올 겁니다. 그래서 저들이 저렇게 대규모의 담을 쌓는 겁니다."

"그렇군!"

원 도독은 크게 고개를 끄덕였다.

"1만이나 되는 말갈 병력을 동원해 진지를 구축한다면 도대체 얼마나 많은 고구려 놈들이 몰려온다는 말이냐?"

"저 성벽의 규모로 볼 때 못 잡아도 15만은 될 것으로 보입니다."

"15만이라! 음, 우리의 세 배 규모가 아니냐?"

"그렇습니다."

원 도독은 갑자기 섬뜩해졌다.

"게다가 말갈의 추가 병력도 고려해야 할 것입니다."

"지금 나가서 저들을 쳐버리는 것은 어떠냐?"

"안 될 일입니다. 저들은 병력을 반으로 쪼개 일부는 언덕 위에서 화살을 재어가며 우리를 기다리고 있습니다. 물론 우리가 전력을 다해 공격하면 저들을 몰살시킬 수는 있겠지만, 우리 역시 막대한 희생을 감수해야 합니다. 저들이 노리는 게 바로 그겁니다. 분명 별 볼 일 없는 말갈 병사들을 이용해 우리에게 타격을 준 다음 고구려의 대부대가 몰려와 우리를 전멸시키려는 계략일 겁니다."

원 도독은 갑자기 머리가 환하게 밝아지는 느낌을 받았다.

"그렇구나! 바로 그런 계략이었구나!"

"일단 장안에 지원을 요청하는 것이 상책입니다."

원 도독은 확신이 선 목소리로 휘하 장군들에게 지시했다.

"어서 빨리 장안에 전령을 띄워라! 그리고 모든 성문을 굳게 잠그고 장기적인 수성 태세로 돌입하라! 나의 명령이 있을 때까지는 결코 성문을 열지 말 것이며, 어떤 장수도 나의 명령 없이 군사를 움직여서는 안 될 것이다!"

고구려의 대병력이 몰려올 것으로 예상한 수의 요동 주둔군은 성문을 굳게 잠그고 농성에 돌입했다.

"그것참, 이상한 일이군."

아야진은 다시 머리를 긁적였다. 성벽만 쌓고 있는 문덕의 행태도 이해할 수 없었지만, 당장 쳐들어와야 할 수의 군사가 갑자기 성문을 굳게 닫아걸고 꿈쩍도 하지 않는 상황도 이해할 수 없었다.

"괴이한 일이야."

호위대장 역시 고개를 가로저었다. 두 사람은 다시 한 번 문덕을 찾아갔다.

"문덕, 우린 자네도 이해할 수 없지만 저들도 이해할 수 없네."

"후후, 그런가?"

"양쪽 모두 성벽 뒤에 숨어만 있으니, 무슨 전쟁이 이러한가?"

"시간이 좀 걸리겠지만 저들은 결국 나올 것이네."

"결국 나올 것이라면 지금 나오는 게 훨씬 나을 것 아닌가? 우리 군사의 반이 성벽 쌓기에만 급급해 있는 지금이 저들에게는 훨씬 유리할 터인데."

"그렇지. 하지만 전쟁은 화살이 날기 전의 마음이 중요하네."

"무슨 말인가?"

"어떤 눈으로 사태를 보고, 어떤 마음으로 사태에 임하는가 하는 것이 중요하다는 얘기네. 지금 저들은 겁을 집어먹고 있네."

"그렇겠지. 그러니 저렇게 성문을 굳게 닫아걸고 미동도 하지 않는 것 아닌가? 그런데 왜 그러느냐는 거지?"

"바로 우리가 쌓은 성벽 때문이네. 이제 성벽은 그만 쌓아도 될 것이네."

"음, 성벽을 크게 쌓았으니 대병력이 닥칠 것으로 생각한다는 말이로군."

두 사람은 머리를 쳤다.

"그럼 이제 뭘 하지?"

"기다리는 걸세."

"기다린다?"

"그래, 이 싸움은 더 오래 기다리는 쪽이 이기는 거야."

"저들이 우리보다 더 오래 기다리면? 우리의 군량이 떨어질 때까지 문을 닫아걸고 나오지 않는다면?"

"그럼 그냥 돌아가는 거지."

"그러나 우리는 저들을 치러 온 게 아닌가? 그냥 왔다 가면 한 일이 없잖나? 군량과 비용만 잔뜩 소비하고."

"그렇지는 않네. 그냥 돌아가도 우리는 충분히 이기는 거야."

"어째서 그런가?"

"생각해보게. 겨우 1만의 군사가 쳐들어왔는데도 5만이나 되는 수나라 군대가 겁이 나서 성문을 굳게 닫아걸고 있었다는 소문이 나면 모든 조공국들은 수나라에 대한 두려움을 깨끗이 떨쳐버리게 될 것이야. 그러니 이게 어찌 수의 패배가 아니겠나? 그렇게 되면 우리는 군사 하나 잃지 않고 수를 제압하는 거야."

"과연 그렇군!"

두 사람은 머리를 쳤다.

"조금 전 자네가 군량과 비용만 소모한다고 했지만 그건 수(隋)가 훨씬 더할 것이야. 아마 지금쯤 요동 도독이 보낸 사자가 장안에 도착했을걸. 사자는 지원병을 요청하는 도독의 편지를 양견에게 바칠 테고."

"하하하하! 그게 모두 저 성벽 덕분이란 말이지."

문덕은 고개를 끄덕였다.

"결국 우리는 성벽 하나만 쌓고 돌아가도 수에 치명타를 입히게 되는 거로군. 그것참!"

"하지만 저들이 종내는 우리의 뒤를 추격하겠지. 몹시 초조해하면서 말이야."

"우리는 언제 돌아가지?"

"지원군이 도착하기 직전에. 그래서 더더욱 도독의 마음을 초조하게 만드는 거야."

"그렇겠군. 5만이나 되는 군사를 가지고 있으면서도 불과 1만의 군사가 겁이 나 대규모 지원병을 요청했으니 도독의 목이 온전하게 남아날 리 없을 테고. 그러고 보면, 목숨 걸고 쫓아오겠는데."

"그렇게 마음이 급해지면 전투는 끝이네."

두 사람은 다시 한 번 머리를 쳤다.

동제의 분노

문덕의 예상대로 요동 도독의 전령은 며칠 동안이나 미친 듯이 말을 달려 장안에 도착했다. 전령은 바로 양견 앞으로 인도되었고, 첩지를 받아 쥔 양견의 손은 거칠게 떨렸다.

"고구려 놈들을 몰살시키지 않고는 절대 눈을 감지 못하리라!"

양견의 분노는 무서운 것이었다.

"내 사신을 목 베어 죽인 것도 모자라, 이젠 말갈 놈들까지 이끌고 요동을 침범해 오다니! 아아! 복장이 터지는구나. 도대체 누가 나설 것이냐? 누가 나서서 나의 이 분노를 잠재울 것이냐?"

"황공하옵니다. 고구려 놈들이 저토록 날뛰게 내버려둔 것은 오로지 저의 불찰이옵니다. 제가 당장 되는대로 병력을 모아 출정하겠사옵니다."

대장군 왕세적이었다.

"왕세적? 그래, 그대가 가라!"

"여기 태자도 있사옵니다."

"용(勇)? 그래. 너도 가라!"

"대장군 양광도 있사옵니다."

순간 양견의 표정이 굳어졌다.

"광(廣)?"

"목숨으로 폐하의 분노를 씻겠습니다."

양견은 잠시 생각에 잠겼다. 사실 군사를 부리는 데야 왕세적보다 양광이 훨씬 나았지만 양광에게는 왠지 모르게 군사를 내주기가 싫었다. 양견은 정확하게 그 이유를 알 수 없었지만 양광은 태자에 비해 모든 면에서 앞서 있었다. 그런 그에게 군사까지 거느리게 하면 틀림없이 무슨 일인가 터질 것만 같았다.

"진왕은 출정해서는 아니 되옵니다."

유사룡이었다. 양견은 애써 반가움을 숨기고 담담한 목소리로 물었다.

"어째서 그러한가?"

"태자께서도 떠나는지라 진왕은 여기서 폐하를 보좌함이 옳을 것이옵니다."

"그러하다. 왕세적은 일단 10만을 거느리고 떠나라. 태자는 10만을 더 모아 왕세적의 뒤를 따르라. 그리고 진왕은 여기 머물라!"

양견은 서둘러 결론을 내려버렸다.

그날 밤 양광은 은밀히 유사룡의 집을 찾았다.

"오늘 왜 또다시 나를 제지하였는가?"

"이번 싸움은 장군께 전혀 도움이 되질 않습니다."

"어째서?"

"장군께서도 고구려라는 나라를 잘 알지 않습니까?"

양광은 잠시 침묵했다가 무거운 목소리를 내보냈다.

"알지."

"주변의 그 어떤 나라와도 다릅니다. 그들은 우리에게 조공조차 바치지 않고 있습니다. 입조를 시키겠다며 우쭐하고 나선 소적기의 목을 베어버린 자들입니다. 그런 자들이 곧바로 요동을 침하였다면 단단히 준비한 것임에 틀림이 없습니다. 요동 도독의 보고에 따르면, 군사가 15만이 넘는다고 합니다. 거기다 말갈의 병사까지 동원했다면 20만 병력입니다. 용맹하기 짝이 없는 고구려 군사 20만이 급조된 우리 군사를 기다리고 있습니다. 결코 유리한 싸움이 아닙니다."

"그렇다면 더더욱 내가 가야 하지 않겠나?"

"지금 가시면 황제의 자리는 영원히 찾아오지 않습니다."

"음……."

양광의 입에서 신음이 새어 나왔다. 유사룡이 무얼 말하고 있는지는 누구보다 자신이 잘 알고 있었기 때문이었다.

"이제 시기가 점점 다가오고 있습니다. 연로하신 황제께서는 날이 다르게 노쇠하여 사소한 일에도 노여움을 타고 계십니다. 만약 이번 싸움에서 태자가 패하고 돌아오면 장군께 기회가 올 것입니다."

양광은 고개를 끄덕였다. 사실 지금은 기다려야 할 때였다.

"너의 충언, 내 고맙게 받아들이마."

유사룡이 자리에서 일어나려는 양광의 옷소매를 붙들었다.

"장군!"

유사룡의 예사롭지 않은 목소리에 양광은 신경을 곤두세웠다. 유사룡이란 인물은 결코 가벼운 일로 이런 목소리를 낼 사람이 아니었다.

"이제 준비하셔야 합니다."

"준비……?"

"그렇습니다. 그 자리는 아무나 앉을 수 있는 자리가 아닙니다."

"무슨 준비를 하라는 말이냐?"

"허락을 받으셔야 합니다."

"허락? 폐하의 허락을 말하는 것이냐?"

유사룡은 천천히 고개를 가로저었다.

"그런 것이 아닙니다. 아마 어떤 일이 있어도 장군은 폐하의 허락을 받지 못할 것입니다."

"그렇다면?"

양광의 목소리가 날카롭게 방 안에 울려 퍼졌다.

"장군 스스로 하셔야 할 일입니다."

유사룡의 그 말에 양광은 가슴이 덜컥 내려앉았다. 언젠가 상상해본 일이었다. 가슴속 깊은 곳에서 잠시 떠올려보고는 이내 묻어버린 그런 상상이었다. 그 후 밤마다 계속되는 이 불길한 상상에서 벗어나기 위해 별별 짓을 다 하였지만, 상상은 이미 누를 수 없는 크기로 커져 있었다.

"무슨 말이냐?"

양광은 시치미를 떼고 물었지만 유사룡은 화제를 다른 데로 돌렸다.

"얼마 전 폐하께서 괴로워하시던 일을 기억하실 겁니다."

"무슨 일을 말함이냐?"

"고구려의 역사 말입니다."

"고구려의 역사라? 폐하가 그런 일로 괴로워하실 분이더냐?"

"폐하는 고구려가 있는 한, 당신은 반쪽짜리 황제라 생각하시고 계십니다."

"반쪽 황제라?"

"그렇습니다. 폐하는 그야말로 하늘의 아들이 되고 싶어하십니다만, 고구려가 있는 한 그것을 이룰 수 없다 생각하십니다."

"허! 어째서 고구려 따위가 천하를 일통한 대수의 황제 자리를 더럽힌단 말이냐?"

"일전에 폐하께서는 『시경』의 한혁편에 나오는 한후의 얘기를 듣고 몹시 노기를 띠셨습니다."

"그것은 나도 안다만⋯⋯."

"그것은 역사입니다. 중원 못지않게 오랜 역사를 가진 자들이 있다는 사실에 폐하께서는 가슴앓이를 하고 계시는 겁니다. 하지만 『시경』이 그걸 얘기하고 있기 때문에 폐하께서는 어떻게 하지도 못하고 계십니다. 저러시다 결국 고구려 때문에 화병이 생겨 생명을 그르칠 수도 있습니다."

"나는 이해할 수가 없구나. 그까짓 역사가 뭐 그리 대수란 말이냐?"

"진시황은 황제가 되고 나서 불로초를 찾았습니다. 황제가 된 사람의 마음은 황제가 아닌 한 아무도 이해할 수 없습니다."

"그런데? 조금 전에 하던 얘기와 무슨 상관이라도 있는 얘기더냐?"

"그 옛날 순임금은 동방의 군자국에 사신을 보내 자신의 즉위를 알렸습니다. 동방의 군자국이란 조선을 말하는데, 조선의 임금을 단군이라 합니다."

"그래서?"

"순임금이 단군에게 사신을 보내 즉위를 알린 것이나, 진시황이 선남선녀를 단주로 보낸 것에는 그만한 이유가 있습니다."

"무슨 이유?"

"그들이 천제의 백성이라고 생각했던 것입니다."

"천제의 백성이라? 하늘의 자손이라는 말이냐?"

"그렇습니다."

"그렇다면 순임금이 단군에게 허락을 받았다는 말이냐?"

"그것은 순임금의 겸손입니다. 물리적인 허락이 아니라 하늘의 자손들에게 예를 차림으로써 결국 하늘의 허락을 얻었다고 생각하는 것입니다."

"무슨 말인지 나는 도무지 알 수가 없구나."

"순임금은 자신을 낮추어 서제라 하였고, 단군을 일컬어 동제라 하였습니다."

"아하! 이제야 폐하의 심정을 알 것 같구나. 고구려 놈들은 자신들이 순임금이 말한 동제의 나라 조선을 계승했다고 하는 것이고, 그래서 황제께서는 고구려라 하면 저렇게도 흥분하시는 것 아니냐?"

"그렇습니다."

"그러면 나보고 어떻게 하라는 말이냐?"

"장군께서도 예를 차리라는 말씀입니다."

"누구에게? 황제가 그토록 멸망시키고 싶어하는 고구려 백성들에게?"

"아니, 고구려 백성이 아닙니다. 바로 동제에게 말입니다."

"고구려는 동제의 나라 조선을 계승한 것이 아니냐?"

"동제니 단군이니 조선이니 하는 것은 모두 오래전의 역사일 뿐입니다. 고구려가 조선을 이었다곤 하지만, 그것은 그들만의 주장일 수도 있습니다. 순임금이 하고 진시황이 했던 일이니만치 황제가 되고자 하는 장군께서도 그들의 뒤를 이어 동제에게 제사를 지내시라는 겁니다. 그러면 폐하께서 가진 마음의 병은 면할 수 있습니다."

들고 보니 그럴듯한 생각이었다. 순임금이 자신을 서제로, 단군을 동제로 불렀다면 두 황제에게 모두 제사를 지내는 것도 나쁠 리 없었다.

"제사를 지내려면 어찌해야 하는가?"

"사람을 평양으로 보내시지요."

"평양으로?"

"평양에 가면 단군릉이 있습니다. 바로 동제의 능입니다.

먼저 그 영전에 제를 지내시고 삼황오제께 제를 지내시면 동제와 서제의 허락을 받는 것입니다."

"그러리라!"

이미 황제가 되기로 마음먹은 양광으로서는 못할 일이 없었다.

"그럼 누구를 보내야지?"

"철통같이 비밀을 지킬 뿐 아니라, 그 자신이 지순한 자라야 합니다."

"그렇겠지. 그런 자가 있느냐?"

"진시황의 금단을 만들던 집안의 후예가 있습니다. 비록 성격은 괴팍하지만 단군의 땅을 잘 아는 자입니다."

"오오! 그런 자가 있다니."

양광은 황제가 되기 위한 준비로, 동제에게 선인을 보낸다고 생각하자 적이 흥분되는 모양이었다.

"나이는 얼마나 되었는가?"

"서른 중반의 미남자입니다."

"그런데도 지순한 몸인가?"

막상 동제에게 제사를 지낸다고 생각하니 양광은 조바심이 났다. 조금이라도 불결한 자가 제사를 지낸다면 하늘의 허락은커녕 오히려 분노를 살 것이었다.

"그 집안은 순수지신(純粹之身)의 자식에게만 공단과 금단의 제조술을 전승시켜왔습니다. 절대로 교접을 하지 않습니다."

"허! 나의 운이로군!"

"장군이 허락하시면 제가 모든 준비를 행하겠습니다."

"고맙소, 유사룡. 내 결코 이 일을 잊지 않을 것이오."

집으로 돌아가는 양광의 발걸음은 무엇엔가 꽉 차 있는 듯 날아오를 것 같았다.

칠흑같이 어두운 밤.

고구려 평양성 밖의 대묘에는 적막만 감돌고 있었다.

"대선사, 바로 여깁니다."

인적이라고는 하나도 보이지 않는 어둠 속에서 속삭이는 목소리가 있었다.

"오오, 과연!"

예닐곱 명의 사나이 중 대선사라 불리는 기골이 호리호리한 사나이의 목에서 탄성이 흘러나왔다.

"음산한 가운데서도 알 수 없는 성스러운 기운이 흐르고 있지 않습니까?"

"그러하도다."

"들어갈까요?"

"아니다. 먼저 제사를 올려야 하지 않겠는가?"

"들어가서 지내는 것이 어떠하시겠습니까?"

"아니다. 여기서 지내야 한다. 인적도 없는데 어떠하냐? 혹 인기척이라도 있거든 살인멸구하라."

"명을 따르겠습니다."

몇몇 사나이들이 지고 있던 봇짐에서 제사 음식을 꺼냈다. 투박한 손은 이런 일에 익숙해 보이지 않았지만 그들은 어둠 속에서도 그런대로 간단한 제사상을 마련했다. 상이 다 차려지고 향불이 피어오르자 검은 옷을 입은 대선사는 경건한 자세로 상 앞에 꿇어앉아 술을 따르고 절을 하였다.

"하늘이시여, 여기 대장군 양광을 대신하여 염화가 왔나이다. 일찍이 요임금과 순임금이 제위에 올랐을 때 동쪽에 계신 황제께 예를 갖추고 인사를 올렸지만, 참으로 오랜 세월을 중원은 하늘의 아들 동제를 잊고 살았나이다. 이에 제가 오늘 예를 갖추고 동제를 참배하고자 하니 하늘이시여, 부디 저의 참배를 받아주소서!"

대선사는 술을 따르고 나서 그 자리에 무릎을 꿇고 오랫동안 앉아 있었다. 한참 후 그는 다시 절을 하고 자리에서 일어났다.

"들어가자!"

"네!"

사나이들이 앞장서서 대묘 입구로 다가섰다. 두꺼운 나무문이 그들을 가로막자 한 사나이가 대선사의 얼굴을 쳐다봤다.

"뜯어라!"

단호한 목소리였다. 대묘의 문은 육중했지만 힘깨나 쓰는 장정들 앞에서 여지없이 뜯겨 나갔다. 장정들 중에서 한 사나이가 횃불을 켜고 앞장섰다. 열 걸음 정도 나아가자 검은 나무관이 모습을 드러냈다.

"오오!"

대선사의 입에서 또다시 탄성이 흘러나왔다.

"마침내 오고야 말았구나!"

그는 감개무량한 듯 제자리에 선 채 다시 한 번 탄성을 내질렀다. 사나이들 역시 묘 안을 이리저리 살피느라 정신이 없었다. 잠시 후, 한 사나이가 비장함이 가슴속에서 절로 생겨나는지 떨리는 목소리로 물었다.

"대선사, 상을 차릴까요?"

"대명천지에 만관을 거느리고 예를 갖춘 후 제를 올려야 할 것이지만 오늘은 약소하게 상만 차리고 간다. 어서 상을 차리거라."

"알겠습니다."

사나이들은 다시 한 번 상을 차렸다. 대선사는 감개무량한 표정으로 술을 따르고 절을 올렸다. 이런 동작 하나하나에는 극도의 조심스러움이 배어 있었다. 어둠을 내몰고 있는 관솔불이 지지직거리며 타는 소리조차 신비감을 더해주는 듯했다. 옷깃이 가늘게 떨리더니 급기야 대선사는 감격을 억누르지 못하고 상 앞에 꿇어앉았다. 한동안 눈을 감고 있던 대선사는 이윽고 허리를 깊이 숙여 절을 한 후 낮은 목소리로 감회를 밀어냈다.

"하늘이시여! 이제 3,600년간 잠자고 있는 당신의 아들을 제가 경배하나이다. 운사·우사·풍백으로 하여금 신단수에 당신의 아들을 모시게 한 후 아득한 세월이 흘렀나이다. 삼황오제는 당신의 아들을 경배하였지만 세월이 흘러 중화의 제(帝)들은 당신의 아들을 잊었나이다. 진시황은 기회를 얻어 천하를 통일하였으나 땅을 주관하는 당신의 아들을 경배하지 못하였고 다만 동남동녀를 보내 불로초만 얻고자 하였으니 그 어리석음은 만고에 유례가 없을 지경이나이다. 이제 미흡하나마 대장군이 하늘의 아들을 받들며 천하를 얻고자 하나이다. 저의 예를 받아주소서!"

퀴퀴한 냄새와 뒤섞인 사나이의 음산한 목소리는 무덤 안을 감아 돌다 관 속으로 빨려들어가는 듯했다. 숨을 죽인 채 사나이의 일거수일투족을 지켜보고 있던 수하들은 대장군이 천하를 얻고자 한다는 이야기를 듣자 움찔하는 기색이 역력했다. 그러나 처음의 놀라움은 이내 대장군에 대한 복종과 충성심으로 빠르게 변해갔다. 그들은 대장군 양광이 어떤 사람인지 너무도 잘 알고 있었다. 웃으면서 심장에 칼을 넣는 잔인함과, 시를 읊으면서 눈물을 흘릴 줄 아는 감성을 동시에 지닌 남자였다. 무엇보다 수하들은 언젠가는 그가 제위에 오를 것이라는 예감을 하고 있던 터였기에 대선사를 통한 대장군의 맹세를 듣자 놀라움과 동시에 자랑스러움을 느꼈다.

"가자!"

대선사는 예를 마치자마자 이제까지의 조심스럽던 태도와는 정반대로 당차게 몸을 돌려 대묘 밖으로 나갔다. 수하들이 황급히 그를 따르는 가운데 누군가 외치는 소리를 들었다.

"웬 놈이냐?"

수하들은 동시에 서로의 얼굴을 쳐다봤다. 한 사람이 본능적으로 칼을 빼 들고 재빨리 대선사 앞을 가로막고 나섰다. 대선사는 뒷짐을 진 채 어둠 속에서 나타난 사나이를 지켜보았다. 창을 겨누고 있는 걸로 미루어 대묘를 지키는 사람인 듯했다.

"뭐 하는 사람들이길래 성군의 대묘를 어지럽힌단 말이오?"

기골이 장대한 장정들을 보고 질려 있던 차에 칼을 들고 대장군을 막아서는 날랜 무인을 보자 더더욱 위축되는지 사나이의 목소리가 잦아들었다.

"죽여라! 도망가면 안 된다!"

"알겠습니다."

대선사의 지시가 떨어지기 무섭게 수하는 칼을 겨누었다.

날랜 동작이었다.

"중원 놈들이 아니냐!"

창을 겨누고 있었지만 창졸간에 달려드는 사나이의 기세를 본 묘지기는 잔뜩 겁에 질린 채 소리를 지르며 뒷걸음질 쳤다. 하지만 수하는 몇 번 몸을 돌려 묘지기의 눈을 어지럽히더니 어느 틈에 창 밑으로 몸을 숙인 후 다시 솟구치면서 묘지기의 심장에 칼을 찔러 넣었다.

또 한 사나이가 대선사의 명령을 충실히 옮기기 위해 쓰러진 묘지기의 심장에 다시 한 번 칼을 질렀다.

"가자!"

이들은 묘지기의 시체를 남기고 황망히 어둠 속으로 사라졌다.

까악까악—.

이 모든 불길한 밤을 다 지켜보고 있다는 듯, 까마귀의 울음소리가 처참한 모습으로 눈을 감은 묘지기의 시체 위를 날아다녔다.

"아가야, 이제 이 언덕만 내려가면 네 외갓집이란다."

"정말?"

"그래. 그동안 힘들었지?"

"아니, 재미있었어."

일곱이나 여덟쯤 되었을까. 티 없이 맑은 얼굴의 어린 사내 아이는 할아버지와 할머니를 볼 수 있다는 생각에 힘든 줄도 모른 채 산길을 타고 있었다.

'불쌍한 것.'

이런 산길에는 전혀 어울리지 않아 보이는 20대 후반의 기품 있어 보이는 부인은 천진난만한 아이의 대답을 듣자 대번에 가슴이 저려왔다.

평양에서도 이름을 떨치던 아이의 아버지는 백제와의 전투에서 화살을 맞고 돌아와서는 상처가 덧나 결국 목숨을 잃고 말았다. 의지할 곳을 찾아 친정으로 돌아가는 부인의 마음은 철모르는 아이의 응석을 볼 때마다 저며왔다.

"엄마, 저기 사람들이 와."

부인은 움찔 놀라 눈을 들었다. 뒤에서부터 걸어오는 대여섯 명의 사나이가 눈에 들어왔다.

"사냥꾼 같아."

과연! 사냥꾼 복장을 한 대여섯 명의 사나이가 빠른 걸음으로 다가오고 있었다. 어떤 자는 토끼를, 또 어떤 자는 중개만 한 사슴을 어깨에 비끄러매고 있었다.

"얘, 이리 비켜서 있어."

"야, 사슴이다!"

조심스러운 부인과 달리 아이는 사냥꾼의 어깨에 걸쳐져

있는 사슴을 보고 신이 나서 소리를 질렀다.

"아가야, 입 다물어."

부인은 왠지 느낌이 좋지 않았다. 좁은 산길 한 켠으로 몸을 비켜선 부인 앞으로 거친 사나이들의 냄새가 확 풍겨왔다.

왁자지껄하던 사나이들은 두 사람을 보자 순식간에 입을 다물었지만 다소곳이 고개를 숙인 부인 앞을 지나면서 한결같이 힐끔힐끔 훑어보는 꼴이 점잖은 사람들 같아 보이지는 않았다.

부인은 이들이 지나치자마자 아이의 손을 잡고 황급히 발걸음을 옮겼다.

두 사람을 지나친 사나이들 중 한 명이 갑자기 무언가 생각난 듯 걸음을 멈추자 일행 모두가 따라 멈췄다. 가장 먼저 멈춘 사나이가 눈을 들어 마치 먼 옛날의 기억을 끌어내기라도 하는 듯한 표정으로 허공을 응시했다.

"시골 아낙일 뿐입니다."

곁에 있던 사나이가 대수롭지 않은 표정으로 말했다.

"대선사, 그냥 가시지요."

그러나 걸음을 멈춘 사나이는 여전히 하늘을 응시하다 결국 무언가를 떠올린 듯 고개를 끄덕이고는 기분 좋은 목소리로 물었다.

"손을 보았느냐?"

"네?"

"저 여인의 손을 보았느냐?"

사나이는 꿈을 꾸는 듯한 표정으로 같은 말을 반복해서 물었다.

"못 보았습니다."

"하하, 이제 생각났단 말이다. 그건 진나라의 시인 백봉파였어. 얼굴은 아무나 예쁠 수 있지만 손은 함부로 기품을 가질 수 없는 법이라 했지. 가녀린 여인의 손길에 무심한 사나이의 몸을 맡긴다고도 했고. 어째 백봉파의 여인을 이런 산길에서 만난단 말이냐?"

"……."

"저 손길에 나의 몸을 맡기고 싶구나."

역시 꿈을 꾸는 듯한 목소리였다. 하지만 그 다음에 새어 나온 목소리는 같은 사람의 목구멍에서 나온 것이라고는 도저히 믿을 수 없을 정도로 음침하고 살벌한 것이었다.

"아이는 죽여라."

사나이의 말이 떨어지자 수하들은 일제히 소리를 질렀다.

"대선사의 분부를 시행하옵니다!"

말을 마치자마자 수하들은 앞을 다투어 오던 길로 뛰었다.

여인은 사나이들의 발걸음 소리가 들리자 본능적으로 위기를 느꼈다.

"아가야, 어서 이 옆으로 뛰어 내려가거라! 외갓집까지 쉬지 말고 뛰어가야 한다! 어서! 어서!"

"왜 그래? 왜 그래, 엄마!"

순간 아이의 볼에서 철썩 소리가 일었다.

"못된 놈! 엄마의 말을 왜 이리 듣지 않아! 그러면 난 네 엄마도 아니다! 어서 빨리 안 뛰고 뭘 하는 거야! 뛰어라, 이놈아!"

차갑게 변한 엄마의 얼굴에 아이는 놀라 울음을 터뜨리며 어쩔 줄 몰라했다.

"어서 가란 말이야! 이 자식아! 어서! 어서!"

여인의 절규가 온 산에 메아리쳤다. 그제야 아이는 뒤에서 뛰어오는 사나이들을 보고 엄마의 목에서 터져 나오는 다급한 외침의 의미를 알아차린 듯했다. 그러나 아이는 도망치기는커녕 더욱더 여인의 목을 드세게 붙잡고 늘어졌다.

철썩철썩—.

아이의 볼에서 연거푸 소리가 일었다. 손에 사정을 두지 않는 아픈 매였다.

"너 이 엄마를 죽이려거든 여기 있어도 좋아! 하지만 어서 뛰어 내려가 외삼촌한테 일러야 이 엄마가 살 수 있어! 그래도 못 알아듣겠니? 이 바보야!"

아이는 그제야 뛰어가란 뜻을 알아차린 모양이었다.

"그래, 엄마. 어서 가서 외삼촌 데려올게! 기다려!"

"어서 뛰어! 어서!"

어서 가서 외삼촌에게 알려야만 한다는 사명감에 아이는 소매로 눈물을 훔치며 나무 사이를 쏜살같이 내달았다.

불과 20여 보 앞까지 쫓아왔던 사나이들은 뜻밖에도 아이가 용수철처럼 튀어 나가자 벼락같은 고함을 치며 아이의 뒤를 쫓았다. 그러나 다음 순간, 사나이들은 땅바닥으로 구르지 않을 수 없었다.

"안 돼! 이놈들아!"

여인이었다. 사나이들의 뛰어오는 기세에도 아랑곳하지 않고 그 앞으로 몸을 던진 여인과 부닥친 사나이들이 몸을 일으켰을 때는 이미 아이가 길도 없는 비탈을 한참이나 내려갔을 때였다.

"이년이!"

사나이 중 하나가 손을 들어 여인의 볼을 갈기는 동시에 발로 복부를 걸어찼다.

"아악!"

그러나 여인은 터져 나오는 비명을 꾹 눌러 참으며 다시 뛰쳐나가려는 사나이들의 가랑이를 붙잡고 늘어졌다.

"죽어라, 이년!"

예상치 못한 여인의 동작에 놀란 사나이가 칼을 빼 들었지만 이내 다시 칼집에 집어넣었다. 대선사가 점지한 여자를 상하게 할 수는 없는 법이었다.

"너희 둘은 이년을 대선사께 데려가라. 그리고 나머지는 날 따라와라."

사나이 둘이 꽉 붙잡자 여인은 발버둥을 치기만 할 뿐, 억센 손길을 벗어나지 못했다.

네 사나이가 좁은 산길에 옆으로 쓰러진 여인을 뛰어넘어 아이의 뒤를 쫓으며 태산 같은 목소리로 고함을 질렀다.

"이 녀석! 게 서지 못할까!"

용맹한 아버지를 닮은 아이는 비록 어렸지만 영악했다. 뛰기 좋은 길로 내려가다간 붙잡히기 십상이라는 걸 느꼈는지 아이는 사나이들의 시선이 꼭지에 꽂힐 무렵 몸을 홱 비틀어 숲속으로 뛰어 들어갔다.

"조그만 놈이 제법 머리를 쓰는군."

네 사람의 사나이들은 마주 보고 웃었다. 비록 남의 눈을 피해 사냥꾼 흉내를 내면서 산으로 들어오긴 했지만 저마다 무술 한 자락씩은 갖추고 있는 그들이었다.

사나이들은 눈짓을 교환하고 아이를 쫓았다.

한편 대선사라 불린 사나이 앞으로 끌려간 여인은 재갈을 물린 채 기괴한 자세로 결박지어졌다. 얼굴은 땅에 닿고 궁둥이는 높이 치켜올려진 여인 앞으로 다가온 사나이의 입에 만족스러운 웃음이 실렸다.

"벗겨라."

대선사라 불린 사나이가 조용한 음성으로 부하에게 명령을 내리자 하늘로 치켜들린 여인의 궁둥이는 금세 백옥처럼 하이얀 살을 드러냈다.

"만져라."

사나이는 바지를 벗고 여인의 손에 자신의 몸을 갖다 붙였다. 이 이상한 무리는 이런 일에는 이골이 난 듯했다. 여인은 몹시 특이한 모습으로 결박되어 있어, 손 하나는 자유롭게 움직이도록 되어 있었다.

사나이의 눈길이 여인의 손을 한동안 핥았다.

"허헛, 볼수록 운치 있는 손이 아닌가. 손가락이 길고 가느다란 여자는 많아도 손등의 길이가 이토록 짧고 그 폭이 또한 좁다라니 이 손만의 매력이로다. 산속에서 이런 명물을 만날 줄이야."

사나이는 여인의 손에 자신의 몸을 대고 스스로 만족스러워 마치 시를 읊듯 몇 마디 중얼거렸다. 중얼거리는 동안, 사나이의 얼굴은 약간 달아오르는 듯했고 몸도 기가 발동하는 듯 꿈틀거렸다.

"쥐어라."

그러나 여인은 주먹을 꽉 쥐고 비록 움직일 수 없는 몸이지만 온몸으로 저항했다. 사나이는 겁주는 걸로는 여인을 마음대로 할 수 없다는 사실을 직감적으로 알아차렸는지 부하에게 명령했다.

"얘기하라. 말을 들으면 아들이 살 것이요, 말을 듣지 않으면 아들은 죽을 것이다."

아들을 들먹인 말은 금방 효과를 드러냈다. 엎드려 있던 여인의 꽉 쥔 주먹이 차츰 풀리더니 급기야는 가느다란 손가락이 사나이의 묵직한 기물을 이리저리 만지기 시작했다.

대선사라 불린 사나이의 흰자위가 한동안 희번덕거리더니 두 눈이 스르르 감기며 입에서는 예의 그 이상한 말들이 흘러나왔다.

"아, 역시 손이로다. 만물의 영장인 인간이라면 마땅히 손만으로도 성희의 진수를 알아야 하는 법. 온몸을 들썩여가며 호들갑을 떨어야 쾌감을 느끼는 것은 짐승의 짓이 아니냐. 음, 그렇구나. 손가락 성희법을 개발해야겠구나. 여봐라!"

"네."

한쪽에 서서 눈앞에 벌어지고 있는 이상한 광경에 넋을 빼앗기고 있던 부하 중 하나가 즉시 대답했다.

"앞으로는 손이로다. 사람이란 눈도 마음대로 감았다 떴다 할 수 있고 코도 벌름거릴 수 있으며, 심지어는 이도 악물 수 있지 않느냐?"

"그러하옵니다."

"그런데 만물의 영장이자 모든 근육을 마음대로 쓸 수 있는 인간이 나로서는 도저히 이해할 수 없는 짐승의 행동을 하고 있단 말이다."

"네."

"그게 무엇인지 알겠느냐?"

"수하는 대선사의 높은 생각을 따라갈 수 없사옵니다."

"바로 남녀의 교합이다. 왜 가장 움직이기 힘든 근육만을 써서 그것을 해야 한단 말이냐?"

"네."

"사람의 근육 중에 가장 움직이기 힘든 게 바로 기물 아니냐?"

"네."

"그런데 왜 그걸로만 교합을 해야 하느냔 말이다. 손이라는 최고의 섬세하고 강력한 수단을 두고 말이다."

"네."

"일단 손으로 새벽까지 여인을 흠씬 녹인 뒤에 기물은 추가로 써야 하지 않겠느냔 말이다. 마치 식사 후의 과일처럼."

대선사가 흰소리를 해대는 동안 아이는 필사적으로 도망치고 있었다.

"서랏, 이놈아. 안 그러면 네놈 에미가 죽어!"

그러나 아이의 귀에는 엄마가 마지막으로 한 말만 맴돌고 있을 뿐이었다.

'어서 외삼촌에게 알려라. 그래야 이 어미가 살 수 있다.'

아이는 뛰고 또 뛰었다. 평지 같으면 금방 사나이들에게 잡혔겠지만 자디잔 나무들이 빼곡한 숲속에서는 아이의 작은 몸이 훨씬 더 민첩했다. 성가시도록 눈에 스치는 나뭇가지들을 손으로 밀쳐내느라 사나이들의 동작은 자연 굼뜰 수밖에 없었지만 아이는 재빠른 몸동작으로 나뭇등걸 사이를 요리조리 빠져나가며 산 아래를 향해 죽을힘을 다해 뛰었다.

"그만! 그만 멈춰라!"

사나이들은 얼핏 나무 사이로 보이는 민가에 다다르기 전에 아이를 잡아 죽인다는 것이 불가능하다는 판단을 내렸다.

"돌아가자."

"대선사께는 뭐라 그러지?"

"죽였다고 하면 그만이잖아. 마을 사람들이라 한들 무서워서 올라올 수 있겠어. 대선사께서도 이쯤이면 일을 다 끝냈을 테니까 움직일 거야."

"그래. 돌아가자."

사나이들은 아이를 단념했는지 다시 산길을 거슬러 오르기 시작했다.

아이는 사나이들의 손을 벗어나자 더욱 힘차게 밑으로 내리뛰었다. 비록 어린아이였지만 일단 죽음의 위기에 처하자 그 속도는 짐승에 비할 바가 아니었다. 아이는 전속력으로 산 길을 돌다 무언가에 부딪쳐 그만 땅에 나동그라지고 말았다.

"어헉!"

사람이었다.

"이런! 아이야, 어디 다친 데는 없느냐?"

아이는 바짝 긴장했다. 넘어진 중에도 아이는 사람을 피해 반대 방향으로 달아나려다 미끄러지는 바람에 그만 다시 넘어지고 말았다. 아이의 긴장된 얼굴에 잔뜩 공포의 표정이 어렸다. 아이는 낭패감에 눈을 들어 앞에 있는 사람들을 보았다. 한두 사람이 아니었다.

"어허, 아이의 얼굴이 잔뜩 겁에 질려 있지 않느냐? 여봐라, 어서 저 아이의 기를 다스리고 혈을 잡아주어라. 어린것이 무슨 일을 당했기에 표정이 저리도 질려 있단 말이냐?"

유사룡이었다. 그는 대선사가 보낸, 걸음이 날랜 자로부터 동제에게 성공적으로 제를 지내고 돌아온다는 얘기를 듣고 기쁜 마음에 산기슭까지 마중 나오던 중이었다.

수하들이 다시 도망치려는 아이를 잡아 기혈을 다스리자 아이는 그제야 안심이 되는 모양인지 울부짖기 시작했다.

"어허, 아이에게 무슨 사정이 있는지 어서 물어보아라."

고구려 말을 하는 수하가 아이를 달래며 묻자 아이는 한사코 울부짖으며 손으로 산중턱을 가리켰다. 말을 다 듣고 난 부하가 사정을 고하자 유사룡의 얼굴이 흙빛으로 변했다.

"그들의 생김새를 자세히 물어라!"

하지만 그것은 다만 사족에 불과했다. 이미 유사룡은 그것이 대선사의 짓임을 짐작하고 있었다.

"으음!"

이상한 일이었다. 그야말로 있을 수 없는 일이 일어난 것이었다. 대선사라면 그 몸이 순수지신이라 동정을 유지하고 있을 터인데, 어째서 여인을 범하는 일이 일어날 수 있는지 알 수가 없었다. 하지만 일은 이미 벌어진 터였다.

유사룡은 하늘을 우러러보았다. 평소와 전혀 다름없이 푸르고 맑은 하늘이었다. 하지만 그것은 이제 더 이상 양광의 하늘이 아니었다.

'아, 당신은 역시 하늘의 허락을 받지 못하는 사람. 하지만 황제는 되고 말 분. 수가 망하든 고구려가 망하든 둘 중 하나밖에는 길이 없다는 얘기란 말이냐?'

유사룡의 한탄이 자신도 모르게 입 밖으로 새어 나왔다.

"여봐라! 아이에게 후한 황금을 안기고 놓아주어라."

아이가 사라지고 얼마 되지 않아 대선사 일행이 나타났다. 산기슭에서 기다리는 유사룡의 모습을 본 대선사는 너무 놀라 얼굴빛이 바뀌었다.

"수하가 대신을 뵈옵니다."

그러나 유사룡의 목소리는 이미 싸늘하게 식어 있었다.

"여인은 어찌했느냐?"

대선사의 얼굴이 파래졌다. 그는 땅바닥에 덥석 엎드렸다.

"말하라! 어떻게 했느냐?"

"주, 죽였습니다."

"기어코 동제의 분노를 부르고야 말았단 말이냐?"

"대, 대신 어른!"

"허나 이상한 것이 있다. 너는 순체지신(純體之身)이 아니더냐? 너희 가문의 전통에 따라 너는 당연히 순체지신, 즉 동정의 몸이 아니냔 말이다. 그런데 어찌 산중에서 시골 아낙을 범한다는 말이냐? 이해할 수 없는 일이로구나."

대선사가 고개를 숙였다.

"어서 말하라!"

유사룡의 목소리가 대선사의 목덜미에 무겁게 떨어져 내렸다. 대선사는 온몸에 소름이 끼치는 것을 어찌할 수 없었다. 황제가 바뀌면 2인자가 될 사람이었다.

"천하의 신물을 보았나이다."

"그것이 무엇이냐?"

"신녀수이옵니다."

"신녀수라니?"

"백 년에 한 번 나올까 말까 하는 신녀의 손입니다. 인간으로서는 가질 수 없는 손이온데, 손등의 폭은 손가락 다섯 개를 합한 것과 같아야 하고 손등의 길이는 가장 긴 손가락의 3분의 2에 멈추어야 합니다. 손의 온도는 다른 부위보다 한결 차야 하고 촉감은 부드러우면서도 끈적한 느낌이 있어 잡았다 놓을 때마다 탄력이 느껴져야 하옵니다."

"그런 손을 만나면 어떻다는 말이냐?"

"백 년에 한 번 만나기 어려운 손으로, 우리 선도에서는 가장 조심하는 손이옵니다."

"어째서 조심한다는 말이냐?"

"순체지신을 가진 자가 신녀수를 만나면 자연히 감응하게 되어 예로부터 백년신공이 신녀수 하나 때문에 도로아미타불이 된다는 말이 있을 정도이옵니다."

"그런데 네가 그 신녀수를 만났다는 말이냐? 그것도 동제에게 제를 지내고 오면서?"

"그렇사옵니다."

"아!"

유사룡은 잠시 하늘을 우러러보았다. 역시 하늘은 양광을 받아들이지 않는 것이었다.

'역(逆)이로다!'

유사룡은 양광의 기구한 운명이 이미 정해진 것이라는 생각이 들었다. 자신이 동제에게 빌어보려 했던 것이 백 년에 한 번 나타나는 신녀수에 의해 깨지고 마는 것을 보면, 이는 필시 양광의 운명이 아닐 수 없었다.

'하늘이 대장군을 허락하지 않는다면…… 이는 역이 아니냐? 대장군이 황제와 태자를 멸하고……. 아, 역천이로다. 그래도 황제는 될 분. 이 무슨 기구한 운명이냐?'

유사룡은 엄중한 목소리로 말했다.

"선사와 수하들은 모두 무릎을 꿇으라!"

유사룡의 명에 따라 모두 무릎을 꿇자 유사룡은 수하에게 명령했다.

"대사를 그르친 죄, 가문을 멸하여 마땅하나 내 생명을 가엾게 여겨 그대들만 참할 것인즉 억울해 마라! 여봐라! 이들을 참하라!"

유사룡의 전격적인 명령에 따라 수하들은 대선사 일행을 참하고 말았다.

장안으로 돌아가는 길에 유사룡은 고심하고 또 고심했다. 천운을 얻지 못하는 대장군을 어떻게 해야 할지 생각이 서지 않았던 것이다. 마차가 장안에 다다를 무렵이 되어서는 유사룡의 얼굴이 벌겋게 달아올라 있었다.

'그래, 제(帝)가 하늘의 뜻만 얻어서 나는 것이더냐? 사람의 기가 강하다면 천하에 돌아다니는 제의 운을 끌어올 수도

있는 것이 아니더냐?'

유사룡의 눈에서는 평소에 볼 수 없던 무서운 안광이 거세게 뿜어져 나왔다.

천시, 지리, 인화

장안에서부터 대장군 왕세적은 군사들을 몰아쳤다.

"부장들은 들으라. 전군, 지금부터 최고의 속도로 진격한다. 대수군(大隋軍)의 위용을 저 건방진 고구려의 쥐새끼들에게 보여주라!"

"진격하라! 진격!"

끝도 없이 펼쳐진 병사들의 행렬. 수많은 기치와 병장기들이 일사불란하게 움직이기 시작했다.

말이 그렇지, 10만의 병사는 대지를 새까맣게 뒤덮고도 남았다.

"이랴!"

왕세적은 수석 부장 내호아와 함께 말을 달려 언덕 위로 올랐다.

"내호아, 요서까지 얼마나 소요되겠는가?"

"선봉은 열닷새. 후군까지 열엿새 정도라면 간신히 닿을 것입니다."

"음, 열엿새라. 이번 행군은 빨라야만 한다. 우리가 도착하기 전에 고구려의 본군이 요서성을 친다면…… 적의 군세는 진지의 규모로 보아 15만. 수비군에 비해 세 배의 병력이라면 충분히 성을 후릴 수 있다."

"대장군, 저는 사실 이해되지 않는 부분이 있습니다."

"무엇인가?"

"왜 고구려가 15만 군세를 일으키면서 고작 1만의 말갈병을 먼저 보낸 것인지 이해되지 않습니다. 우리에게 군사를 낼 시간을 준 꼴이지 않습니까. 15만 군세를 한 번에 몰아 요서를 쳤더라면 도독은 지켜내지 못했을 것입니다."

"하하, 그대의 눈이 아직 멀리 보지 못함인지라. 원래 그처럼 커다란 병력은 성에 연연해선 안 된다. 만일 그들이 요서성을 먼저 점거하고 우리를 맞는다면, 그들은 물자와 군량의 수송에 큰 어려움을 겪게 될 것이다. 대군과 대군의 싸움은 정직한 숫자의 싸움이니라. 고구려의 장수가 이를 아는 게지. 1만의 말갈병은 바로 대군을 불러내기 위한 미끼인 것이다."

"대장군께서도 방금 성을 빼앗길 것에 우려를 표하지 않으셨습니까?"

"내호야, 그만 입을 다물라. 그대는 출중하나 아직 어리다.

이번 전투가 그대에게 많은 경험을 줄 것이다. 오랜 기간을 소요할 것이 분명하니."

"……."

"이렇듯 빠른 진격의 이유는 휴식에 있다. 결전을 치르기 전까지 최대한 많은 시간을 쉴 수 있도록 하는 것이다. 아군 또한 고구려군만큼이나 대군을 이끌고 먼 길을 가는 것이니. 그나저나 태자 전하의 군사도 서둘러주었으면 좋겠구나."

"예, 대장군."

내호아는 왕세적에게 고개를 숙였다. 하지만 그의 머릿속에는 떠나오기 전 양광이 남긴 말이 계속해서 맴돌고 있었다.

'수상하다. 고구려 왕의 의도를 알 수가 없다. 이건 이기려 하는 게 아니라 다만 대군을 불러내려고 함이 아니냐.'

양광은 상대가 군사를 움직이는 요령이 병법에 크게 벗어난다는 점을 자신에게만 지적했었다. 황자는 왕세적의 섬세하지 못함을 염려해 부장인 자신을 불러 지적했던 것이다.

내호아는 나직이 중얼거렸다.

"고구려에는 대군이 없다. 있더라도 중원에 들이지 못할 바에는……."

"20만 대군을 출동시키는 이유를 알 수 없다. 왕세적 대장군은 싸우려고만 들고……, 무언가 속고 있다."

태자 양용 역시 급히 10만 대군을 만들어 왕세적의 뒤를 따랐다. 왕세적의 부대가 조금이라도 시간을 아끼기 위해 비교적 경장으로 출발했다면 태자 양용의 부대는 중무장을 하고 진군하느라 시간이 더 걸릴 수밖에 없었다.

그러나 양용은 공명심에 들떠 군사를 거세게 몰아쳤다.

"어서 한 걸음이라도 더 빨리 내디뎌라! 이거 이러다간 왕세적에게 공을 다 뺏기겠다. 어서! 어서!"

그 바람에 중무장을 한 군사들로서는 죽어날 판이었다. 근육통이나 관절염으로 낙오하는 병사가 속출하였으며 발바닥에 물집이 안 잡히는 병졸이 없었다.

"낙오하는 놈은 죽여라!"

양용의 추상같은 명령이 떨어지자 병졸들은 목숨을 보전하기 위해 걷고 또 걸을 수밖에 없었다. 부대의 이러한 동향은 바로 양광에게 전달되었다.

"사룡, 태자는 어찌 저리도 어리석단 말인가?"

"타고난 업이옵니다."

"이번 출정은 어딘지 이상해."

"무엇이 이상하옵니까?"

"함정인가……? 나도 끊임없이 세작을 보내고 있지만 고구려의 대군이 움직이는 기미는 전혀 없어. 왕은 말갈 군사 1만을 거느리고 요동에 와 있는데, 대군이 움직이지 않는다? 그건 무언가 잘못된 것 아닌가?"

"저는 군사에는 어두운 편이라 잘 알지 못하옵니다."

"이상해, 정녕 이상해. 그런데 태자는 아무것도 모르고 그저 공에만 눈이 어두워 병사들을 저리 몰아치니……."

"왕세적 대장군도 마찬가지라 들었습니다."

"그러니 더더욱 한심하지 않은가. 내 비록 내호아에게 곁에서 왕세적의 우둔함을 깨우치라 일렀지만……, 왕세적이 어디 들어먹을 인간인가?"

"대장군, 군사의 일에 너무 신경 쓰지 마십시오. 어쩌면 이번 출정은 대장군께 큰 기회가 될지도 모릅니다."

양광의 눈썹이 꿈틀했다.

"무슨 말인가?"

"하늘은 대장군의 황위를 원치 않습니다."

"으음."

양광의 입에서 자신도 모르게 신음이 흘러나왔다. 유사룡은 대선사의 일을 양광에게 털어놓았다.

"허어! 그런 일이 있었느냐?"

"신녀수를 가진 시골 아낙이 그 시간 산중에서 대선사와 마주쳤다는 것은 하늘의 계시요, 동제가 대장군의 황위를 절대 허락하지 않는다는 징조입니다."

"으음!"

다시금 양광의 입에서 신음이 터져 나오고 이내 낯빛마저 변하는 게 실망이 아주 큰 모양이었다. 이러한 양광의 모습을 보고 있던 유사룡의 눈에서 예의 그 무서운 안광이 쏟아져 나왔다.

"대장군, 우리는 고구려를 이용해야 합니다."

작지만 깊은 울림이 있는 목소리였다.

"무슨 뜻인가?"

"대장군은 양용이나 왕세적보다 군사에 훨씬 밝은 장점이 있습니다."

"그런데?"

"바로 그 장점으로 황위를 차지해야 한다는 말입니다."

"으음."

양광의 머리가 무서운 속도로 돌아갔다. 생각해보면 과연 맞는 말이었다. 양광은 새삼스러운 눈길로 유사룡을 응시했다. 외유내강이라 그랬던가. 유사룡은 비록 겉은 부드러웠지만 무서울 정도로 치밀한 두뇌를 가지고 있는 자였다. 양광이 문득 지나치는 말처럼 물었다.

"사룡, 자네는 왜 나를 돕는 거지?"

유사룡은 잠시 말이 없었다.

"하하, 관두세."

양광은 짐짓 웃음을 지으며 아무것도 아닌 척했다. 그러나 유사룡의 표정은 그렇지 않았다. 심각한 얼굴로 잠시 생각하던 유사룡이 가슴속 깊숙이 있던 말을 꺼냈다.

"천하의 2인자가 되어 백성을 위하고 싶습니다."

"호오, 그런가? 하지만 하늘이 나를 받아들이지 않는다는 것을 자네가 누구보다 잘 알고 있지 않은가?"

"그러기에 저는 맹세했습니다."

"무엇을?"

"역천입니다."

"무어?"

"태자를 폐하고 그 자리에 대장군이 오르셔야 합니다."

"……."

"고구려는 만만치 않습니다. 그러나 양용 태자는 고구려를 상대로 공을 세우려 합니다. 실패는 명약관화한 일. 대장군께서는 절대로 이번 원정에 관여치 마십시오. 고구려가 자신이 없다면 왕이 직접 친정을 나서겠습니까? 그것도 허술한 말갈 군사만을 거느리고 말입니다."

"사룡……, 자네 보는 눈이 보통이 아니군."

"양용은 고구려 원정에서 반드시 실패합니다. 실패는 또 다른 실패를 부를 것입니다. 그때 우리는 천하의 여론을 업고 세자를 폐해야 합니다."

"그, 그런가?"

"세자를 중심으로 모인 무리들이 강성하기 때문에 폐세자는 불귀의 객으로 만들어야 합니다."

양광은 다시 한 번 유사룡의 눈동자를 들여다보았다. 마치 언젠가의 자신처럼 그의 눈동자는 이글거리는 눈동자를 가지고 있었다. 무엇인가를 목마르게 갈구하면서 자신의 눈동자를 빨아들일 것처럼 쏘아보는 유사룡은 겉은 비록 부드러웠으나 자신과 하나도 다를 바 없는 그런 저항아였다.

"사룡, 자네는 정녕 나를 믿는군."

"우리는 당분간 고구려에 처참하게 무너지는 양용을 팔짱 끼고 지켜보아야만 합니다."

"역천이라……, 역천."

양용은 한 걸음이라도 더 빨리 진군하기 위해 마구 채찍을 휘둘러댔다. 한편 요동 도독은 대장군 왕세적이 가까이 오고 있다는 소식을 듣자 은근히 걱정되기 시작했다. 말갈의 군사가 고구려군이 자리 잡을 공간을 커다랗게 만들어놓기는 하였으나 정작 왕세적의 군사가 거의 도착했음에도 고구려군은 눈에 보이지 않았던 것이다. 도독으로서는 왠지 마음이 편치 않았다. 자칫하면 자신이 겁쟁이로 몰리고, 대군의 출동에 대한 책임을 져야만 할 터였다.

"음, 어째서 고구려군은 아직도 오지 않는 거냐?"

도독이 초조한 심정으로 부장에게 물었다.

"이상하게도 전혀 움직이는 조짐이 없습니다."

부장도 도독과 마찬가지인 듯 은근히 걱정스러운 목소리로 대답했다.

"이러다 고구려군은 구경도 못 하는 거 아니냐?"

"지금이라도 공격해야 하는 게 아닐까요?"

"아니다. 왕세적 대장군은 자신이 도착할 때까지 어떤 싸움도 해선 안 된다는 명령을 보내왔다."

"하지만 이제껏 고구려군이 도착하지 않는데……."

답답하기는 도독이나 부장이나 마찬가지였다. 그때였다.

"도독님, 밖을 보십시오. 적입니다."

수하의 전갈에 도독은 얼른 성벽으로 뛰어갔다.

"저놈은 뭐란 말이냐?"

밖에서는 한 사람이 고래고래 고함을 지르고 있었다.

"아마도 적장 중 하나 같습니다."

"뭐라 지껄이는 것이냐?"

"태도로 보아서는 한판 붙자고 하는 것 같습니다."

"일대일로 말이냐?"

"그런 것 같습니다."

"원, 참."

그때 옆의 부장이 나섰다.

"제가 나가겠습니다."

"안 돼! 주학양(周鶴洋)을 불러!"

주학양은 창을 잘 쓰는 걸로 정평이 나 있었다.

"저자를 반드시 죽여야 한다. 알겠느냐?"

"네!"

주학양은 도독의 명령을 받자마자 성문을 열고 밖으로 나섰다.

"너냐? 죽음을 자초하는 놈이!"

그는 창을 꼬나들고 번개처럼 내달았다.

"오라! 이놈아!"

최근 몇 년간의 무술대회에서 고구려 제일의 무인으로 떠오른 검모수는 익숙한 동작으로 주학양의 창을 피했다. 두 사람은 말을 돌려 다시 한 번 충돌했지만 공격이든 방어든 모두 출중해 좀처럼 승부가 나지 않았다.

"제법 하는 놈이군!"

상대가 자신의 창을 두 번이나 능숙한 동작으로 막아내자 화가 나는 한편 은근히 불안해진 주학양은, 말안장에 매어둔 작은 창을 꺼내 왼손에 들고 상대의 말을 향해 힘껏 던지는 동시에 오른손에 쥔 긴 창으로는 상대의 숨통을 겨누었다.

그러나 검모수 역시 만만치 않았다. 어려서부터 말을 다뤄온 그의 기마술은 그야말로 신기였다.

"어딜!"

그는 한 손으로 말고삐를 홱 나꿔채 말을 향해 날아오는 창을 피함과 동시에 자신의 창을 상대의 얼굴을 향해 힘껏 찔러 넣었다. 주학양은 급히 창을 거둬들이며 검모수의 창끝을 피했다.

"으음!"

결코 자신의 상대가 아니란 생각이 들었다. 그러나 성벽에 올라서서 구경하고 있는 수(隋)의 병사들은 주학양의 불안한 마음을 알 리 없었다. 그들은 주학양이 한 번 몸을 쓸 때마다 고함을 질러댔다. 검모수는 싸움을 아슬아슬하게 보이도록 이끌어갔다. 그러나 실제로는 검모수가 주학양을 데리고 노는 격이었다.

"이상한 일이군. 어째서 말갈군은 한 놈도 안 보이는 거지?"

도독은 눈을 들어 멀리 언덕 위를 보았다. 바글바글하던 말갈의 군사들이 하나도 보이지 않았다.

"그러게 말입니다."

부장도 알 수 없다는 얼굴로 여기저기 훑었다.

"혹시 간밤에 모두 도주한 게 아닐까요?"

"그럴 리가?"

도독은 기분이 좋지 않았다. 뭔가 함정이 있는 것만 같았다. 이때였다.

"으악!"

주학양의 비명이었다.

"저런!"

병사들의 안타까운 신음을 뒤로하고 검모수는 말을 돌려 천천히 걸어갔다.

"우우!"

병사들은 분노에 몸을 떨며 당장이라도 뛰쳐나가고 싶어 안달했다.

"성문을 열어라!"

"성문을 열어주시오!"

"성문을!"

이런 광경을 지켜보던 도독이 다시 부장에게 물었다.

"이것은 유인술일까?"

도독은 매사 어느 것 하나도 확실하게 판단할 수 없었다. 그건 부장도 마찬가지였다.

"어쨌거나 왕세적 대장군이 도착할 때까지 절대로 성문을 열지 말라는 지시가 있는 것만은 분명합니다."

"그건 고구려군 15만을 염두에 두었을 때의 얘기가 아니냐?"

"……"

"지금의 판단으로는 고구려군이 오지 않을 것 같단 말이다!"

도독은 차츰 불안해졌다. 20만 대군이 장안에서 출발해 먼 길을 왔을 때 정작 고구려군은 하나도 없이 말갈의 1만 병사까지 자취를 감추어버린 상태라면 자신이 문책당할 것은 명약관화한 일이었다.

"지금이라도 날랜 기병으로 저놈들을 추격해야 하는 게 아닐까?"

그러나 다음 순간, 도독은 생각을 고쳐먹었다.

"아니다. 그게 아니야."

"네?"

"저놈이 돌아가는 모습을 보아라."

"……."

"천천히 걸어가고 있지 않으냐?"

"그렇습니다."

"아까부터 저놈은 주학양을 데리고 놀았어. 이미 처음부터 실력 차가 컸지만 저놈은 우리 군사들의 가슴에 실컷 불을 질러놓다가 이제야 주학양을 죽이고 천천히 걸어가고 있단 말이다. 놈들은 아마 저 숲속이나 숲 왼쪽의 구릉에 숨어 있을 거야. 우리가 성문을 열고 나가면 그때 들이닥치려 하는 게지. 고구려군은 여기서 가까운 곳에 있다가 말갈이 성문을 열면 들이닥치려는 계략이야."

도독은 끝까지 성문을 열지 않았고, 그날 내내 말갈군은 그림자도 보이지 않았다.

다음 날 아침, 도독은 부장이 황급히 뛰어 들어오는 바람에 침상에서 잠옷 차림 그대로 보고를 받게 되었다.

"저, 적이 보이지 않습니다!"

"뭐라구?"

"적이 모두 퇴각했습니다."

"무슨 소리야?"

"하나도 보이지 않습니다. 간밤에, 아니 어쩌면 그 전날 밤에 모두 빠져나간 것 같습니다."

"그럴 리가?"

"틀림없습니다."

"말이 안 되질 않느냐? 1만의 말갈군이 와서 15만이 머무를 수 있는 진지를 구축하며 고구려군의 도착을 기다리다 어느 날 갑자기 사라져버린다? 그게 도대체 말이 되는 것이냐?"

"하지만 적은 분명히 없어졌습니다."

"이건 도대체 뭐 하는 수작이야?"

도독은 어리둥절한 중에도 화가 치밀었다.

"이것도 무슨 전략이란 말이냐?"

"속하(屬下)는 가늠하기 어렵습니다."

"전략? 이것이 전략이다?"

도독은 한참 생각하다 갑자기 고함을 질렀다.

"어서 성문을 열고 1만의 군사를 내보내 적을 추격하라!"

"네!"

지시는 신속히 하달되었지만 막상 군사가 움직이는 데는 시간이 걸리지 않을 수 없었다. 그제껏 성을 지키는 데에만 신경을 썼지, 말을 달려 적을 추격하리라고는 아무도 생각하지 않았기 때문이었다.

수의 기병이 한바탕 소란 끝에 말갈군을 뒤쫓아왔을 때에는 고구려 왕과 말갈군이 이미 난공불락의 요동성 안으로 들어가버린 후라 수나라 군사들은 얼른 말머리를 돌릴 수밖에 없었다.

그날 밤 늦게 요서도호부에 도착한 왕세적 대장군은 도독으로부터 적이 도주했다는 얘기를 듣고 크게 기뻐했다.

"크하하하! 고구려의 쥐새끼들이 내가 온다는 얘기를 듣기는 들었던 모양이구나."

왕세적의 말을 듣자 도독은 비로소 긴 한숨을 내쉬었다. 자신이 문책받을 일은 없어진 것이었다. 도독은 마음에도 없는 말로 왕세적의 기분을 한껏 치켜세웠다.

"놈들은 세작을 놓고 있는 것 같습니다. 대장군께서 출병한다 하니까 오려던 고구려 대군도 오지 못하고, 말갈군은 눈치를 보다 대장군이 도착하시기 직전에 그냥 줄행랑을 쳐버린 것 아닙니까?"

"푸하하하! 바로 그거야. 놈들은 세작을 놓고 있었어. 누가 오는지를 세밀히 관찰하고 있다 내가 온다는 이야기를 듣고 싸움을 포기한 거지."

"대장군, 늦었지만 연회를 열어야만 하겠습니다."

"암, 그래야지. 손자병법에 싸우지 않고도 이기는 것이야말로 참으로 이기는 거라 하지 않았느냐? 오늘은 내 싸우지 않고도 이겼는데 어찌 한잔 마시지 않을 것이냐?"

"대장군의 위명이 너무도 당당합니다."

"호호호, 비록 나이 들었지만 아직 나는 건재하다. 알겠느냐? 왕세적은 건재하단 말이다. 이 왕세적은 아직 살아 있단 말이야!"

얼마 후 도착한 양용 역시 기분 좋기는 매한가지였다. 그러나 위인이 교활한 그는 짐짓 크게 실망한 체했다.

"왕 장군, 이번에는 적들을 확실히 도륙낸다 싶었는데, 도대체 실망스럽기 그지없소."

"태자 전하, 제 심정이 바로 그렇습니다."

이때 왕세적의 부장 내호아가 끼어들었다.

"우리는 고구려 놈들이 왜 이런 짓을 했는지 생각해봐야 합니다."

왕세적은 자신도 모르게 얼굴을 찌푸렸다. 부장이란 놈이 왜 태자 앞에서 듣기 싫은 소리를 하려는지 이해할 수 없었다. 전승을 기뻐하는 연회를 마치고 나서 며칠 이것저것 살피다 적의 동향이 없으면 돌아가면 될 일이었다.

"그래? 왜 그런 짓을 했단 말이냐?"

내호아가 양광이 아끼는 장수임을 잘 아는 양용 역시 기분이 좋지 않았지만 겉으로는 미소를 띠며 물었다.

"고구려군은 애초부터 없었던 게 아닐는지요."

"뭐야? 그게 무슨 소리지?"

"대장군께서는 고구려군이 대장군의 위명에 겁을 집어먹고 출병을 포기했다 하시지만, 고구려군은 처음부터 올 생각이 없었던 게 아닌가 하는 생각이 든단 말입니다."

"왜 그런 생각이 들지?"

"여기서 멀지 않은 곳에 고구려의 요동성이 있기 때문입니다."

"뭐야? 그건 무슨 말이야?"

"고구려군이 휴식을 취하고자 한다면 견고한 요동성으로 들어가면 되는데 구태여 저런 흙벽을 쌓을 필요는 없지 않습니까?"

"……."

"저것은 처음부터 우리를 속이기 위한 계략입니다."

"계략이라? 그러하면 왜 그런 계략을 쓴 거지? 그런 계략을 써서 도대체 무슨 득이 있다고?"

여기서 내호아는 멈칫했다. 계략인 것은 분명히 느껴지는데, 도대체 왜 그랬는지는 알 수 없었다. 내호아가 대답을 하지 못하자 왕세적의 분노한 목소리가 터져 나왔다.

"이런 돼먹지 못한 놈 같으니라구! 어디서 혹세무민의 계략 어쩌구 하는 개소리를 함부로 지껄인단 말이냐? 네놈은 우리의 사기를 올리기는커녕 오히려 기분을 깎아내리려고 혈안이 되어 있는 놈 아니냐?"

여기에 양용이 가세했다.

"광이 시키더냐? 그놈은 왕세적 대장군과 내가 전공을 세우는 걸 누구보다 싫어할 것이다. 그래서 네놈을 우리에게 따라 붙여 모함을 일삼도록 했겠지. 여봐라!"

"옙!"

"이놈을 끌어내 당장 목을 쳐라!"

양용은 양광을 떠올리자 피가 끓는 모양이었다. 병졸들이 내호아를 끌어내려 하는데 왕세적이 끼어들었다.

"태자 전하, 이자는 젊은 전략가로 폐하의 총애를 받고 있으니 목을 치는 일만은 참아주소서."

"음."

양용 역시 내호아가 황제의 총애를 받고 있다는 사실을 잘 알고 있었다. 그러나 놈은 양광의 신망도 두터운 자였다. 그런 자가 자신의 전공으로 평가될 요동 출군에 대해 시비를 걸어오고 있는 것이었다.

"곤장 50대를 치고 직위를 박탈하라!"

"네!"

병사들은 재빨리 내호아를 끌고 나갔다.

왕세적과 양용은 약 일주일간을 머문 후 군사를 되돌렸다. 그들은 장안에 도착할 때까지도 승리감에 취해 있었다. 원정군이 돌아온다는 소식에 장안의 백성들이 모두 길가에 나와 박수를 쳤다.

"고구려군은 왕세적 대장군이 온다는 얘기를 듣고 걸음아 날 살려라 하고 도망쳤대."

"그래? 나는 양용 태자의 용맹 때문에 도망쳤다는 얘기를 들었는데."

"무슨 소리! 양용 태자를 어찌 왕세적 대장군에 비할 수 있겠어. 양용 태자는 전쟁터에서 공을 쌓은 경력도 없지 않은가?"

"뭐니 뭐니 해도 양광 대장군이 제일이지. 그야말로 혼자서 진을 평정했잖아."

"하긴."

"그런데 요즘 양광 장군은 왜 통 싸움터에 나가질 않는 거지? 이번 원정군도 왕세적과 양용이 지휘하고, 양광 대장군은 그림자도 안 보이잖아?"

"황제가 일부러 양광 대장군에게는 군사를 주지 않는대."

"그건 왜?"

"너무 잘 싸워서 그렇단 얘기도 있고, 어찌 됐건 양용 태자가 공을 세울 기회를 안 준다던걸!"

"호오, 그건 몰랐는데."

"조정이 모두 태자 편이어서 양광 대장군은 따돌림을 당하고 있다는 거지."

"저런!"

"불쌍해라, 양광 대장군. 전쟁에는 귀신인데."

"부하를 제 몸처럼 아끼는 게 왕세적이나 양용과는 비교가 안 된대. 진나라와의 전쟁 때에는 다리 저는 병사를 직접 업어서 데리고 왔다는 얘기도 있어."

거리에 서서 원정군을 맞는 백성들 사이에서 이런 소리가 들리는 걸 아는지 모르는지 양용은 의기양양하게 황궁으로 나아갔다. 왕세적이 검을 들어 양견에게 전승 보고를 하는 동안, 양용은 고개를 돌려 양광을 찾았다.

"괘씸한 녀석!"

양용은 양광의 얼굴이 보이지 않자 크게 화를 냈다. 양광이 이번 원정을 성공으로 보지 않는다는 뜻으로 여긴 것이었다. 거기에 더해, 내호아가 굳이 전승을 깎아내리려 했던 일이 생각났다. 왕세적은 양용이 이번 원정의 결과에 대해 은근히 불안해하는 것도 모르고 소리를 높여 양견에게 결과 보고를 하였다.

"신 동북원정군 사령관 왕세적은 고구려의 침공 소식을 접하자마자 양용 태자를 모시고 즉각 20만 병사를 이끌어 요서 도호부에 도착한 결과, 적은 본 원정군의 소식을 접하고는 원정군이 도착하기 하루 전 부랴부랴 도주하였습니다. 이에 본 사령관은 일주일간을 머물며 적의 재침공 여부를 세심히 관찰했으나, 적의 재침은 없을 것으로 판단되어 군사를 물려 돌아왔나이다."

왕세적은 의기양양한 목소리로 전공을 보고했지만 왠지 기분이 이상했다. 양견의 기색이 심상치 않았기 때문이었다.

"왕세적! 그래서 네놈은 몇 놈의 목을 가지고 왔단 말이냐?"

아니나 다를까, 양견의 목소리는 차갑기 그지없었다.

"폐하! 저는 적의 침공을 봉쇄했습니다. 그것도 싸움 한 번 하지 않았습니다. 즉 우리 측의 손실이 전혀 없었다는 얘기입니다. 출병에 고구려군이 모두 퇴각했다면 이것으로 원정의 목적을 충실히 달성했다고 생각합니다."

"미친놈!"

양견의 입에서 노골적인 욕지기가 튀어나왔다.

"폐, 폐하."

"내 너를 믿었건만 고작 고구려 쥐새끼들에게 놀아난단 말이냐!"

"그들은 꽁지 빠진 개마냥……."

"이 개떡 같은 놈아! 그래 20만 대군을 이끌고 고작 1만의 말갈 쥐새끼를 쫓아다닌 게 그렇게도…… 그렇게도…… 어억!"

"폐, 폐하!"

양견은 분노를 참지 못하고 그만 머리를 감싸 쥐며 털썩 주저앉았다. 얼빠진 채 망연자실하게 서 있던 왕세적과 양용은 한참 후 양견이 돌아서고 나서야 말없이 자신의 거처로 향했다. 신하들 역시 한참 동안이나 침묵하며 서 있다가 제 갈 길로 흩어졌다.

도성 어딘가 향이 가득 피어 나오는 어두운 방, 두 사내가 묵묵히 마주 앉아 있었다.

"장군."

"흠."

양광은 무거운 호흡을 뱉어냈다.

"사룡, 그대는 어찌 생각하오?"

"저도 이제야 짐작이 가는군요."

"그렇구려. 실로 무서운 계략이오."

"예."

"한데 사룡, 나는 고구려가 왜 이런 짓을 벌였는지 아직도 이해가 가지 않소."

"이해가 가지 않으신다 하심은……?"

"이는 도발의 연속이오. 소적기의 목을 치고, 1만 명의 병사로 20만 대군을 일으키게 해 황제 폐하를 웃음거리로 만들었소. 고구려가 무슨 이유로 이런 도발을 계속하는 것이겠소?"

"쉬이 알 수 있는 일은 아닌 듯합니다만……."

"이번 일이 아니었어도 폐하께선 올가을에 30만 대군을 파병할 작정이셨소. 고구려가 이를 막아내든 그리하지 못하든 그들로선 꽤나 큰 피해를 입을 것이었소."

"세작이 있어 이를 고구려에 알렸다면……."

"그리하였더라면 오히려 소적기를 잘 대접하여 보내고 시간을 끌어 대비하는 것이 최상의 방법이었을 것이오. 이런 도발은 이치에 전혀 맞지 않소."

"오히려 먼저 싸움을 걸어온다는 건……."

"도발은 분노를 이끌어내기 위한 것이오. 그리고 그들은 결국 황제 폐하의 분노를 이끌어내었소. 이 모든 것을 미루어 볼 때, 지금 고구려에는 과거 제갈공명에 못지않은 무서운 전략가가 있는 게 아니겠소?"

"그리 사료되옵니다."

"자객을 보내 여러 경로로 그자를 알아보고 있지만 절대 자신을 드러내는 법이 없는 자요."

양광은 고개를 들어 무언가를 회상하기 시작했다. 그러다가 언젠가 말갈의 한 부족을 말살하려 하였을 때, 이상한 언변으로 말을 받아 자신으로 하여금 군사를 물리게 했던 젊은 고구려인을 떠올렸다.

"혹……, 그자인가……?"

"혹 짐작 가는 자라도 있사옵니까?"

"을지……문덕……. 그래, 그런 이름이었지. 범상한 자가 아닌 줄은 진작 알았지만 이렇게까지 뛰어난 자였던가?"

"그가 누구입니까?"

"을지문덕이란 이름을 가지고 있는 자인데, 과거에 한 번 만난 적이 있소. 그때 목을 베었어야 했다는 생각이 들기도 하고……, 그렇지 않기도 하단 말이오."

유사룡의 눈이 갑자기 이채를 띠었다. 이 사람 양광은 과연 생각하는 바가 남달랐다. 유사룡은 하고 싶었던 말을 꺼냈다.

"장군!"

"말씀하시오."

"혹여 제가 나라를 좀먹는 무리라 여기시지 않을까 걱정됩니다만."

"그럴 리 있겠소."

"그는 어쩌면 장군에게 필요한 존재일지도 모릅니다."

양광은 고개를 끄덕였다. 유사룡도 자신이 생각하는 바를 머릿속에 담고 있었다.

"그런 자가 있는 한, 앞으로 사태가 불리하게 돌아갈지 모릅니다. 상황이 어지러울수록 조정은 장군을 아쉬워하겠지요. 여하튼 어떠한 일이 생기더라도 고구려로의 출병에는 가담하지 않으시는 게 좋을 듯합니다."

"……음."

"태자와 왕세적은 이번 일로 인해 폐하께 엄청난 실망과 분노를 사게 되었습니다. 어쩌면 장군께는 잘된 일인지도…… 모릅니다."

"황제가 되려는 자가……."

"수나라가 그깟 고구려 정벌에 실패한다 하여 흔들리지는 않습니다. 하지만 양용 태자가 즉위하면 분명 흔들리게 될 것이니, 을지문덕은 장군에게 필요한 자입니다."

"알겠네."

양광은 씁쓸한 미소를 남기고 작별을 고했다.

고구려가 군사를 물린 지 한 달이 되어갈 무렵, 장안에는 기별 없이 한 무리의 일행이 찾아들었다.

"고구려에서 온 사신이오. 폐하를 뵙고 싶소."

한 신하가 당황한 얼굴로 허겁지겁 당상에 올랐다.

"폐하, 고구려의 사신이옵니다."

"무엇이! 이 무례한 도적놈들이 정말 못하는 짓이 없구나!"

양견은 발을 동동 굴렀다.

"들라 하시겠사옵니까?"

"내 어디 보자. 하지만 그대로 들여서는 아니 될 것이니라. 그자를 들이되, 양 손목을 자르고 목에 줄을 매어 끌고 오도록 하라."

"알겠사옵니다."

잠시 후, 양 손목이 잘린 한 사내가 줄에 묶인 채 양견 앞에 던져졌다. 고구려의 사신이었다. 양견은 온통 피로 범벅이 된 사신을 보자 조금이나마 분이 풀리는 모양이었다.

"지금부터 한번 지껄여보거라. 너는 어차피 비참하게 죽을 운명. 허나, 네가 하는 말에 따라 그 방법을 달리할 것이니라."

사지가 절단되었음에도 불구하고 사신은 결연히 말을 받았다.

"바칠 선물이 있나이다."

사신의 말이 끝나자 한 사내가 네모진 상자를 들고 들어왔다. 사신과 달리 잔뜩 겁먹은 표정의 사내는 떨리는 손으로 상자를 받들고 서 있었다.

"열어라!"

"먼저 황제께 드릴 말씀이 있나이다. 이 선물은 이번 고구려의 침공을 일으킨 책임이 있는 자의 수급으로, 대왕께서 일단 버릇을 가르치긴 했지만, 앞으로 이런 일이 생기지 않도록 황제께도 각별히 당부하는 뜻에서 보내신다 하였나이다."

양견의 얼굴이 터질 듯 부풀어 올랐다. 씹어 먹어도 시원치 않을 고구려에서 왔다는 사신이, 목숨이 벼랑에 달렸음에도 자신을 자극하고 있었다. 양견은 부들부들 떨리는 손을 들어 이마와 눈을 가리고 몇 차례나 기나긴 심호흡을 해야 했다.

"네…… 이…… 버러지만도 못한 놈들이…… 감히……."

양견의 몸은 들썩일 정도로 떨리고 있었다. 사신은 개의치 않고 말을 이어나갔다.

"어찌 되었든 대왕께서는 이번 일로 황제께 심려를 끼쳐드린 것에 대하여 사죄를 표한다 하셨나이다."

"상자를 열어라. 상자를 열고 나서 네놈을 어찌 찢어 죽일지를 결정하마."

"그럼 열겠나이다. 이번 불미스러운 사건을 일으킨 책임자의 목이옵니다."

사신이 말을 마침과 동시에 사내의 손에 들려 있던 상자가 열렸다.

"아!"

상자 속의 얼굴을 본 양견은 검을 뽑아 들고 당하로 뛰어 내려오며 거세게 휘둘렀다.

소적기. 그렇다면 고구려는 수에 책임을 묻는 것이 아닌가.

양견의 검이 지나간 자리에 길게 피가 흩뿌려지며 고구려 사신의 내장과 상자를 들고 서 있던 사내의 머리가 아무렇게 나 바닥에 흩어졌다. 사방에 피냄새가 진동하였다.

"이…… 이……! 무도한 쥐새끼들이!"

양견은 악귀 같은 형상의 얼굴을 한 채 수십 차례 검을 휘둘러댔다. 사신의 몸에서 붉은 피가 마구 튀었으나 사신은 비명 한마디 지르지 않고 양견의 검을 받았다.

한참 동안 검을 휘둘러대던 양견은 이윽고 숨을 헐떡이며 검을 던져버리고는 사신과 사내의 피를 온몸에 뒤집어쓴 채 자리로 올라갔다. 흥분과 분노로 힘겹게 자리에 앉는 양견의 귀에 고구려 사신의 마지막 목소리가 들려왔다.

"주인을 물어뜯은 개…… 너는 결코 하늘의 자손을 범하지 못하……."

사신의 이 말 한마디는 양견으로 하여금 황제라는 신분조차 잊게 만들었다. 흥분한 양견은 짐승과도 같은 괴성을 토해내며 머리를 쥐어뜯었다. 고구려. 고구려는 천하를 통일하고 세상의 중심에 선 자신을 철저히 농락하며 비웃고 있었다.

"내일 당장 군사를 내라! 내일! 내일 떠나라!"

양견의 분노와 울화는 온 조정을 흔들어놓았다.

양견은 울화를 이기지 못하여 자리에서 쓰러졌다 합니다. 문덕님의 계책대로 그는 곧 분노를 참지 못하여 경솔히 군사를 낼 것이 분명해요. 한데 이상한 것은 양광의 태도입니다. 이런 어지러운 시기에도 별다른 모습을 보이지 않고 있습니다. 예전의 그였더라면 벌써 조정에 뛰어 들어가…….

적이 없는 전쟁

늦봄이 거의 끝나가고 대지가 서서히 데워지기 시작할 무렵, 양용은 큰 칼을 찬 채 황제 앞에 나섰다.

"태자 전하! 황제 앞에 칼을 차고 나서는 것은 법도가 아니옵니다."

그러나 양용은 들은 척도 하지 않았다.

"너는 황제 폐하의 가장 큰 바람이 무엇인지 알고나 있느냐?"

"물론이옵니다."

"무엇이냐?"

"바로 고구려를 갈아 마시는 것이옵니다."

"그러하다. 이 칼은 바로 고구려를 베기 위한 칼이니라."

양용은 당당하게 황제 앞에 나섰다. 언제 이토록 자랑스럽게 나선 적이 있었나 싶을 정도로 양용은 자신감에 차 있었다.

"폐하! 신, 이제 고구려를 치러 나서고자 하옵니다. 윤허하여 주시옵소서."

노쇠한 양견은 혼미한 가운데에도 양용이 고구려를 치기 위해 떠나고자 한다는 말에 잠시나마 기력을 되찾았다.

"용이냐?"

"예, 폐하."

"반드시 고구려 왕과 신하들의 목을 모조리 베어 돌아오너라. 이번에는 결코 실수가 있어서는 안 될 것이야."

"황은에 감복할 따름이옵니다.

"양양과 왕세적도 좌우 휘하로 삼아 데려가거라. 왕세적은 비록 앞일을 내다볼 줄 모르나 군사는 다룰 줄 아는 장수이니."

"예, 폐하. 태자 양용, 목숨을 걸고 반드시 승리를 거두어 돌아오겠나이다."

양용은 굳은 얼굴로 가지고 간 큰 칼을 두 손으로 받들어 황제에게 바쳤다.

"폐하, 이 칼은 고구려를 베는 신의 굳은 의지이옵니다. 만일 제가 고구려를 멸하지 못하고 살아 돌아온다면, 이 칼로 신을 베어주시옵소서."

"참으로 기개가 장하구나. 내 평소 너의 그릇을 잘못 보고 있었느니라. 자, 이제 떠나거라. 그 웅지에 걸맞은 전공을 세우고 오너라."

"예, 폐하. 반드시 그리하겠사옵니다."

양용은 양견에게 큰절을 올리고 돌아서 대전을 빠져나왔다. 동생 양양이 귀띔한 대로 양견은 굳은 의지를 보이는 자신에게 이제까지와는 다른 믿음을 보여주었다. 비록 말처럼 자신만만한 것은 아니었지만 30만 군사의 위용과, 무위로는 따라올 자가 없다는 양양, 백전 무패의 노장 왕세적의 모습은 그의 머릿속에서 패배라는 글자를 멀리 몰아내었다.

대전 밖에서는 양양과 왕세적, 그리고 휘하 여러 부장들이 장중한 기세로 시립해 있었다. 지난번 고구려에 농락당한 수치를 단 한 번의 싸움으로 갚아버리겠다는 자신감으로 가득 찬 이들이었다.

"알다시피 요동 땅까지는 길이 먼 바요. 양양 장군이 10만, 왕세적 장군이 10만을 거느리고 이틀의 간격을 두어 출발하시오. 허나 흩어지면 적의 기습을 당할 수도 있으니, 요하를 건너기 전에 모두 합류하여 일거에 쳐들어가는 것으로 하겠소."

양용은 무게가 잔뜩 실린 어조로 한마디 한마디 힘주어 뱉었다. 그의 태도는 제법 무장다운 데가 있었다.

"허나 이틀 간격으로는 대군의 걸음이 한데 뭉치어 늦어질 수밖에 없을 것이외다. 조금 더 간격을 두는 것은 어떻겠소

이까. 또한 30만 대군이라면 합류하여 들어갈 경우, 머리와 꼬리가 연락을 취하는 것만으로도 오랜 시간이 걸릴 것이니 차라리 서로 다른 방향에서 두드리는 방법을 취하는 게 좋을 것으로 생각되오."

"장군! 태자 전하께서 상장군이시오. 긴말 말고 태자께서 명하는 대로 따르시오!"

왕세적이 노장다운 의견을 내놓았지만 양양에 의해 묵살당하고 말았다. 사실, 양용은 왕세적의 의견을 듣고 그 편이 나은 듯싶다고 생각하였지만 이미 양양이 자신의 편을 든지라 말을 되돌릴 수가 없었다. 잠시 고민하던 그는 되레 짐짓 온화한 표정을 지으며 입을 열었다.

"장군들은 싸우지 마시오. 내 왕세적 대장군의 우려 또한 잘 아는 바이나, 이번 황군은 그 어느 때보다 용맹한 군사요. 날래고 가벼이 나아갈 터이니 걱정 마시오."

양양이 갑자기 한 번 손뼉을 쳤다.

"역시 태자 전하께서는 상장군의 위용이 있으십니다. 소신은 전하만 믿고 따를 터이니, 부디 옳은 길로만 이끌어주십시오."

"저 또한 전하만 믿고 따르겠나이다."

"태자 전하와 함께 나서는 길에 패배가 있을 리 없사옵니다."

양양을 따라 장수들이 하나둘씩 나서며 양용을 칭송하였다. 그러나 한 켠으로 물러서 있던 왕세적은 어두운 표정으로 그들을 바라보았다. 대군의 출동에 신중함을 잃고 양용한 사람의 위세만 돋보이고 있는 꼴이 왕세적으로서는 걱정되지 않을 수 없었다. 그러나 왕세적은 일단 한 걸음 물러섰다. 양용, 그는 장차 황제가 될 사람이기 때문이었다. 아마도 그 시기는 원정 직후가 될 것이었다.

습한 바람이 대륙에 무겁게 가라앉던 어느 날, 결국 진격을 알리는 양용의 앙칼진 고함 소리가 평원에 자리 잡은 30만 군사의 한가운데서 터져 나왔다. 수백 명의 장수들이 그에 맞추어 진격을 명하고 다시 수천의 부장, 조장들이 그들의 병졸을 떠밀었다. 동서남북 어디에 시선을 두어도 끝없이 사람의 머리만 보이는, 마치 개미 떼와도 같은 30만 대군. 그들은 드디어 꿈틀거리고 있었다.

선봉군이 첫발을 내딛자 배웅 나온 백성들의 환호가 잇따랐다.

"대수 만세, 만만세!"

"태자 전하 만세!"

"한왕 전하 만세! 왕세적 대장군 만세!"

유례 없는 대군이라 백성들은 흥분하고 있었다. 수(隋)에 대한 고구려의 침략과 농락은 백성들에게도 이미 알려질 대로 알려진 후여서, 그들 역시 분노하고 있던 참이었다. 그런 그들 앞에 끝도 없이 펼쳐진 30만 대군은 압도적인 위용을 과시하고 있었다.

"이봐, 대체 저게 몇 명이나 되는 거야?"

"말도 말게. 30만이라지 않는가? 그것도 육지로 가는 자들만 말일세."

"어휴, 그 많은 병졸을 어디서 끌어왔을꼬."

"에라, 이 사람아. 자네 세 아들들이 모두 어디에 있는가?"

"하긴 그렇네. 허허. 나랑 자네만 해도 벌써 아홉이구먼."

"웃음이 나오나? 자식들이 살지 죽을지도 모르는데?"

"저 많은 군사에 맞설 수나 있겠는가? 고구려의 허약한 군졸로 말일세."

"하긴. 패배할 리 없을 걸세. 5만으로 장강을 점령한 우리 대수(大隋)가 30만으로 요하를 점령치 못할 리가."

"자네 시인 다 됐구먼, 허허. 그만하고 우리 만세나 부르세."

"대수 만세! 만세!"

10만으로 나누어진 왕세적의 제1진이 완전히 떠나기까지는 사흘이 걸렸다. 애당초 약속된 이틀보다 하루가 더 걸렸지만, 사실 이도 대단히 빠른 진격임에는 틀림없었다. 기치

마다 정확한 간격을 유지한 채 일정한 속도를 유지하고 있었
다. 수십 년을 전장에서 보내온 왕세적의 지휘는 과연 일사
불란했다. 게다가 이번 출병의 특성상 육로에는 보급병이 전
혀 없었으므로, 날랜 군사들은 그 예기를 떨어뜨리지 않고
진군할 수 있었다.

　양용의 본군 역시 그다지 늑장을 부리지 않았다. 양양이 자
신의 후군은 부관들에게 일임한 채 양용과 함께 한담을 빙자
하여 본군에 있은 까닭이었다. 기실 양용은 병법과 무위가
거의 양광에 이른다는 소문까지 난 동생 양양에게 질투심이
일지 않은 것이 아니었으나, 양양이 양광과는 달리 자신을
무척이나 따르는 데다 양광의 전공을 시기하고 미워했던지
라, 양용도 이런 양양만큼은 믿고 좋아하였다. 그리하여 양
양은 양용을 대신해 실질적인 상장군이 되어 전군을 이끌고
있었다.

　"왕세적 장군에게 태자 전하의 이름으로 알려라. 후군과 본
군의 길이 막힐 지경이다. 어서 걸음을 빨리하여 거치적거림
이 없도록 하라."

　대장군 왕세적은 중군의 선두가 거의 선봉의 꼬리에 육박
하는 것을 보고 대소를 터뜨렸다.

　"푸하하하! 지난 40년을 전장에서 살았다만 이렇듯 사기가

출중한 진격은 처음이 아니냐. 내 양용 태자 전하를 그간 탐탁지 않게 보았으나 이 정도면 그간의 훈련이 장난은 아니었단 얘기로다! 여봐라! 어서 진군의 북을 두드려라."

천하를 통일하고 대규모로 원정을 떠나는 병사들의 사기는 충천했다. 목숨이 오락가락하던 그간의 고된 훈련을 마감하고 전장으로 떠나는 데다, 날마다 국경에 출몰하여 수나라를 괴롭혀온 고구려를 정벌하러 간다는 의미가 병사들의 걸음에 힘을 불어넣었다.

"뭐니 뭐니 해도 고구려 여자들이 제일이라며?"

"흐흐흐, 중원 천지에서 제일 좋은 값을 쳐주지."

"값이고 뭐고 고구려 여자 보기가 하늘의 별 따긴데 이제 마음대로 즐길 수 있으렸다."

이러한 병사들의 대화를 듣고 있던 왕세적은 더욱 활기찬 목소리로 명령했다.

"여봐라! 오늘은 다섯 시진을 더 진군한 다음, 야영을 하도록 하라! 병사들의 사기도 높거니와 중군이 벌써 꼬리에 다 다르지 않았느냐!"

석양이 대지를 붉게 물들일 무렵, 셀 수도 없는 기치와 창이 병사들의 머리에서 춤을 추며 병사들의 걸음과 장단에 함께했다. 칼집이 몸에 부딪치는 일사불란한 소리와 대지를 밟고 지나가는 대군단의 저벅거리는 발소리에 인간을 제외한 만물은 있을 자리를 찾지 못하고 맴돌았다.

"전군, 제자리!"

향도가 목청이 찢어져라 외쳤지만, 거대한 목청도 진군의 와중에는 그저 모깃소리에 불과했다. 인류 역사상 기록에 남을 거대한 원정군의 위용에는 산도 나무도 대지도 그저 침묵할 뿐이었다.

"어떠냐? 이 정도의 군세가 한 번에 움직이니 그야말로 장렬하지 아니하냐?"

"고구려의 형편이 어떤지는 모르오나 이 군세 앞에서는 허덕이는 강아지 꼴이 될 것입니다."

"나는 지금 고구려를 말하는 게 아니니라. 보아라, 전장에서 40년을 보내왔다만, 내 이러한 군세를 보기는 처음인 것을. 감개무량이로구나."

언덕 위에서 병사의 진군을 보는 왕세적의 눈에는 눈물조차 비치는 듯했다.

그날 밤 왕세적의 첩지를 받은 양용과 양양은 더욱 사기가 올랐다.

"전장에서 40년을 보낸 왕세적 대장군이 원정군의 위용을 보고 필승의 전율을 느낀다고 써 보냈구나."

"이 모든 것이 태자 전하의 위업입니다."

"이번 원정이 끝나면 황제로부터 양위가 있을 것도 같은 느낌을 받았느니라."

"전하!"

양양이 즉각 양용 앞에 무릎을 꿇었다.

"일어나거라, 너는 나의 동생이 아니냐?"

"신, 이제 요동으로 나가면 눈에 보이는 모든 고구려 관리를 죽여 포를 뜨고 평양성에 이르면 가장 먼저 고구려 왕을 잡아 입에 재갈을 물려 10리를 무릎으로 기게 한 다음, 혀와 코를 베고 귀를 자른 후 내장을 하나씩 꺼내 죽이겠나이다."

"으음, 너무 잔인하지 아니하냐?"

양용의 입에서 절로 웃음이 나왔다.

"대수의 황제를 농락한 죄, 그 정도는 오히려 가볍습니다."

출진 후 나흘이 지나던 날에도 병사들의 사기는 수그러들 줄 몰랐다. 서서히 뜨거워지는 태양에도, 무겁고 습한 바람에도 이들은 전혀 흔들림이 없었다. 인간의 기분이란 참으로 강한 무기였다. 30만의 동료와 함께 걷는 길에 두려울 것은 없었다. 모두가 동료에게 질세라 빠르게 발을 놀렸다. 무거운 식량과 여타 보급품은 대부분 수군 도독 주라후가 지휘하는 함대에 실어 요하까지 운반하도록 되어 있어, 병졸들의 어깨 또한 가벼웠다. 덕분에 나흘이나 고된 진격을 했음에도 왕세적과 양양은 여전히 경쟁하듯 병사를 몰아갈 수 있었고,

이는 가히 수십만 대군의 진격이라곤 믿을 수 없을 정도로 빠른 진군을 가능케 하였다.

"가라! 우리의 적은 고구려 따위가 아니다. 저 뒤에서 바짝 쫓아오는 우리의 중군이 바로 우리의 적이니라."

"하하하하, 그 말이 맞습니다."

이미 고구려와의 전투는 모두의 머릿속에서 아득히 멀어져 있었다. 사납다고 알려져 있기는 해도 고구려가 수(隋)와는 비교가 되지 않을 정도의 소국이라는 의식이 군사들의 머리에 깊이 새겨져 있었다. 거대한 원정길을 쉬지 않고 달려가 한 싸움에 고구려군을 흩어버리고 명예로이 귀환하는 순간만이 그들의 머릿속에 그려지고 또 그려졌다. 조금씩 찾아오는 피로는 오히려 흥분제가 되어 병사들의 발놀림을 빠르게 거들어주었다.

"자! 이쯤이면 오늘은 되었다."

해가 완전히 떨어져 사방이 보이지 않게 되고 나서야 병졸들은 막사를 치고 밥을 지었다. 그러나 어느 누구의 얼굴에서도 지친 기색은 찾아볼 수 없었다.

한편 중군 한가운데, 높은 가마에 앉아 주위를 둘러보던 양용은 언제부터인가 지그시 눈을 감고 생각에 빠져 있었다.

"폐하, 이 원정은 때가 맞지 않사옵니다. 이 무더운 때에 군사를 내는 법이 대체 어디 있나이까. 부디 거두어주소서. 고구려를 쳐 없애는 일은 가을까지 기다렸다 하여도 충분하옵니다."

애원과도 같은 양광의 상소 앞에서 양견은 불쾌하기 그지 없는 표정을 짓고 있었다.

"물러가라."

"폐하!"

"물러가라 하지 아니하였느냐! 네놈은 대수제국의 황제인 내가 그리도 우습게 보이더냐! 오냐, 네놈도 고구려 놈들과 한통속이로구나. 여봐라! 이놈을 어서 내치지 않고 무엇 하느냐!"

"폐하…… 신도 간밤에야 깨달았나이다. 이것은 고구려의 깊은 계략이옵니다."

"네 이놈이, 그래도!"

회상에 빠져 있던 양용의 입가에 기분 좋은 미소가 어렸다.

'못난 놈, 후후. 보아라. 네놈 걱정이 얼마나 덧없는 것인가는 이 진군이 말해주고 있질 않느냐. 후후, 설사 이들이 요하에 이르러 지치더라도 그곳엔 수군(水軍)이 산더미 같은 군량을 쌓아놓고 기다리고 있을 것이다.'

양용은 자랑스러운 표정으로 주위를 훑어보았다. 활기찬 병사들의 이야기 소리와 밥 짓는 연기가 벌판을 뒤덮고 있었다.

"후후, 양광 이놈아, 나의 군사는 즐거운 군사이니라. 네놈이 비록 진을 쳐 없앴다지만 고생과 피해 또한 적지 않았음을 부인치 못할 것이다. 허나 나의 즐거운 군사는 단 한 번의 싸움으로 적을 쳐 없앨 것이다. 이 어찌 황제의 그릇이 아니더냐!"

"어?"

투구를 쓰지 않은 한 병사가 하늘을 올려다보았다.

툭.

병사의 눈꺼풀 위로 물이 한 방울 떨어졌다.

"이런."

툭, 툭, 툭.

빗방울이 잇따라 병사들의 머리에 떨어졌다. 병사들의 웅성거림이 조금씩 퍼져 나가고 있었다.

"이런, 제기랄!"

왕세적은 주먹을 꽉 쥐었다. 좋지 않은 징조였다.

병사들도 이를 느끼지 못할 리 없었다. 진군에 장애가 될 정도는 아니었으나 여태껏 하늘을 찌를 듯 치솟아 있던 사기가 조금이나마 꺾인 것은 부인할 수 없는 사실이었다.

"와하하하! 하늘이 우리 대수군의 목이 마를까 걱정하여 비를 내리는구나! 병사들이여! 입을 벌려라! 턱을 주욱 내밀어 열고 하늘이 내리는 선물을 받아먹으라! 와하하하!"

왕세적은 미친 듯이 웃어젖히며 병사들 사이를 뛰어다녔다. 진군 중인 군졸에게 비가 얼마나 해로운 것인지는 누구보다도 노장군이 잘 알고 있는 까닭이었다. 다행히 몸이 젖을 정도의 비는 아니었으나 어디에서 시작된 것인지 모를 조바심이 군 전체로 조금씩 퍼져 나갔다.

"이만 그쳐야 할 텐데."

"그러게 말일세. 아직은 밤이 쌀쌀하건만."

"이러다가 큰비라도……."

"쉿! 큰일 날 소리 말게. 부정 타면 될 일도 안 되는 법이야. 그리고 만일 비가 온다 해도 쉬었다 가면 될 일일세."

"맞네. 게다가 하늘이 점점 개지 않는가. 이는 대장군 말씀대로 하늘이 내린 선물일지도 몰라."

"어쨌거나 이쯤에서 그쳐야 할 텐데…… 억!"

이야기를 나누던 병사의 머리에서 딱 소리와 함께 신음 소리가 터져 나왔다. 영문을 몰라 다시 고개를 든 병사의 눈에 벽력같은 소리를 질러대며 칼집을 휘둘러대는 왕세적의 모습이 들어왔다.

"이 머저리 같은 놈들아! 지금 받아먹지 않으면 그만 그쳐버리고 만단 말이다. 오, 하늘이여! 조금만 더 내려주소서. 아직 그치면 안 되오이다. 이 녀석들아, 어서 턱주가리를 내밀어!"

이리저리 한참을 뛰어다니던 왕세적의 노력과 30만 군사의 바람 때문인지는 몰라도 비는 저녁 무렵이 되자 그쳤다. 한때 내린 가랑비인 까닭에 병사들의 머리에서도, 장수들의 머리에서도 걱정은 곧 사라졌다. 대신 하늘의 선물이라는 왕세적의 말에 힘입어 사기도 다시 진작되었다.

그러나 정작 왕세적의 마음은 가볍지 않았다.

왕세적은 어두운 표정으로 자신의 충복을 손짓해 불렀다. 곧 병사들을 독려하며 앞서 달리던 부장이 왕세적 앞으로 다가왔다.

"장군님!"

"자네 왔는가."

"안색이 무거워 보이십니다."

"비가 멈추었네."

"그렇군요."

"그런데 마음이 좋질 않아."

"하하, 출정길에 비가 내리는 것이 그다지 희귀한 일은 아니지 않습니까. 그렇게 신경 쓰실 것까지야……."

"내가 너무 예민한 것이냐?"

"장군님, 저는 이토록 거대한 군세를 일찍이 본 적이 없습니다. 저뿐만 아니라 그 누구도 겪어보지 못한 거대한 군사이지요. 병사들도 흥분하였을 게 분명합니다. 지금의 사기가 바로 그 증거가 아니고 무엇이겠습니까. 이런 위대한 원정길에 사기가 떨어져서는 결코 아니 됩니다. 장군의 마음은 바로 군사의 마음, 비 따위에 물러서서야 정기가 바로 설 리 없습니다."

"흠…… 그래. 부장의 말이 맞군. 내가 마음이 약해지다니."

왕세적은 애써 마음을 가라앉혔다.

진격하는 수군(隋軍) 위로 가랑비가 내리고 나서 정확히 3일이 지난 후의 아침, 수없이 많은 막사 사이로 밥 짓는 연기가 피어오를 무렵.

맑았던 새벽 하늘에 거짓말처럼 먹구름이 나타나면서 태양은 순식간에 먹구름 속에 묻히고 말았다.

툭, 투툭.

왕세적의 뺨 위로 굵은 빗방울이 하나 떨어졌다.

"제기랄."

뺨을 문지르며 하늘을 바라보는 왕세적의 입에서 한숨 소리가 새어 나왔다. 하루가 지나고 이틀이 지나 한숨이 거듭될 무렵, 수군의 머리 위를 때리던 굵은 장대비는 온 천하에 도랑을 만들며 넘쳐흘렀다.

병사는 엄지발가락을 꽉 오므렸다. 그러지 않고서는 무겁고 끈적거리는 진흙창에 꾹꾹 달라붙는 장화를 발에 붙이고 있을 방법이 없었다. 이곳저곳에 쓸려 발등이며 발가락이 아파왔다. 한 걸음 한 걸음 내디딜 때마다 허벅지와 발바닥에 통증이 가해졌지만 병사는 꾹 참고 걸어야만 했다. 무거운 진흙이 온 다리에 달라붙어 걷고 있어도 자기 다리가 아닌 것만 같았다.

"으…… 으흑."

병사의 눈에서 눈물이 흘렀다. 몇 날 며칠 전력을 다해 걸어왔는지 모른다. 피로도 지루함도 모르고 걸어왔던 그 길이 오늘에 와서는 몇 배의 피로와 막막함으로 닥쳐왔다. 흠뻑 젖은 옷이 움직일 때마다 어깨를 쓸었다. 그리고 그 위로 다시 빗방울이 떨어졌다. 빗방울이 아팠다. 그래도 병사는 걸어야 했다. 발을 옮겨 딛는 것이 죽는 것보다는 나은 까닭이었다.

쓰러지는 자는 아무도 돌봐주지 않았다. 제 한 몸 추스르기도 힘든 이들에게 다른 이를 일으켜줄 힘이 남아 있을 리 없었다. 쓰러진 자는 그대로 동료들의 발에 밟히며 그 생명을 다해갔다.

"나, 나는 이제 못해!"

발광하는 자도 있었다. 한 병사가 처절하게 고함을 질러대며 돌아온 길을 향해 마구 달렸다. 결과는 뻔했다. 누가 쏘았는지도 모르는 화살 하나가 지친 병사들 사이로 날아가 도망자의 등판에 꽂혔다. 그러나 아무도 쳐다보지 않았다. 돌아서면 죽는다. 지쳐서 죽건, 화살에 맞아 죽건, 장수의 칼에 죽건, 여하튼 죽는다는 걸 모두들 잘 알고 있었다.

"참아라! 이곳까지 무섭게 달려온 너희다! 여기서 포기하고 못난 사내가 될 것이더냐! 이틀만 참아라! 수군이 날라 온 보급품과 식량이 우리를 기다릴 것이다! 여기서 주저앉으면 모두 죽는다! 조금만 더 걸어라! 그러면 쉴 수 있다!"

장수들이 뛰어다니며 격려의 고함을 질러댔으나 피로와 막막함으로 머릿속이 멍해진 병사들의 귀에 이런 고함 소리가 들릴 리 만무했다. 게다가 이들의 고함은 거센 빗소리에 묻혀 병사들의 귀에까지 제대로 이르지도 못했다.

"전군 제자리! 막사를 펴고 휴식을 취한다!"

그칠 줄 모르는 장대비 속에서 꼬박 하루를 걷고 나서야 겨우 울려 퍼진 향도의 고함에 대부분의 병사들은 물이 고인 땅에 털썩 주저앉았다. 힘겹게 막사를 치고 지친 몸으로 밥을 짓는 병사들의 모습은 마치 수십 차례의 어려운 싸움을 치른 자들처럼 보였다.

왕세적은 진군이 계속될수록 마음이 불안했다.

'뭔가가 잘못되고 있다.'

왕세적은 눈을 감고 처음부터 지금에 이르기까지의 과정을 천천히 반추했다.

황제의 사신을 죽여 목을 돌려보낸 일부터 시작해 고구려 왕이 말갈의 군사 1만을 거느리고 갑자기 나타나 마치 큰 병력이 금방이라도 도착할 것처럼 흙벽을 쌓아올리던 일, 극도로 분노한 황제가 당장 군사를 내라고 호통치던 일, 이를 틈타 마치 큰 장군이라도 되는 듯 양용이 황제 앞에 칼을 차고 들어가 군사를 받아내 오던 일들이 주마등처럼 뇌리를 스쳐 갔다.

일련의 기억들 사이로 한 사람의 이름이 천천히 떠올랐다. 바로 양광이었다.

왕세적은 자신도 모르게 신음을 흘렸다.

'설마.'

어쩌면 양광은 대군이 이렇게 될 줄 알았을지 모른다는 생각을 하면서도 왕세적은 애써 그 사실을 부정하려 했다. 그러나 세세한 부분까지 기억을 되살리다 보니, 양광이 적과 싸우지 않고도 패할 수 있다는 말을 한 것도 같았다.

더욱이 그가 자신의 심복들을 모두 변방으로 피신시킨 것은 이 전쟁에서 수군(隋軍)이 패할 것임을 이미 예상했기 때문일지도 모른다는 생각이 들면서 왕세적은 더욱 큰 신음을 토했다.

"음."

"장군! 어디 심기라도 불편하십니까?"

"……."

왕세적은 대답하지 않았다. 부끄러움이 몰려왔다. 공에 눈이 멀어 병력 수만 믿고 무작정 나선 것은 지금 와서 생각하니 장군으로서 할 일이 아니었다.

'그런데 이 모든 것이 인간의 계략만으로 가능하단 말인가?'

왕세적은 갑자기 무서운 생각이 들었다. 누군가가 이 모든 변화의 뒤에 숨어 있다는 느낌이 강하게 들면서 그런 자가 고구려에 있다는 사실이 두렵게 다가왔다.

하늘이 높고 말이 살찌는 계절에 군사를 내도록 되어 있던 계획이 누군가의 계략으로 이처럼 질척거리게 되었다는 사실 앞에서 왕세적 대장군은 겁먹을 수밖에 없었다.

"전군에 알려 행군을 멈추도록 하라!"

"아니, 대장군!"

"행군을 멈추란 말이다."

"회군이옵니까?"

부장이 회군이냐고 묻는 말에 왕세적은 아차 싶은 생각이 들었다. 이제까지와는 달리 이번 원정에는 태자가 동행하고 있었다. 지금 회군한다는 것은 바로 태자의 명예를 더럽히는 일이 될 뿐 아니라, 장안에 도착하면 모든 책임을 자신이 져야 할 것이었다. 이런 점을 왕세적의 부장은 잘 알고 있었다.

"장군, 지금 행군을 멈추면 태자께옵서……."

왕세적은 손을 내저었다.

"그래, 네 말이 맞다. 그냥 진군하도록 하라."

선봉군의 군사들 사이에서 흉흉한 소문이 돌기 시작했다.

"왕세적 대장군이 군사를 물리려 했다는데……."

"뭔가에 씌었다는 얘기도 있어."

"이젠 대장군도 나이가 들 대로 들었나 봐."

병사들은 썩어가는 살을 베어내며 이런 흉흉한 소문들로 처참한 자신의 운명을 위로했다.

하지만 그들도 좋지 않은 예감을 애써 감추고 있을 뿐이었다. 오랜 세월 전장터를 쫓아다닌 그들은 이미 싸우기도 전에 전열이 흐트러질 대로 흐트러졌다는 것을 알 수 있었다. 끝없이 질척거리는 비에 썩을 수 있는 것들은 모두 썩어 들어가는 참이었다.

"흐흐, 이 진창에서 목숨을 긋게 되나 봐."

썩어 들어가는 다리를 움직이지 못하게 잡아끄는 진창이 병사들의 진을 다 빼놓았다.

"아아! 죽기 전에 해나 한 번 보았으면."

취사를 할 수 있는 형편이 못 되어 나누어준 비상식량도 대지를 완전히 덮어버린 습기에 썩어 들어갔다. 하지만 병사들은 썩은 식량이라도 먹지 않을 수 없었고, 이내 설사병이 진중을 덮쳐왔다. 요동벌은 매 순간 죽음의 위협을 코앞에 맞으며 꿈틀대는 인간들로 넘쳐났다.

"술을 가져와라!"

전장에서 이기기 전에는 한 번도 입에 술을 댄 적이 없던 왕세적이 평생 처음으로 술을 마시기 시작했다. 대지를 뒤덮은 습기 속에서 썩어도 괜찮은 것은 술밖에 없었다. 왕세적은 술에 한참 취해서야 오히려 깨어날 수 있었다.

"전군 앞으로!"

왕세적은 여기서 머뭇거리다간 군사의 태반이 죽는다고 생각했다. 병사들 사이에 도는 병은 단순한 설사병이나 풍토병이 아니라 몇십 년에 한 번 오는 괴질이었다. 무엇에 의해 옮겨지는 줄도, 언제 걸리는지도 모르는 무서운 괴질이었던 것이다.

"머뭇거리는 자는 모두 목을 쳐라!"

왕세적의 천막에서는 쉴 새 없이 지령이 하달됐다.

"시체에 손을 대지 마라. 탈수증이 생긴 자는 즉각 목을 친 후 가마니를 덮어 태워라!"

그나마 한평생을 전장에서 보낸 왕세적의 경험이 빛을 발하는 순간이었다.

"아무리 동료라 하더라도 버려야 한다. 의리도 우정도 동료애도 지금은 소용없다. 오직 너희 자신만 있을 뿐이다!"

왕세적은 비가 줄줄 내리는 데다 무덥기 짝이 없는 여름날, 요동벌에서 하루 종일 술 취한 목소리로 고함을 질러댔다.

"장군, 안색이 말이 아닙니다."

"괜찮다. 이 왕세적이 어리석었다. 어째서 주군에게 제대로 간(諫)하지 못하였는지 후회스러울 뿐이다."

"장군, 좀 쉬셔야 합니다."

"아, 오직 나 하나의 잘못으로 죄 없는 병사들을 이렇게 죽이고 있구나. 어리석은 태자에게 밀리지 않으려고 이 나이에 이런 짓을 하다니!"

"장군, 열이 보통이 아닙니다. 어서 누우십시오."

"아아! 양광 대장군이 원망스럽구나. 그는 어째서 이 모든 것을 알면서도 나서서 말리지 않았더란 말이냐?"

"양광 대장군께서는 진군 직전, 폐하께 불가(不可)라 간하셨습니다."

"진군 직전, 그랬더란 말이냐?"

"그렇습니다."

"아니다. 그는 말리는 척했을 뿐이다. 흐흐흐, 그에게는 다른 생각이 있다는 얘기야! 그에게는 다른 생각이!"

한평생을 전장에서 살아온 노장군의 얼굴에 눈물이 흘러내렸다. 그러나 장군의 눈물은 다시 맹위를 떨치기 시작하는 빗줄기에 섞여버리고 말았다.

"이럴 게 아니다. 양양이라도 만나야 한다."

왕세적은 급히 말등에 올라 양양에게 달려갔다. 멀고 먼 길이었지만 왕세적은 묵묵히 말에 채찍질을 해댔다.

"전하, 왕세적 대장군께서 뵙기를 원하십니다."

"왕세적 장군이? 드시라 하라."

왕세적이 들어서는 순간, 양양의 막사에 술 냄새가 진동했다. 초췌하기 그지없는 왕세적의 몰골을 보며 양양은 가만히 한숨을 내뱉었다.

"또 술을 드시었소?"

"군사 다섯 중 하나는 탈영을 하고, 하나는 괴질에 죽고 있소. 그리고 나머지 셋은 고통과 두려움 속에 전의를 잊은 지이미 오래이외다."

"어찌하겠소. 휴식을 취한다 해도 하늘은 잠잠해지지 않을 것이요, 병 또한 사라지지는 않을 것이오. 하루속히 수군을만나 조금이라도 지원을 받고 사기를 진작시키는 것만이 살길 아니겠소."

"수군을 만나면 잃은 사기가 돌아오오? 비가 그치냔 말이오. 괴질이 깨끗이 사라지고 병사들의 절망이 사라진다면 내 병사들을 업어서라도 요하까지 끌고 가겠소."

갑자기 높아진 왕세적의 언성에 몹시 불쾌했지만 양양도 왕세적의 심정을 이해 못 하는 바는 아니었다.

"왕세적 장군, 그리하면 장군은 여기서 끝없이 머물러 있자는 말이오? 태자께서 원하시는 빠른 진격도 무리가 있지만 예서 머물러 있는다는 것은 더욱 말이 되지 않소."

"방법은 하나요. 병사들의 목숨과 수(隋)의 명예를 그나마 건사할 길은 하나란 말이오."

"그게 무어요?"

왕세적은 잠시 고개를 숙였다. 술에 찌든 그의 탁한 눈이 쓸쓸하게 가라앉았다.

"……회군합시다."

양양은 한숨을 내쉬었다. 예상치 못한 말은 아니었다. 이미 병사들을 통해 들어오고 있던 바였다.

"왕세적 장군."

"달리 방법이 없소."

고개를 젓는 왕세적의 얼굴은 절망으로 가득했다.

"만일 내가 지금 1만 군사를 이끌고 이런 지경에 빠졌다면 회군하였을 것이오. 황제 폐하의 불호령은 두렵지 않소. 5만 군사라도 그렇소. 아니, 10만이라도 모르겠소. 허나 지금 우리는 30만 군사를 이끌고 와 있소. 30만 군사가 적의 강토 한

번 밟아보지 못한 채 회군한다면 우리는 영원히 비웃음거리
가 될 것이오."

"30만 군사가 전멸하는 것보다는 낫소."

"희망을 가지시오. 여기서 반수가 죽어나가도 15만 군사
요. 얼마만 한 희생이냐가 문제이지, 이기고 지고는 문제 되
지 않소. 잠시의 역경을 딛고 일어서면 반드시 대가가 뒤따
를 거요. 게다가 태자 전하께서 용납하실 리 없소."

"그놈의 태자 전하! 태자 전하는 대체 왜 이 전쟁에 따라나
서신 거요! 대체 왜 납셔서……."

"불경이오! 장군은 내가 태자 전하의 동생이라는 사실을
잊으셨소!"

양양이 버럭 소리를 질렀으나 왕세적은 신경 쓰지 않았다.

"한왕께서는 그 태자 전하를 형님으로서 모시는 게요?"

"수의 태자 전하이시오. 그리고 장차 황제가 되실 분이시
니, 형님이기 이전에 지극정성을 다해 모셔야 할 분이오."

왕세적은 어둡기 그지없는 얼굴로 툴툴거리며 비웃었다.
양양은 속에서 불덩이가 치솟는 것을 느꼈으나 참았다. 자신
마저 폭발하면 진정 30만 군사는 지리멸렬하고 말 것이었다.

"그만둡시다. 여하튼 회군해야 하오. 그 누가 반대하더라도
반드시 회군해야 하오."

"나는 동의할 수 없소. 조금만 역경을 딛고 일어서면 명예

와 성취가 있소. 계집아이처럼 포기해선 안 되오! 알겠소? 왕세적 장군!"

"모르시오…… 아무것도 모르시오. 이 전쟁이 왜 일어났는지…… 왜 우리가 이런 빗속에서 헤매고 있는지…… 양광 장군이 왜 이곳에 없는지…… 아셔야 하오. 여기까지 우리를 끌고 온 자. 30만 군사를 이런 역경 속에 처박아버린 그자가 병들고 지친 반쪽짜리 군사를 당해내지 못할 리 없소."

"그자가 대체 누구요? 누구길래 천하의 왕세적 장군을 이렇듯 겁쟁이로 만들었소? 그만, 되었소. 회군에 관해서는 더 이상 언급하지 마시오. 득실을 따지기 이전에 명분상 안 되오."

"그만! 제발, 제발, 생각을 좀 해보시오. 왜 고구려가 일껏 쳐들어왔다가 그저 물러갔겠소? 그 미친 고구려의 사신은 또 뭐요? 왜 양광 대장군이 아닌 태자 전하요? 왜 천고마비의 계절을 놔두고 이 지겨운 여름에 원정을 떠나야 했느냔 말이오! 대체 왜!"

차라리 절규라는 표현이 옳았다. 왕세적은 쓰러지듯 탁자에 몸을 기대며 울부짖었다.

"이 모든 것이 한 사람의 머리에서 나왔다면 어쩌겠소! 처음부터 끝까지 이 전쟁을 계획하고 조장한 자가 있다면 어쩌겠냐는 말이오!"

"그만하시오, 장군! 장군이 말씀하는 그자가 실제로 그토록 무서운 인물이라 하여도 그 역시 이러한 대군을 맞서 싸울 기계(奇計)가 없으니 전쟁을 피하는 꾀만 부리고 있는 게 아니겠소. 계책이 있었더라면 오히려 더 끌어들여 완전히 궤멸시키려 들었을 게 아니오. 장군이 두려워하는 만큼 그자도 두려워하고 있을 것이오. 좀 쉬셔야겠소. 술을 많이 드신 듯하구려. 태자 전하께는 없었던 일로 하겠소. 태자께서는 지금도 진격을 외치며 군사의 사기를 높이기에 여념이 없으시오. 그런 태자 전하께 회군이라는 불경스러운 말이 들어간다면 아무리 장군이라 할지라도 무사하지 못할 것이오."

양양은 숨도 쉬지 않은 채 얼굴이 벌게지도록 말을 토해내었다. 평소 과묵하고 침착한 그답지 않은 열변이었으나 왕세적은 절망 가득한 얼굴을 일그러뜨리며 툴툴거릴 뿐이었다.

"흐흐…… 그저 너무 늦지 않게 깨닫기만을 바라겠소. 그리고 나는 태자 전하의 장수가 아닌 수(隋)와 황제 폐하의 장수요. 만일 황제 폐하와 수의 명예에 장애가 되는 것이 있다면, 그게 무엇이 되었든 나는 결코 보아 넘기지 않을 것이오."

"무엇이오! 그 말이 반역죄가 될 수도 있다는 걸 아시오?"

왕세적은 비웃음을 남긴 채 비틀거리며 돌아섰다. 그런 그의 뒷모습을 바라보는 양양의 눈에는 만감이 교차하고 있었다.

양양은 둘 중 하나를 택해야 한다는 것을 직감했고, 그는 당연히 양용을 택했다. 양양의 말을 들은 양용은 격분한 나머지, 선봉군으로 돌아가는 왕세적을 급히 잡아들여 밤새 혹독한 신문을 하고 말았다.

추적추적 비가 내리는 가운데 수십 명의 병사가 한 수레를 둘러싼 채 걸음을 옮기고 있었다. 수레 안의 남자는 눈을 꾸욱 감은 채 가부좌를 틀고 앉았는데, 가끔 미친 사람처럼 한 번씩 고개를 젖히고는 하늘을 우러러 커다란 웃음을 터뜨리곤 했다. 그의 웃음소리에는 왠지 모를 한과 격정이 담겨 있어 듣는 사람으로 하여금 섬뜩한 느낌까지 들게 하였다. 병사들은 그의 웃음을 들을 때마다 얼굴을 찌푸렸다. 거북한 사람이었지만 어제까지 대장군이었던 사람을 함부로 제지할 수는 없었다.

왕세적. 수의 대장군 왕세적이었다. 30만 군사의 선두를 이끌어 가던 왕세적.

핫하아…… 핫핫! 하하하……!

그는 어두운 하늘을 향해 울부짖듯 웃어젖혔다. 한참 동안 쉴 줄 모르고 웃는 왕세적의 커다란 입 주위에서 침이 흘러나왔다. 그러나 그는 웃음을 멈추지 않았다. 광인과도 같았다.

"하, 하하…… 하핫! 여봐라! 이것은 진군이 아니다. 우리는 죽음의 굴로 줄지어 가는 벌레떼다. 그토록 아무것도 모르는 태자가 행군원수라니! 어서 폐하께 달려가거라! 어서 진왕 양광을 불러라! 그가 와야만 한다. 전군 정지! 정지! 정지!"

여태껏 웃기만 하던 왕세적의 눈에 물기가 맺히더니 이내 눈물이 떨어졌다.

"이놈들아! 어쩌면 좋단 말이냐…… 이것은 제갈공명보다 더 깊은 계략이 아니냐. 알 수도 느낄 수도 없는 기책을 쓰는 자를 양용이 어떻게 당한단 말이냐! 내 평소 양광을 미워했지만, 지금 이 순간만은 양광이 그립구나. 어서 진왕을 불러라! 어서!"

한참 동안 혼자 떠들던 왕세적은 입을 닫더니 이내 고개를 푹 숙이고 눈을 감았다.

'출정이 후회스럽구나……'

왕세적은 깊은 한숨을 내쉬었다.

컴컴한 하늘 아래 왕세적의 혼잣말이 음산하게 울려 퍼졌다. 수레를 지키는 병사들은 손으로 귀를 막은 채 걸었다. 계속 듣고 있다가는 자신도 미쳐버릴 것만 같은, 너무나 짙은 절망이 흘러나오는 음성이었다.

하하하하…….

왕세적의 절규 어린 광소는 요서 땅 이곳저곳에 묻어나고 있었다.

"전군— 진격—!"

한편 양용은 송두를 선봉장으로 삼아 병사들을 몰아붙였다. 괴질에 걸려 썩어가는 몸을 이끌고, 생명을 부지하기 위해 병사들은 필사적으로 걸었다. 썩은 살 위에 비가 내렸고, 병균을 담은 빗물이 모여 내를 이뤘다. 그 위로 30만, 아니 이제 그 반수나 될까 싶은 병사들이 한데 모여 어그러지며 걸었다.

"이제 하루 거리입니다."

"좋다! 왕세적이 없어지니 걸음이 빠르구나! 자, 더 거세게 나아가라! 주라후의 함대가 기다리다 지쳐 돌아가기라도 하면 어쩌겠느냐! 더 빨리 병사들을 몰아쳐라! 식량과 물자가 산더미같이 쌓여 있다. 요하까지만 가란 말이다!"

진군은 쉬지 않고 계속되었다. 목적지가 코앞에 있다는 사실에 격앙된 양용은 미친 듯이 병사들을 몰아붙였다. 주라후가 보급품과 군량이 가득한 그의 함대를 이끌고 도착해 진영을 구축해놓았을 것이었다. 기후 탓에 약조한 날짜보다 늦어진 양용의 군사들을 한없이 기다리고 있을 것이었다.

추수의 계절이 시작되려면 아직 두어 달이나 남았을 무렵,

유례없이 힘들었던 보릿고개를 힘겹게 넘어 용케 아사하지 않고 살아남은 요서성의 백성들이 그 앙상한 팔다리를 부르르 떨고 있었다. 초근목피로 끼니를 겨우겨우 이어가고 이미 전식(轉食)이 성행하는 마당에, 며칠이나 내린 장마 속에서 괴질이 창궐했다. 굶어 죽는 자가 열에 서넛, 병들어 죽는 자가 서넛, 그리고 가끔 영문을 모른 채 실종되는 자들. 물론 돌아오는 자는 없었다. 대신 깨끗이 발린 인골이 가끔 거리에 굴러다닐 뿐이었다. 수십 년간 찾아볼 수 없었던 대흉이 요서를 휩쓸고 있었다.

그런 요서의 모든 마을마다 오늘 아침 방이 붙었다. 30만 황군이 어려움을 겪고 있으니 군량을 마련하라는 내용이었다. 백성들은 웃기만 했다. 며칠 전에 바꾸었던 옆집 아기의 팔을 씹으며 웃고, 죽은 지아비의 시체를 내다 버리며 웃었다. 실실 웃었다.

마을마다 병사들이 달려들었지만 나올 것이 없었다. 칼을 들이대어도 백성들은 고개 한 번 들지 않았다. 성의 창고에서 나온 식량도 금세 사라졌다. 성주도 끼니를 줄이는 마당에 병사에게 먹일 군량이 있을 턱이 없었다.

육로의 30만 군사는 그렇게 도착했다. 주린 배를 움켜쥐고 살아남기 위해, 군량을 쌓아놓고 기다리고 있을 함대를 기대하며 초인적인 발걸음을 옮겨왔다. 이레가 지나기 전까지 굶은 병사들이 태반. 힘이 없어 말도 나오지 않고 괴로워 잠도 이루지 못하며 오로지 식량, 식량을 바라보며 절인 고기 같은 다리를 억지로 떼어놓았다. 그리고 그들은 지금, 개미 새끼 한 마리 없는 요하를 바라보고 있었다.

"시, 식량이…… 없……."

한 병사의 입에서 가까스로 소리가 새어 나왔다. 굳어버린 혀와 말라붙은 입으로 쉰 소리를 억지로 내뱉었다. 병사의 눈에서 눈물이 흘렀다. 병사는 마지막 남은 힘을 쥐어짰다. 칼을 뽑아 들고 몸을 재빨리 웅크렸다. 섬뜩한 소리와 함께 칼날이 병사의 등을 비집고 나왔다. 병사는 그대로 쓰러져 요하의 물결에 휩쓸려 갔다. 다른 병사들의 눈에서도 뜨거운 눈물이 흘렀다. 위풍당당하게 출전하던 30만 대군이었다. 한 번의 싸움으로 고구려를 쳐부수고 돌아가리라던 대군이었다.

"으아아아!"

또 한 명의 병사가 배에 칼을 꽂고 쓰러졌다. 자살은 순식간에 전염병처럼 퍼져 나갔다. 수십 구의 시체가 요하의 물결을 따라 흘러갔다. 희망의 땅이었던 이곳이 이젠 그들의 무덤이 되어 있었다.

"우린, 우린 다 죽을 거야."

바싹 마른 입에서 힘겹게 새어 나온 한 병사의 목소리였다.

"어떻게 된 일이냐. 주라후는 무얼 하고 있다는 말이냐!"

"알 수가 없습니다. 연락할 수 있는 상황이 아닌 터라……."

"설마 풍랑이라도 만나 몽땅 가라앉은 것이 아니냐?"

"주라후 장군께선 풍랑에 침몰되실 분이 아니시온데……."

"그럼 도대체 어찌 된 것이냔 말이다. 우리는 예정보다 아흐레나 늦었다. 한데 어째서 뱃길로 온 자들이 아직도 도착하지 않았느냐!"

"제가 이 부근의 바람에 대해서는 들은 적이 있는 듯도 하옵니다만……."

"바람? 무슨 바람 말이냐?"

"남만 앞바다에서 생긴 큰 바람이 이 부근에 다다르면 곧잘 모든 것을 들어 엎는 큰 태풍으로 바뀐다 하더이다."

양용은 잠시 말이 없었다. 그는 간신히 불안을 억누르고 떨리는 목소리로 반문했다.

"풍랑을 말함이냐?"

"그럴 염려가 있사옵니다."

"풍랑, 풍랑이라……. 음, 좀 더 기다려야 할까? 아니, 의논을 해야겠다. 양양, 양양을 어서 불러와라. 이놈은 왜 아직도 날 찾아오지 않는 게냐? 어서 양양을 불러와라."

양용은 극도의 불안감에 발을 동동 굴렀다. 만일 주라후의 함대가 풍랑이라도 만나 침몰했다면 끝장이었다. 돌아갈 여력도 없으니 요동을 점령하고 그곳에서 식량을 충당하는 수밖에 없었다. 하지만 지금 수의 병사는 아이와 싸워도 이기지 못한다는 것을 양용 또한 알고 있었다.

하지만 아무리 목을 빼고 기다려도 양양은 오지 않았다. 양용의 부름에 조금이라도 늦은 적이 없던 그였다. 양용이 양양을 불러오라며 발을 구르고 있을 때, 양양은 그의 진지로 느닷없이 들이닥친 십수 명 남짓한 병사들을 앞에 두고 있었다.

"한왕 전하!"

"너희는 누구냐. 혹 수군이더냐."

"그렇습니다. 주라후 도독님의 지휘하에 있던 자들입니다."

"오, 도착했는가! 한데 대체 어찌 된 일이냐. 몰골이 말이 아니로구나."

"전하……."

앞서 나와 있던 병사가 갑자기 땅에 쓰러지듯 엎드렸다. 그리고 땅에 박았던 얼굴을 부르르 떨며 치켜들었다. 병사의 눈에서는 굵은 눈물이 흐르고 있었다.

"감히 전하를 뵈올 면목이 없습니다. 죽여주십시오, 전하……."

양양은 불길한 예감에 사로잡혔다.

"어찌 된 일이냐 묻고 있지 않는가?"

"수치스럽게도 목숨을 건진 자는 저희가 전부입니다. 전하를 뵈옵고 나서 바로 자결코자 함부로 목숨을 버리지 못하고 예까지 달려왔나이다."

양양은 갑자기 정신이 혼미해짐을 느꼈다. 떠오를 때마다 애써 지우던 그 생각이 점차 현실과 조각을 맞춰가고 있었다. 자신도 모르게 신음이 흘러나왔다.

"무슨 일이냐고 지금 묻고 있지 않느냐…… 자세히 설명하란 말이다."

"수의 수송 함대가 풍랑을 만나 모조리 좌초하고 말았습니다."

뒤통수에 통증이 느껴졌다. 눈앞이 점차 흐려지더니 이내 아무것도 보이지 않았다. 병사의 목소리가 환청같이 반복해서 들려왔다. 양양은 눈을 뜨려고 했다. 눈을 뜨고 이 꿈에서 깨어나 사기충천한 30만 군사의 가운데 서 있는 자신을 확인하고 싶었다. 억지로 눈꺼풀을 들었다. 희뿌연 장막과 환청이 걷히고 현실이 들어왔다. 또렷한 현실이 느껴지면서 안심이 되었다. 긴장했던 양양의 얼굴이 다시 편안하게 풀어졌다. 역시 꿈이었다. 양양은 몇 번 도리질을 쳤다.

"후후, 그래. 그럴 리가 없지. 그래, 그래서 주라후 도독은 어디 있느냐? 왜 직접 오지 않고."

"예? 예. 예 전하. 도독께서는……."

"음, 그래. 괜찮다. 내가 찾아가지."

병사는 갑자기 오열했다.

"크흑, 흑. 전하…… 전하……."

"무어냐?"

"도독께서는 최후까지 갑판에서 지휘하시다가…… 결국, 기함과 운명을 같이하시고 말았나이다……."

"……."

벗어나려고 도리질을 치던 현실이 무섭게 그를 쫓아와 사로잡고 잡아당겼다. 그런데 양양은 의외로 담담했다. 별로 놀라지도 않았다. 어쩌면 요하에 도착할 때부터 알고 있던 일이었는지도 모른다. 대신 한 가닥 희망에 지탱하던 온몸의 힘이 티끌만치도 남지 않고 모조리 사라졌다. 비틀거렸다.

"그래."

쓰러질 것 같은 몸을 간신히 지탱하며 의자에 앉았다.

"한데 이상도 하지. 주라후는 보통 장수가 아니건만…… 거대한 폭풍이 갑자기 들이닥쳤나 보군……."

"……전하!"

앞의 병사가 또 한 번 땅에 얼굴을 짓찧었다.

양양은 곁에 서 있던 부장에게 고개를 돌렸다. 본래 미남자로 유명한 황자의 얼굴이 말할 수 없이 수척해 있었다. 그의 풀린 동공에 눈물이 비쳤다. 그 모습을 바라보던 부장의 가슴에 뜨거운 것이 치밀어 오르다가 이내 사라져버렸다. 울화를 품을 힘도 없었다. 그저 따라서 눈물이 흐를 뿐이었다. 고개를 떨군 채 양양이 마른 입술을 달싹였다.

"……회군."

"전하……"

"회군……하자. 태자 전하께도…… 전하라."

병사들이 물러가고 부장이 떠나자 그만 자리에 털썩 주저앉은 양양의 눈에서 두 줄기 눈물이 흘러내렸다. 머나먼 땅까지 수십 일을 걸어왔지만 싸움 한번 못 해보고 반수가 되어버린 군사. 그들의 실질적인 수장으로서 흘리는 눈물이었다.

"이상하다고…… 여겼지만."

겪고 나서야 모든 일이 확실하게 떠올랐다. 이해가 가지 않던 고구려의 태도. 도발일 것이라 여겼지만 무엇을 위한 도발인지 알 수 없었던 것들. 이제 직접 뼈저리게 겪고 나서야 알 수 있었다. 괴질, 홍수, 풍랑. 이 모든 것을 껴안고 추수가 시작되기 전에 떠나온 것이었다. 두 달만, 아니 한 달만 출병을 늦추었더라도 이미 자신은 고구려 수도의 땅을 밟고 있었을 것이었다.

"아아…… 두려운 일이다. 두려운 일이야……."

양양은 몸서리를 쳤다.

"회군하라!"

양용은 달리 방법이 없다는 것을 누구보다 잘 알고 있었지만 끝까지 싫다며 도리질을 쳤다. 왕세적을 꾸짖을 때조차도, 회군만이 살아남을 길이라는 사실을 그 역시 알고 있었다. 하지만 회군을 떠올릴 때마다 큰 칼을 차고 양견 앞에 나섰던 자신의 모습이 눈앞에 나타나곤 했었다.

마지막 순간까지도 양용은 회군할 수 없다며 버텼다. 그러자 양양은 양용을 비밀리에 포박해서는 수레에 가두어버렸다.

"회군하라! 태자 전하의 명이시다."

이윽고 10만으로 줄어버린 군사는 회군을 시작했다. 때가 잔뜩 낀 얼굴에 눈물을 흘리며 걷는 장수들과, 걷는 것 외에는 그 어떤 일도 할 수 없을 정도로 허약해진 병사들의 누런 얼굴이 처량하기 그지없었다.

예까지 오는 데만도 수십 일이 걸렸다. 돌아가는 길은 그보다 더 길면 길었지 줄어들지는 않을 것이었다. 게다가 병사들은 빈손에, 빈속으로 걸어야 했다. 걷다가 쓰러지고, 다행히 밟히지 않아 살아서 일어서면 다시 걷고, 또 쓰러지면 땅을 기다가 다시 일어섰다. 어지간히 수그러들었던 괴질도 허약해진 병사들 사이에서 다시 기승을 부리려는 듯, 구토하는 병사들이 심심치 않게 눈에 띄었다. 탈영해서 요하의 고구려 진지를 향해 달려가는 병사들도 제법 되었다. 모두 자신의 앞가림에 여념이 없었기에 동료가, 부하가 무얼 하든 신경 쓸 겨를이 없었다. 병장기를 바닥에 몰래 던져두고 걷는 병사들도 많았다.

"병사들에게 고한다. 아직 고구려군과의 접경에서 벗어나지 않았다. 결코 병장기를 버려서는 아니 된다."

양양이 계속해서 군령을 띄웠지만 그들로서는 당장 목숨이 사라지는 마당에 무거운 쇳덩이를 짊어지고 걸을 생각이 없었다. 말을 몰아 전군을 한번 살펴보니 남은 병사의 반수 이상이 빈손으로 걷고 있었다.

"지금 고구려 군사가 들이닥친다면…… 전멸이다."

하늘에 잔뜩 낀 먹구름처럼 양양의 가슴은 어둡고 답답하기만 하였다.

양양의 이런 걱정은 얼마 지나지 않아 현실로 다가왔다.

후군 뒤로 뿌옇게 이는 먼지가 척후병의 눈에 들어왔다. 고구려군의 추격을 장수에게 보고하는 순간, 후군은 서로 밟고 밟히는 아비규환 속에 빠지고 말았다. 뒤돌아 습격에 대비하라는 명령이 내려졌지만 단 한 명의 병사도 싸울 채비를 하지 않았다.

"돌아서라! 돌아서서 적을 맞아라!"

장수들의 고함은 오히려 병사들의 비명에 묻혀 들리지 않았다. 어떻게 그런 힘이 남아 있었는지 앞서 가는 동료들을 잡아 넘어뜨리며 도망치고 있었다. 넘어진 병사들은 뒤에서 달려드는 동료들에게 사정없이 밟혀 목숨을 잃었다. 그리고 그 뒤로는 말을 탄 고구려의 기병 수백이 무서운 속도로 추격해 왔다.

그리하여 결국 후군은 고구려 기병에 따라잡히고 말았다.

앞서 말을 달리는 고구려의 장수는 검모수, 젊은 나이에 몸이 날래고 냉정하기로 정평이 난 고구려 최고의 맹장이었다. 검모수는 창을 휘두르며 맹렬히 말을 몰아 휘하 기병들과 현격한 거리를 벌리며 가장 먼저 수군의 후미에 닿았다. 한차례의 커다란 고함 소리와 함께 창을 휘두르자 적장 하나의 목이 땅에 떨어졌다. 미친 듯이 창을 휘두르며 날뛰는 그를, 지친 데다 무기마저 없는 수군은 당해낼 수가 없었다. 고구려 기병이 수군에 닿는 그 짧은 시간 동안에만도 수십여 명의 목이 검모수의 창에 의해 떨어져 나갔다.

"적장은 나오라!"

장수들은 겁을 내며 감히 나설 생각을 하지 못했다. 잠시 창을 세우고 고함을 치던 검모수는 비웃음을 지으며 다시 창을 꼬나들었다. 한 적장의 모습이 눈에 띄었던 것이다. 검모수는 그를 향해 일직선으로 질러 갔다. 뒤돌아 도망치던 적장이 황망한 가운데서도 돌아서서 칼을 휘두르려 하였으나 검모수의 창은 이미 그의 가슴팍에 꽂혀 있었다. 그리고 그 여세를 몰아 검모수는 사방으로 창을 휘둘러 다시 십수 명의 수병을 베었다. 그야말로 파죽지세였다.

검모수의 뒤를 따라 후미에 다다른 고구려의 기병들은 창 대신 커다란 칼을 들고 있었다. 달려오던 기세 그대로 칼을 오른편에 세우고 찌르듯이 적진에 뛰어든 기병들은 적병 하나의 몸을 찌르는 순간 재빨리 이를 가로로 휘둘러 몇 명의 적병을 더 베었다. 이 동작을 반복하며 말을 몰자 그들이 지나간 자리에는 적의 시체밖에 남지 않았다.

"맞서라! 맞서라!"

용케 끝까지 도망치지 않고 군사를 격려하던 장수의 몸에 한 기병의 칼이 날았다. 가슴팍에 기다란 핏자국이 생기는가 싶더니 장수는 그길로 쓰러졌다. 일개 병사가 한칼에 적장을 베어 죽인 것이었다. 장수까지 이런 마당이니, 맞서 싸울 자가 있을 리 없었다. 기병들은 그야말로 맹렬한 기세로 적진을 마구 짓밟았다.

횡으로 길게 늘어선 기병들은 이윽고 수군 한가운데를 가로질러 선두에까지 이르렀다. 수군 중에서 제 다리로 서서 무기를 꼬나든 병사는 수십에 불과했다. 그야말로 전멸이었다. 이렇게 겨우 500명에도 이르지 않는 고구려 기병이 순식간에 적의 후군을 모조리 흩어놓았다. 죽은 자만도 1만에, 도망치고 항복한 자들까지 합치면 그야말로 수만에 다다르는 병사들이 궤멸당했다.

한편 양양의 중군은 몇 갈래로 흩어져 후퇴하고 있었다. 후군이 거의 전멸당했다는 소식을 듣자 양양이 재빨리 군사를 나누었던 것이었다. 그나마 이번 진군 중 가장 잘 내린 판단이었다. 그리고 자신은 말을 탄 채 수십 명의 장수들과 함께 앞으로 멀리 나가 있었다. 느려터진 병사들의 발걸음에 속도를 맞추다가는 순식간에 고구려 기병에 짓밟힐 것이라 여긴 까닭이었다.

"한왕 전하! 후군이 완전히 궤멸당한 듯합니다."

한 장수가 양양에게 달려와 전했다

"그런가."

무덤덤한 대답이었다. 예상한 일이었던 데다 더 이상 슬퍼할 힘도 없었다.

"추격은 어찌 되었는가?"

"더 이상 쫓아오지 않습니다. 조금 속도를 늦추어 병사들과 함께하심이 어떻겠습니까. 이제 산길을 지나야 하온데."

"그래. 그래야지."

말머리를 돌려 본군으로 돌아오는 양양의 눈에 비참한 병사들의 모습이 들어왔다. 팔다리가 성한 자가 없었다. 발이 썩어 들어가는 자, 더 이상 발걸음을 옮기지 못해 바닥에 쓰러져 신음하는 자. 모두 추격에 쫓겨 정신없이 사방으로 도망치다 겨우 다시 걸음을 내딛고 있었다. 야위고 누레진 얼굴에는 고통이 역력히 드러났다. 병사라기보다는 병자에 가까운 이들의 움직임이었다.

애써 담담한 척하던 양양의 눈이 조금씩 젖어들고 있었다. 30만 군세부터가 애당초 문제였다. 그 많은 군사를 한 길로 몰아넣었으니…… 게다가 주라후의 수군을 너무 믿은 나머지 평소보다 적은 양의 군량을 지게 하였다. 하지만 그마저도 비에 젖어 못 쓰게 된 것이 태반이었다. 잘못된 군사였다. 최악의 용병이었다.

"아! 나는 애당초 이것밖에 안 되는 인물이었던가!"

눈물을 흘리던 양양은 하늘을 우러러 고함을 질렀다. 비록 양용이 있었다고는 하지만 실질적인 지휘관은 자신이었다. 자신이 군사들을 이 꼴로 만든 것이었다.

"하늘이시여! 제게는 정녕 기회를 주지 않으시렵니까! 왜! 왜!"

양양은 울부짖었다.

"광 형님! 당신을 따라잡고 싶었습니다! 당신과 당당하게 맞서고 싶었습니다!"

"조용히 좀 하라."

수레에 실린 양용이었다. 포박을 하지 않았다뿐이지 병사들이 옆을 지키고 있는 꼴이 영락없는 죄인의 모습이었다.

"내 아우에게 이런 배신을 당할 줄이야. 네 탓에 이런 상황에 이르렀다. 네 탓에 전쟁에서 진 게야. 돌아가면 이를 빠짐없이 고할 테다."

"형님, 이제 와서까지……."

"무엄하다. 감히 천하의 황제가 될 내게 형님이라니."

아직도 꿈을 꾸고 있었다. 저 같잖은 꿈이 전쟁을 이 지경으로 만드는 데 일조했다는 생각이 들었다. 한순간 양양의 눈에서 불이 일었다.

"……형님은 황제가 될 수 없소."

"무어냐!"

"30만 병사를 모두 잃고 돌아가는 자에게 용서가 있을 것 같소."

양용은 입을 다물었다. 그리고 비통한 얼굴로 양양을 쳐다보았다.

"형님을 끝까지 자리에 앉혀놓았더라면 우리는 한 사람도 빠짐없이 몰살당했을 것이오. 아니, 그보다 형님이 없었더라면 이 전쟁, 이렇게까지는 안 되었겠지."

죽일 듯한 눈으로 양용을 노려보던 양양은 고개를 휙 돌려버렸다. 양용 역시 이 비참한 행렬 가운데 있는 자. 어느 정도의 동정도 일었다.

"아, 어쩌다 이렇게까지 되었는가. 아무리 간계의 간계라 할지언정 30만 군사가…… 30만 군사가……."

양양은 길게 탄식하며 채찍을 내리쳤다. 더 이상 군사들의 참담한 몰골을 보고 있을 수가 없었다.

양양이 이끄는 수군은 갈 때보다 무려 두 배의 시간이 더 걸려서야 요서성에 닿을 수 있었다. 그리고 요서성에서 이들이 체류하는 며칠 동안, 고구려군으로부터 풀려난 후군의 포로들이 질린 얼굴로 돌아왔다. 고구려군에 대한 이들의 공포는 대단했다. 그리고 가뜩이나 계속된 재해에 하늘이 노했다며, 하늘이 돕는 나라를 건드린 대가라는 소문이 퍼져 나갔다.

30만 수군의 회군이 수도에 전해지기 사흘 전, 궁성 근처의 장원에서 달빛 어린 바람을 맞으며 연못가를 거니는 사내가 있었다. 허름한 남색 무복을 걸친 채 헝클어진 머리를 이리저리 휘날리는 사나이. 잠시 멈추어 서서 수심에 잠긴 얼굴로 북동쪽 하늘을 바라보던 그는 이내 장탄식을 뱉어냈다.

"두…… 번이나…… 대군을, ……오로지…… 계략 하나로!"

그의 얼굴은 치욕으로 붉게 물들어 있었다.

"내가 갔으면……, 내가 갔더라면……."

그러나 사나이는 이내 고개를 가로저었다. 고뇌 어린 눈빛이 북동쪽 하늘에 걸린 구름을 따라 흘렀다. 수십만 가지 상념이 사내의 눈을 떠나 밤하늘에 어지러이 퍼져 나갔다. 한참 동안 눈 한 번 깜박이지 않고 그 모습을 바라다보던 사내의 눈이, 이윽고 아쉽다는 듯 떠나가는 상념들을 거둬들였다. 이윽고 사나이의 눈에 무서운 불길이 타올랐다.

그는 손바닥을 천천히 오므렸다. 곧이어 있는 대로 꽉 쥔 그의 주먹이 퍼런 핏줄을 세우며 부들부들 떨리기 시작했다. 마치 손바닥 안에 절대로 놓아서는 안 될 것이라도 쥐어져 있는 양, 사나이는 엄청난 힘으로 주먹을 쥐고 있었다. 이내 주먹 쥔 손에서 피가 흘렀다. 파고든 손톱 근처에서 흘러나온 피가 손가락을 타고 미끄러져 바닥에 떨어지기 시작했다.

사나이의 입에서 마치 짐승의 울부짖음 같은 괴상한 목소리가 흘러나왔다.

"고구려…… 을지문덕…… 내가 죽인다."

양견의 최후

"……하여 눈물을 머금고 회군하였습니다, 폐하."

동이 트기도 전에 열린 어전 회의는 이 말을 마지막으로 꼬박 하루 동안 침묵 속에 빠져 있었다. 그 누구도 입을 열지 않았음은 물론이요, 정전에 꿇어 엎드린 자들은 미동조차 없었다. 양양의 보고가 시작되고부터 단 한마디의 언급도 없이 태사의에 앉아 몸을 떨고 있던 양견. 그는 하루가 다 지나도록 양양을 뚫어져라 바라보고만 있을 뿐이었다. 결국 하루가 지나 다시 동이 틀 무렵, 더 이상 견디지 못한 한두 명의 신하가 졸도하고 나서야 양견은 입을 열었다.

"회군!"

황제의 목소리라고 하기엔 너무도 이상한 음성이 흘러나왔다. 끓어오르는 분노와 실망을 견디지 못해서일까, 양견은 원숭이 울음과도 비슷한 목소리를 내뱉고는 목이 막혀 더 이상 말을 잇지 못하는 듯 몇 번 입을 달싹이다 다물어버렸다.

"죽여주십시오, 폐하……."

양견의 벌건 핏줄이 선 눈동자가 양양에게 머물렀다. 당장이라도 뛰쳐나가 양양의 목을 베어버릴 듯 양견의 손이 부르르 떨렸다. 그러나 그는 자리에 앉아만 있었다. 일어나지도 못할 정도로 온몸의 피가 끓는 까닭이었다.

이와 같은 상황은 그 후로도 반나절이 지나서야 끝이 났다. 말 한마디 하지 못한 채 쉴 새 없이 몸을 떨던 양견이 코와 귀에서 피를 흘리며 쓰러지고, 그에 놀란 신하들이 그를 부축하여 침소로 옮긴 후였다. 조정 회의는 이렇게 끝이 났고, 모두가 빠져나간 조양전의 정전에서 양양은 홀로 엎드려 사흘을 더 보냈다. 조정 회의가 열려도 그는 한중앙에 꿇어 엎드린 채 움직이지 않았다. 사흘이 지나고 그 역시 탈진해 쓰러지고 나서야 신하들에 의해 옮겨졌다.

양용은 양견을 알현조차 못 했다. 모반을 꾀하려 한 양양과 함께 나아갈 수 없다며 뻗대던 그에게 시종이 달려와 양견의 실신을 알렸다. 다급해진 양용은 덩달아 병을 핑계로 드러누웠다. 양양에게 모든 책임을 돌리려면 까다로운 신하들과 마주치지 않고 양견에게 직접 간해야 하는 까닭이었다. 조정이 그를 곱게 봐줄 리 없었다. 황제가 될 자에게 연줄을 대려던 자들 역시 이번 회군을 계기로 양용과 손을 끊었다. 양견이 태자위를 그대로 놓아둘 리 없다는 소문이 퍼져 나갔다.

"때가 왔다."

우중문, 우문술, 내호아, 유사룡. 이들 모두의 얼굴에는 잔뜩 긴장감이 서렸다.

"간다. 오늘 밤 안에 모든 일을 끝내고 폐하가 쾌차하기 전까지 준비를 마친다."

가부좌를 틀고 앉아 칼을 살피던 우중문이 일어나며 말했다.

"시작하지."

유사룡을 제외한 세 사내의 그림자가 순식간에 문밖으로 사라졌다.

방을 나선 우중문을 비롯한 세 사나이 뒤로 수십여 명의 검은 옷을 입은 무사들이 따랐다. 양광이 직접 훈련시키고 키운 자들로, 하나하나가 일당백의 용사들이었다. 복면을 쓴 채 칼을 빼 들고 바람같이 달리면서도 발걸음 소리 하나 남기지 않는 이들의 무예는 가히 놀랄 만한 것이었다. 숨소리 하나, 옷깃 스치는 소리 하나 나지 않았다. 나는 듯이 달리던 이들은 놀라운 속도로 도성의 골목을 헤쳐 들었다.

"그럼."

갈림길에 이르러 우중문이 손을 들자 이들은 약속한 듯 세 갈래로 나뉘어 흩어졌다. 우중문, 우문술, 내호아가 저마다 십수 명의 무리들을 이끌고 달리는 형상이었다. 우중문이 향한 곳은 가장 가까이 있었다. 어느새 캄캄한 밤중이 되어버린지라 이들은 누구에게도 방해받지 않고 목적한 곳까지 달려갈 수 있었다.

"무, 무어…… 헉."

수십 명의 무사들이 달려오는 것을 보고 대문 앞에 시립해 있던 병사가 기겁을 하였으나 그는 채 비명조차 남기지 못했다. 번개처럼 뛰어든 우중문의 칼이 그의 몸을 길게 갈라놓은 까닭이었다. 우중문과 수하들은 거칠 것 없이 대문을 부수고 뛰어들었다.

"습격이다!"

횃불 근처에 앉아 한담을 나누던 병사들 몇몇이 그들의 모습을 보고 놀라 창을 겨누며 고함을 질렀다. 습격에 즉각 대응하는 속도만 보아도 드물게 훈련이 잘되어 있는 병사들이었으나 상대가 좋지 않았다. 하나하나가 웬만한 장수보다 뛰어난 무력을 지닌 자들, 그런 자들이 십수 명이나 있었다. 대문을 지키고 있던 병사들을 비롯해 고함 소리를 듣고 뛰쳐나온 병사들까지 얼마 지나지 않아 모두 피를 흘리며 땅에 쓰러져야만 했다.

"포위해라."

우중문의 말이 떨어지자 살육을 벌이던 검은 옷의 무사들은 빠르게 뒤로 물러서며 둥글게 장원을 포위했다. 동시에 우중문은 저택 안으로 뛰어들었다.

"형부대신 정선빈, 하늘을 대신해 너의 죄를 벌하러 왔다."

뛰어든 우중문 앞에는 두 젊은이와 함께 초로의 사내가 평정을 잃지 않으려 가부좌를 틀고 눈을 감고 있었다. 그러나 양 어깨가 쉴 새 없이 떨리는 것으로 보아 이미 두려움이 강하게 엄습하고 있음이 틀림없었다.

"누가 보낸 자더냐!"

"너는 나라를 위하는 길이 무엇인지 알면서도 자기 한 몸의 영화를 위해 양용이 태자위에 있도록 매일같이 상소를 올렸다. 너의 간악한 죄상을 더 이상 두고 보지 못하여 감히 내가 나섰다."

우중문은 빠르게 말을 마친 후 한 걸음 내디디며 칼을 휘둘렀다.

"헉."

초로의 사내는 놀라 가부좌를 튼 자세 그대로 뒤로 넘어갔다. 그러나 잘린 것은 그의 틀어올린 머리뿐이었다.

"말하라. 다시 한 번 양용을 위해 그 간악한 혀를 놀리겠느냐. 아니면 이 자리에서 죽겠느냐. 이미 네놈을 보호할 세력은 조정에서 사라졌다."

우중문이 그의 목에 칼을 겨눈 채 차갑게 말했다. 칼에 조금씩 힘이 들어가자 사내의 목에서 핏방울이 흘러내리기 시작했다. 겁에 질린 형부대신의 목소리가 비굴하게 흔들렸다.

"알겠다, 알겠다, 내 앞으로 다시는 그런 소리를 하지 않겠다."

우중문의 얼굴에 비웃음이 떠올랐다. 동시에 칼이 거세게 휘둘러졌다.

"으헉-."

형부대신 곁에 있던 젊은이 중 한 명의 목이 잠시 공중으로 떴다가 바닥에 떨어져 굴렀다.

"하나는 지금 접수한다. 이후 다시 내가 너를 찾게 된다면 네 목과 함께 나머지 하나의 목도 가져갈 것이다."

우중문의 차가운 얼굴을 바라보며 형부대신은 고개를 연신 끄덕일 뿐이었다.

형부대신에게 무서운 눈길을 한 번 더 박아주고 돌아 나오는 우중문의 머릿속에는 이미 다음 목표물의 얼굴이 떠올라 있었다.

이날 유사룡이 지목한 수많은 중신들이 모두 이 같은 밤을 겪어야만 했다.

이튿날 궁성은 거센 충격으로 흔들렸다. 요직의 신하들이 10여 명이나 의문의 습격을 당하고 몇은 피살당하기까지 했던 것이었다.

자리에 누운 양견에게는 알리지 않았으나 곧바로 모든 신하들이 참여하는 회의가 열렸다. 조정의 신하들이 밝혀낸 피살자들의 공통점은 하나같이 나이 지긋한 중신이라는 점, 또 북주에서부터 양견을 따르던 자들이라는 점이었다. 또한 입밖에 내놓지는 않았으나 모두 양용 편에 서 있던 자들임을 그들은 알고 있었다. 그러니 회의는 미리부터 답을 알고 시작된 것이나 다름없었다. 그러나 수많은 논의가 되풀이되었음에도 불구하고 정작 누구 하나 답을 말하는 이는 없었다.

그들 모두는 간밤에 일어난 일련의 사건이 양광의 짓임을 알고 있었고, 때문에 입을 열지 않았다. 양용의 편에 서줄 이들이 모조리 사라진 마당이니, 태자위도 곧 양광에게 돌아갈 것이 분명했다. 사실 대다수의 신하들에게 양광은 그다지 미운 존재가 아니었다. 그는 평소 누구에게도 무례한 태도를 보인 적이 없었다. 뛰어난 능력에도 불구하고 이황자라는 이유만으로 숱한 고통을 겪어왔던 데다 살아 있는 무신(武神)으로 불릴 만큼 뛰어난 장군이었다. 그런 그에게 질투와 시기 어린 감정을 내비치는 양용보다 그에게 호감이 가는 것은 당연한 일이었다. 조정은 하룻밤 사이에 급속히 양광의 편으로 돌아섰다. 그리고 양광은 여느 때와 다름없는 표정을 지은 채 한쪽에 앉아, 신하들의 무의미한 논의에 귀를 기울이고 있었다.

모인 자들의 얼굴에 슬슬 지루한 기색이 나타날 무렵, 양광은 소리 없이 자리에서 일어섰다.

"반드시 흉수를 가려내주시길 바랍니다."

잠시 신하들 사이에 동요가 일었다. 설사 지금의 태자 양용이라 하더라도 조정의 회의 중간에 일어난다는 것은 있을 수 없는 일이었으나, 양광은 태연했다. 게다가 그는 모두가 아는 바대로 흉수 그 자체가 아니던가.

"그럼."

양광은 회의 중인 신하들 가운데를 가로질러 걸어 나왔다. 평소 예의 바르고 조용하던 양광의 태도가 아니었다. 신하들에게는 그것이 일종의 작은 경고로 받아들여졌다. 자신은 이미 나라의 중심에 서 있다는 자신감의 표명이라 여겨졌다.

지지부진하던 회의는 금위에 모든 것을 넘겨버리기로 하고 끝나버렸다. 시간을 끌어봐야 얻을 것이 하나 없는 회의였다.

"전하!"

"사룡."

"황제께서 태자를 폐위하라는 영을 내리셨다고 합니다."

흥분으로 떨리는 유사룡의 얼굴을 보며 양광은 웃었다.

"그렇군."

"경하드리옵니다, 태자 전하."

"고맙다."

이레 후.

대전에는 지위 여하를 막론하고 참석한 모든 신하들이 양 갈래로 길게 늘어서 있었다. 새로 태자가 봉해지는 날. 침묵이 황제를 비롯해 모든 신하들을 무겁게 누르고 있었다.

"시작하라."

황제가 말했다.

황제는 이전 태자를 폐하고 새로운 태자를 정한 후에도 닷새간이나 그의 이름을 밖에 꺼내지 않았다. 황제에게 환영받지 못하는 자. 북주의 잔당을 겨우 십수 명의 수하들과 함께 모조리 토벌하고 수십 번의 반란을 아무 피해 없이 진압한. 그리고 몇 배의 병력을 가진 진나라를 단 한 번의 출병으로 깨끗이 흩어버린 자. 비록 학문에 전념하지는 않았으나 일찍이 황제에게 둔전제를 실시하게 한 주인공. 그러나 단한 번도 황제의 칭찬을 듣지 못했던 자.

이윽고 대전에 나타나 양쪽으로 길게 늘어선 신하들 한가운데로 지나는 양광은 자줏빛 의복을 단정하게 걸친 채 가볍지도 그렇다고 무겁지도 않은 발걸음을 천천히 옮겼다. 늘어선 신하들의 끝에 이르러 열 개의 계단을 마주하고 그는 당당히 멈추어 섰다. 그의 예민하고 날카로운 눈빛은 계단 위의 황제에게 머무르고, 황제는 나직이 신음 소리를 냈다.

"진왕 양광, 폐하를 뵙습니다."

황제는 눈을 들어 앞의 남자를 노려보았다. 자신과 너무도 닮은 자식. 여린 마음을 가지고 있음에도 한 치의 망설임 없이 사람을 죽이는 자. 도무지 속을 보여주지 않는 아들 양광이 자신 앞에 서서 당당히 제국을 달라며 외치고 있었다.

"음……."

나라를 위해서라면 분명 이자는 최고의 지배자가 될 수 있을 것이었다. 충분히 그럴 만한 그릇이었다. 그러나 싫었다. 왠지 모르게, 그보다 모자라는 듯한 장남 양용이 마음에 더 들었었다. 하지만 바로 그 장남이라는 자가 30만 군사를 모조리 진흙탕 속에 처넣고 돌아왔다. 자신의 후계자가 그리도 무능력한 자라는 사실이 황제는 견딜 수 없었다. 싫었지만 할 수 없는 일이었다. 태자의 자리는 이자에게 주어야만 했다. 만인이 원하고 하늘이 원하는, 그리고 자신으로서도 거역할 수 없는 일이었다. 황제의 입술이 비틀렸다.

"양광, 그대를 이 나라의 태자로 봉하노라."

양광의 손이 떨렸다. 그토록 바라왔던 일이 지금 그에게 일어나고 있었다. 아끼는 수하들의 얼굴이 머릿속에 빠르게 스쳐 지나갔다. 지금은 가고 없는 모친 독고 부인의 얼굴, 자신의 불운한 조카 가연의 얼굴도 떠올랐다. 그리고 가연의 얼굴이 흐릿해지는가 싶더니 주령의 얼굴로 변하여 뇌리에서 떠날 줄 몰랐다. 양광은 눈꺼풀을 잠시 덮어두었다. 간직하고 싶은 얼굴이었다.

"황송하옵니다. 반드시 이에 걸맞은 자가 되어 하늘에 부끄럼이 없도록 하겠나이다."

허리를 굽히고 무릎을 꿇었다. 그리고 일어섰다. 천하가 자신의 품 안에 달려 들어오는 것을 느낄 수 있었다. 잠시 두 팔을 조금 벌려 이를 안아 들었다.

"반드시 그리하겠습니다."

양광은 다짐하듯 되뇌었다. 눈꺼풀 안에 맺혀 있는 주령과 함께 팔을 벌려 천하를 자신 안에 담아두었다.

태자 양광은 그렇게 천하를 받아들였다.

황제 양견은 한참 동안 그런 양광을 뚫어져라 노려보았다. 미워하고 싫어하는 자식이라 자신에게서 천하를 건네받는 모습조차 밉고 싫었다. 양견은 코웃음을 치고 자리에서 일어났다. 그리고 뒤로 돌아 고개를 숙였다.

"사직에 고하노니, 저는 오늘 자식 양광을 태자에 봉했나이다. 부디 흠이 나지 않은 훌륭한 군주가 될 수 있도록 도와주소서."

그렇게 고하고는 신하들을 향해 돌아섰다.

"그대들 역시 태자를 도와 나라를 위해 일하도록 하라."

"황제 폐하 만세! 태자 전하 만세!"

수백 명에 이르는 신하들의 낮은 목소리가 뒤따랐다. 십수 번 되풀이되었으나 곧 만세 소리가 잦아들고 양견이 손을 내젓자 행사는 그것으로 끝이 났다. 전례 없이 짧고 간단한 예식이었지만 양광은 전혀 개의치 않고 아무 일도 없었다는 듯 대전을 나섰다.

양용은 자신의 집을 찾아온 양양을 보자마자 미친 듯이 질문을 퍼부었다.

"광이가 태자가 되었다면서?"

"……예, 형님. 유감스럽지만 지난날 폐하께 장담하기 전, 조금 더 생각을 하셨어야 했습니다. 결코 만만치 않은 전쟁이었거늘 형님은 너무 자신만만했습니다."

"네, 네놈! 네놈이 나를 포박해서 끌고 온 탓이 아니더냐! 그 때문에 폐하께서 진노하신 것이 아니더냐!"

"폐하께선, 아바마마께서는 그런 사소한 일에 관심을 갖지 않으십니다."

"그럼 너는 내가…… 내가 30만 군사를 몰살시켰다고 생각하느냐? 이 모든 것이 나의 책임이라고?"

"그렇습니다. 실제로 형님은 책임을 지고 자리에서 물러난 것입니다."

양용은 갑자기 팔을 휘둘러 양양의 얼굴을 치려고 했다. 그러나 무장인 양양이 쉽게 맞아줄 리 없었다. 허공에 팔을 거세게 휘두른 양용은 균형을 잡지 못하고 휘청거렸다.

양양이 고개를 숙였다.

"형님께는 죄송합니다."

"네 감히 어찌 나를 몰아내는 데 일조하느냐!"

"형님은 애초부터 욕심이 과했고 지금 그 대가를 받고 있는 것입니다. 저는 단지 그러한 형님을 이용해 광 형님께 대적해보려 했던 것에 대해 죄송히 여기고 있을 따름입니다."

"무, 무어라고!"

양용은 터져버릴 듯 벌게진 얼굴로 집 안으로 들어가더니 이내 칼을 쥐고 뛰쳐나왔다.

"네 이놈!"

하지만 그가 휘두른 칼은 양양의 옷자락조차 스치지 못하고 땅에 떨어졌다. 가볍게 피한 양양이 양용의 손을 쳐버린 것이었다.

"그만두십시오. 저는 이 길로 광 형님을 찾아갑니다. 일신의 영달을 위한 것이 아니라 진정 수나라를 위한 길을 찾기 위함입니다. 광 형님께 대적하려 했던 것에 대해 사과를 드리고, 그 안에서 새로 시작하겠습니다."

냉정하게 돌아선 양양의 뒤에 남겨진 양용은 멍한 얼굴로 주저앉아 알아들을 수 없는 말을 주절거릴 뿐이었다.

어느 날 아침, 병부대신 전종이 양광의 눈을 피해 황제를 알현했다.

"신 전종, 폐하께 한 말씀 올리고자 하나이다."

"말하라!"

황제는 억지로 초점을 맞추어 전종의 얼굴을 쳐다보았다.

"양광 장군에 대한 말씀이옵니다."

"태자에 대한?"

전종은 끝까지 양광을 태자라고 부르지 않았다.

"그러하옵니다."

"무엇인가?"

전종은 황제의 얼굴에 심상찮은 기색이 떠오르는 것을 보았다. 황제는 아직도 새로운 태자를 받아들이지 못하고 있음이 분명했다.

"장군은 너무 위험한 사람이옵니다!"

전종은 한동안 뜸을 들이다가 단도직입적으로 내뱉었다.

"위험하다니!"

"장군은 양용 왕자님을 필시 죽이고야 말 것입니다. 뿐만 아니라……."

"뿐만 아니라……?"

전종은 다시 잔뜩 뜸을 들였다.

"말하라!"

"사직을 위태롭게 할 수 있는 분이옵니다."

"……."

갑자기 황제의 입이 꾹 닫혀버렸다. 전종은 기왕 입을 벌린
터라 가슴속에 담은 말을 다 뱉어냈다.

"폐하께서 지금 그를 응징하지 못한다면 사직은 위기에 빠
질 것이옵니다."

"아니다, 전종."

갑자기 뒤에서 들려온 목소리에 전종은 흠칫 몸을 떨었다.
언제 나타났는지 양광이 뒤에서 웃으며 자신을 바라보고 있
었다. 전종은 온몸의 맥이 탁 풀렸다.

"태자 양광, 부제께 문안 올리옵나이다."

"……."

황제는 대답하지 않았다.

"폐하, 신 양광, 양용 왕자의 수하를 몇몇 물리친 것은 사실
이옵니다."

전종은 머리가 꽉 막혀왔다. 양광은 자신의 말을 진작부터
다 듣고 있었던 것이었다.

"하지만 그들은 오로지 권력 투쟁밖에 모르는 돼지들이었사옵니다. 새로운 시대를 열고 있는 대수제국의 해충이었사옵니다."

"……."

"폐하! 세상 사람 모두가 폐하의 위대한 뜻을 이해하고 따르는 것은 아니옵니다. 특히 양용 왕자의 무리들은 천하를 일으켜 세운 폐하의 높은 뜻을 받들고 이어가기는커녕 그 과실만을 탐욕스럽게 따먹으려 하였사옵니다."

"……."

"그들은 소신이 이루고자 하는 혁명을 이해할 수도 없을뿐더러 이해하려 들지도 않았사옵니다. 일전에 소신은 강남의 풍성한 부를 강북으로 옮기지 않으면 폐하께서 이루어내신 천하통일의 위업이 불과 몇 해를 넘기기 힘들 것이라고 그들에게 역설했사옵니다."

"……."

"수천 년 세월 속에 중원은 오직 세 번 통일되었을 뿐이며, 폐하는 중원의 역사 이래 세 번째로 천하를 통일한 영웅이옵니다. 그러나 그간 중원은 통일이 됐다 하여도 그 상태를 지속시키지 못하여 분열을 거듭하였으며 이로 인해 막대한 손실을 입었음에도 지금껏 그 이유를 밝힌 자가 없었습니다."

"그렇다면 너는 그 이유라도 알고 있다는 말이냐?"

황제는 양광의 변설에 빠져들었다.

"그러하나이다. 원인은 바로 지역주의이옵니다. 불균등한 지역 형편이 통일의 기반을 잠식해버리고 말았던 탓이옵니다."

"호오!"

황제의 귀에 더 이상 전종의 말 따위는 들어오지 않았다. 양광이 쏟아내는 천하의 대업 앞에 늙고 병든 황제의 귀는 파르르 떨렸다.

"남북간 대운하를 파서 강남의 부를 강북으로 옮기면 비로소 천하는 한편이 되어 너와 내가 같음을 알 것이옵니다. 이모두 폐하의 천하 경영을 염두에 둔 대업이요, 천하의 백성을 위한 대사이옵니다."

"호오! 그러하냐?"

"모두 폐하의 위업을 완성하고자 함입니다."

"오오!"

목숨이 바람 앞의 촛불처럼 흔들리던 노황제는 기분이 좋았다. 그것이 설령 거짓말일지라도 양광의 입에서 터져 나오는 말들은 가슴을 후련하게 해주었다.

"폐하!"

목소리의 주인공은 전종이었다. 양광은 잠시 놀랐다.

"태자의 말씀에는 함정이 있사옵니다."

놀라기는 황제 역시 마찬가지였다. 아무리 나이 들었어도 황제는 그 자리의 분위기 정도는 읽어낼 줄 알았다. 전종은 자리에서 나가는 대로 양광의 손에 죽을 것이었다. 그런 그가 다시 입을 벌렸던 것이다.

"말하라!"

"태자는 지금 자신을 거역하는 자는 모두 죽일 것을 암시하고 있사옵니다. 비록 그가 자신의 형제이자 폐하의 친자라 하더라도 말이옵니다."

"으음."

"그리고 실제 지금 양용 왕자는 죽어가고 있사옵니다. 왕자님의 수하들은 하루 한 사람 이상 태자의 심복들에 의해 죽임을 당하고 있사옵니다. 그들이 다 죽으면 다음은 누구 차례가 될 것이라 생각하시옵니까?"

"으음."

황제는 대답을 하지 못하고 신음만 내뱉었다.

"하하하하!"

갑자기 양광의 목에서 호탕한 웃음소리가 터져 나왔다.

"참, 보기 드문 자로다."

양광은 비록 황제 앞이라 할지라도 거리낌이 없었다.

"전종, 너는 목숨을 건졌다. 알겠느냐?"

"……"

"너는 이제 목숨을 구했단 말이다. 나는 제대로 된 재목을 마구 해하는 사람이 아니다. 너라면 능히 목숨을 부지할 자격이 있다. 그리고 무엇보다도 너는……."

전종은 말이 없었다.

"양용의 밑에 있을 자가 아니다. 이제 내게로 와라. 너의 그 담대한 기개를 내가 사마. 우리 함께 대운하를 파고 천하를 살찌우며 고구려를 정벌하잔 말이다!"

양광은 이제 아예 형 양용을 대놓고 불렀다. 전종은 말없이 눈물을 흘렸다. 황제는 더 이상 황제가 아니었다. 겉으로는 황제라는 명분을 내세우고 있지만 양광의 한마디 한마디에 위협을 느끼는 초라한 늙은이에 불과했다.

"태자, 양용 왕자는 살려주시오."

전종이 두 손으로 양광의 손을 덥석 잡으며 눈물을 흘렸다.

"전종, 무슨 말을 하는 건가? 내가 어찌 감히 형님을 죽이고 말고 하겠는가? 더 이상 그런 말은 하지 말게. 형님이 이 말을 들으시면 얼마나 슬퍼하시겠나? 또 천하 사람들은 나를 어찌 생각하겠는가? 그런 말은 영원히 꺼내지 말아주시게."

전종은 양광의 무서움을 다시 한 번 절절하게 느꼈다. 소름 끼치는 친절함이었다. 그런 말을 듣고 다시 입을 열 사람은 천하에 하나도 없을 것이었다.

"물러들 가라!"

황제가 힘없는 손을 내저었다. 하지만 두 사람이 빠져나가자마자 황제는 눈을 빛내며 측근을 불렀다. 황제는 친필로 양양에게 편지를 써서 수하에게 내렸다.

"양양에게 전하라!"

수하는 꼬박 열흘 동안 말을 달려 양양에게 도착했다.

"폐하께서는 잘 계시느냐?"

"어지를 내리셨나이다."

"이런! 꿇어앉은 다음에 읽어라!"

수하가 자세를 취하려는 양양을 붙들었다.

"아니옵니다. 밀지이옵니다."

"밀지라? 어서 이리 다오."

밀지를 읽어 내려가던 양양의 눈가가 파르르 떨렸다.

"허허, 이런!"

양양의 표정을 예리하게 주시하던 수하의 안색이 변했다.

"가실 무렵에 어째 이런 큰일을 도모하신단 말이냐!"

"……."

"으음, 너는 그냥 돌려보낼 수가 없구나."

"아아! 왕자님."

"너희 같은 놈들이 황제를 제대로 모시지 못해 이런 일이 생기는 것이다. 여봐라!"

"예!"

"이놈을 끌어내 목을 쳐라!"

"왕자님, 저는 황제의 밀사이옵니다."

"불충한 놈! 뭣들 하느냐? 어서 저놈을 죽이지 않고."

황제의 밀사는 순식간에 끌려 나가 세상을 하직하고 말았다. 양양은 잠시 미간을 찌푸리고 있다가 수하를 불렀다.

"말과 호위 무사 10여 기를 서둘러 준비하라. 장안으로 올라가야겠다!"

양양은 두뇌 회전이 빠른 사람이었다. 그는 이미 천하가 양광의 손아귀에 떨어지기 직전이라는 사실을 잘 알고 있었다.

그는 늙은 황제가 보낸 밀사를 어떻게 처리해야 할지 밀사가 도착했을 때부터 이미 생각하고 있었다.

장안에 도착한 양양은 자신을 불렀던 황제를 배알하는 대신 먼저 양광을 찾아갔다.

"그런 일이 있었단 말이지……?"

"네, 형님."

"음!"

양광의 표정이 변했다. 웬만해선 표정 변화를 보이지 않는 양광이었기에, 양양은 순간 뭔가 이상한 기분을 느꼈다.

"겉으로는 수긍하는 척하셨지만 속으로는 양용을 다시 불러들이려는 생각이 아닌가?"

"바로 그렇습니다."

"왜 그러실까? 양용이 인물이 못 된다는 사실을 누구보다 잘 아시는 분이?"

"아마도 장자라는 사실 때문에……."

"그렇게나 심기가 흐려지셨단 말인가?"

"……."

"허허, 네가 말해주지 않았다면 내일의 술자리에서 나는 목숨을 잃을 뻔했구나!"

"형님이 목숨을 잃을 분도 아니시지만 저 또한……."

"그래. 그렇지. 너는 그럴 아이가 아니지."

"저는 형님이 천하의 주인이 되어야 한다고 생각합니다."

"너는?"

양광을 잘 아는 양양은 망설임 없이 즉각 대답했다.

"저는 형님이 패권을 잡으시면 은퇴하여 낚시나 드리우고 술을 벗 삼아 한 인생 즐기다 가려 합니다."

"허허, 형제의 관계란 게 왜 이리 슬프기만 한 것이냐?"

양양은 등줄기에 식은땀이 흘러내리는 것을 느꼈다.

"너는 궁에 들어가 있거라. 나는 내일 들어갈 것이다."

"알겠습니다, 형님."

다음 날 양광은 수하도 거느리지 않고 궁으로 들어갔다. 미리 황제와 양용과 더불어 술자리를 하고 있던 양양은 양광의 이런 모습을 보자 다시 한 번 간담이 서늘해졌다. 그리고 그는 양광에게 진정 빠져들었다. 뒤에서 모략을 꾸미고도 그가 두려워 벌벌 떠는 양용이나 황제는 양광에게 견줄 바가 아니었다.

하긴 그러고 보면 천하통일은 사실 양광이 이루어낸 거나 다름없었다. 황제는 양광을 교묘하게 이용하기만 했을 뿐이었고, 양용은 그사이 얼굴에 분칠을 하고 있었을 뿐이었다.

"태자, 한잔하게."

양용이 술병을 들어 양광에게 권했다.

"고맙습니다."

양광은 언제나 양용에게 공손했다. 양광이 술잔을 들어 한 잔 들이켜려는 순간, 갑자기 양양이 손을 들어 양광을 막았다.

"형님, 불공평합니다."

"무슨 말이냐?"

"벌주는 석 잔이라고 하거늘, 그렇게 약한 술로는 석 잔 아니라 300잔을 마셔도 벌이 되지 못하겠습니다. 여기 이 독주로 석 잔 하셔야지요."

"독주라?"

"폐하도 양용 형님도 저도 모두 이 독한 술을 마시고 있습니다. 형님도 같은 술로 하시지요."

"그렇다면 그리하마."

양광이 들고 있던 술잔을 바닥에 휙 뿌렸다. 순간 황제와

155

양용의 얼굴이 흙빛으로 변했다. 양양은 다른 잔에 술을 찰랑찰랑 부어 양광에게 권했다.

"같이 한잔하시지요, 형님."

양광은 아무것도 모르는 듯 양용의 얼굴을 뚫어지게 쳐다보면서 잔을 눈높이로 들었다.

"태, 태자!"

"형님!"

양광의 타는 듯한 눈동자가 양용의 얼굴에서 불꽃을 일으키고 있었다.

"형님!"

양광의 목소리가 양용의 목을 죄어왔다. 목소리만으로도 양용은 숨이 막히는 듯했다.

"태, 태자!"

"아무 말도 하지 마십시오, 형님. 형님과의 인연은 생각하면 할수록 좋기만 할 뿐입니다."

"크, 크—윽."

아무도 자신의 몸에 손을 대지 않았음에도 양용의 목은 자꾸 조여오는 듯했다.

"형님!"

"으, 으, 으윽. 태, 태자!"

"형님, 좋은 인연이에요."

156

양광이 천천히 잔을 기울였다. 그의 눈에 눈물방울이 맺혔다. 눈물은 잠시 후 콧잔등을 타고 술잔으로 떨어졌다.

"으음—."

황제는 황급히 자리에서 일어나 안으로 들어가버렸다. 양광이 갑자기 술잔을 놓더니 황제의 등을 향해 꿇어앉았다. 그의 눈에서는 하염없이 눈물이 흘러내리고 있었다.

"아버님!"

양광의 울음 섞인 목소리가 술상 위에서 설 자리를 잃고 헤매 다녔다.

"아버님!"

양광은 거듭 구슬픈 목소리로 아버지를 불렀다. 하지만 양광의 목소리는 황급히 내전으로 드는 황제의 뒷모습에 묻혀버리고 말았다. 양용 역시 미친 듯 안으로 달려 들어갔다. 양광이 부르기라도 한다면 죽은 목숨일 것이었다. 하지만 양광은 끝까지 양용을 부르지 않았다. 다만 애절한 목소리로 아버지를 부르고만 있을 뿐이었다. 마치 새끼 새가 어미 새를 부르듯.

"반도 양광!"

어느 만큼의 시간이 지났을까. 양광의 뒤에서 검을 겨누는 한 무리가 있었다.

"뭐 하는 놈들이냐?"

끝까지 양광 옆을 지키던 양양이 대뜸 고함을 질렀다.

"황명(皇命)입니다. 역도 양광은······."

그러나 전위는 뒷말을 채 잇지도 못한 채 목이 날아가버렸다.

"새 황제가 되실 분이다!"

양양은 마치 정신 나간 사람처럼 크게 고함을 질렀다.

"새 황제가 되실 분이란 말이다!"

멍하니 있던 전졸들은 그제야 들고 있던 도검을 손에서 놓았다.

"황제 폐하!"

"폐하!"

양양 역시 전졸들을 따라 바닥에 엎드렸다.

"황제 폐하!"

그러나 양광은 여전히 구슬프기 짝이 없는 목소리로 허공을 향해 부르짖었다.

"아버님!"

그날 밤 황제 양견은 침소에서 칼을 맞고 파란만장한 일생에 종지부를 찍었다. 양용 왕자 역시 부제의 운명을 따를 수밖에 없었다.

가연

　민심은 이미 양광의 편이었다. 양광이 제위에 올랐다는 소식이 전해지자 백성들은 모두 진심에서 우러나오는 만세를 불렀다.

　"결국 되실 분이 되셨어!"

　그러나 제위에 오른 양광이 제일 처음 내린 명령은 아주 이상한 것이었다.

　"희빈을 데리고 와라."

　희빈은 양견이 아끼고 아끼던 빈이었다. 모든 비빈 중에서도 가장 아름답고 마음씨가 착한 희빈은 황제가 된 양광이 자신을 부르자 내심 당황했다. 양광이 아버지 양견을 죽였다는 소문도 있는 터라 양광을 어떻게 대해야 할지 몰랐다. 빈도 지아비와 아내의 관계가 분명할지니, 새 황제 양광은 자신의 아들이었다. 하지만 이제 스물 중반의 자신에 비해 양광은 나이도 많거니와 무엇보다 무서운 아들이었다.

"희빈 드셨습니다."

"들라 해라."

희빈은 내심 어머니로서의 기품을 보여야 한다고 생각하며 걸음걸이에 위엄을 주었다.

"이리 오너라!"

양광의 목소리를 듣는 순간, 희빈은 놀라 쓰러질 뻔했다.

"……."

무슨 말을 해야 할지 당황스러웠다. 그러나 이 당황스러운 마음은 이어질 틈조차 없었다. 양광이 성큼 다가와 희빈을 훌쩍 들고는 정사를 보는 책상 위로 쓰러뜨려 우악스러운 손길로 옷을 찢어버렸던 것이었다.

"아아!"

희빈의 비명은 아랑곳하지도 않은 채 양광은 희빈을 내려다보며 냉랭한 목소리로 말했다.

"죽음보다는 나을 것이다!"

이 일이 있고 나서 궁의 분위기는 완전히 바뀌었다. 양광은 이런 일을 별로 숨기려 들지도 않았다. 그는 이제까지의 태도를 확 바꾸어 잔인함을 드러내었으며, 가리지 않고 여색을 탐하였다. 황제가 된 양광은 어느새 다른 사람이 되어 있었다.

"건강을 해칠까 봐 두렵사옵니다."

이어지는 신하들의 충언을 그는 장난처럼 넘겨버렸다.

"난 죽어도 아까울 게 없는 사람이야."

그는 정사에도 관심이 없었다. 오로지 여색과 술을 가까이 할 뿐이었다. 사람들은 잔혹한 운명이 그를 완전히 바꾸어놓았다고 생각하며 동정하기도 했지만, 그는 백성들의 손가락질을 받을 수밖에 없었다.

"운하! 운하를 파야 해!"

그는 드디어 태자 시절부터의 꿈이었던 양자강의 대운하 건설 사업에 착수하기 시작하였다.

"인간이란 잠시 살다 죽는 미약한 존재에 불과해. 결국 현실의 고통은 아무것도 아니란 얘기지. 너희도 나도 잠시 왔다 갈 뿐이야. 그래서 우린 뭔가를 남겨야 하는 존재야. 알겠나? 무언가를 남겨야 한다는 말이야."

새 황제는 가끔 주변 사람이 알아들을 수 없는 말을 했다. 그러나 그 알아들을 수 없는 말이 현실로 나타날 때는 반드시 일반인은 상상조차 할 수 없는 규모로 나타나곤 했다.

운하 건설에는 수도 헤아릴 수 없는 사람들이 동원됐다. 하루 종일 물에서 일하느라 사람들의 다리와 허리는 썩기 일쑤였다. 황제의 명에 따라 무리하게 할당된 공기를 맞추느라 사람들은 끝없이 죽어갔다.

5년에 걸친 대역사가 끝을 맺자 황제는 운하를 순시하기로 마음먹었다. 황제가 탈 배에는 무려 700칸의 방이 있었으며 방마다 절세가인을 들여놓았고, 황제의 배를 뒤따르는 크고 작은 배들만도 무려 500여 척에 이르렀다. 백성들은 황제의 사치와 거드름의 규모를 보고 모두 손가락질을 해댔다.

"미친놈들!"

양광은 백성들의 손가락질을 알고 있다는 듯 오히려 백성들을 비웃었다.

"너희야말로 한 끼만 굶어도 아우성을 쳐대는 벌레들이 아니냐? 그런 인생, 죽으나 사나 무어 다를 게 있느냐? 하지만 이 운하를 보아라. 수백 수천 년 동안 중원을 흐르며 그 얼마나 많은 사람에게 혜택을 주겠느냐? 너희가 나를 이해하지 못하겠지만, 먼 훗날 사람들은 나를 손가락질하면서도 한편으로는 더없이 존경하게 될 것이다. 훗날 너희의 자손을 위해 이 정도 수고도 못 하겠다는 거냐? 나의 사치? 하하하! 벌레들아, 지금 나는 인간의 한계를 넓히고 있는 것이야. 대중원에 이만한 인물 하나쯤은 있어야 어울리지 않겠느냐? 나는 일생에 두 가지 일만 하면 되는 사람이다. 하나는 운하. 또 하나는 고구려 정벌. 후후후, 너희가 고구려 정벌의 의미를 어찌 알겠느냐?"

양제는 시종일관 자신만이 알고 있는 문제를 제기하고 나서 스스로 대답하곤 하였다.

"폐하, 이것이 새로 만들어진 운하의 중심 도시 양주이옵니다."

"좋구나, 좋아. 오늘은 이 운하로 인해 수만 명이 죽어나갔지만 앞날에는 이 운하가 그보다 수만 배가 넘는 사람을 살릴 것이다."

"강남의 기름진 곡식을 흉년만 들면 죽어버리는 강북과 한중의 땅으로 전해줄 수 있으니 이 운하야말로 천하의 양식입니다."

"하하하하, 이제야 너희가 내 뜻을 알았구나!"

"그런데 우둔한 저희는 고구려 정벌의 뜻을 아직 잘 모르겠사옵니다."

"하하하, 그럴 것이다."

"폐하의 깊은 뜻을 듣고자 하옵니다."

"그러마. 내 너희 우둔한 것들에게 고구려 정벌의 의미를 일러주마. 그런데 우선 한잔하고 천하의 이치를 논하는 게 합당하지 않겠느냐?"

"물론이옵니다."

양광은 참으로 기뻤다. 비록 천하통일은 아버지 양견이 했지만 그 진정한 주인공은 자신이라는 생각 때문이었다.

"마셔라!"

"만세! 황제 폐하 만세!"

황제의 배에 있는 사람들은 물론이고 뒤를 따르는 500여 척의 배에서도 만세 소리가 퍼져 나왔다. 사실 사람들은 그 제야 황제의 의도를 알 것 같은 생각도 들었다. 황제는 실컷 마셨다. 워낙 주량이 센 데다 기분이 최고조에 달해 있는 만큼 술을 멈추지 않았다.

"폐하! 이제 너무 취하셨나이다."

"그으래? 내가 취했나?"

"그렇사옵니다."

"흐흐, 하지만 춘래불사춘이구나."

"네?"

"봄이 왔어도 봄 같지 않단 말이다."

"폐하? 이 좋은 날 어찌 그런 말씀을 하시옵니까?"

"나는 단지 반쪽 황제일 뿐 아니냐?"

"어이하여 그런 말씀을 하시옵니까?"

"너희는 역사를 모르는도다."

"……."

"중원의 황제는 반쪽 황제에 불과하다."

"그렇다면 나머지 반쪽의 황제는 과연 누구란 말씀이온 지?"

"고구려 왕!"

양제는 흠씬 취했음에도 불구하고 '고구려 왕'이라는 네 글자를 또박또박 발음하였다.

"폐하! 어찌 고구려 왕 따위가 반쪽의 황제가 되겠사옵니까?"

"그래서 너희는 역사를 모른다고 하지 않았느냐?"

"하지만……?"

"못난 놈들. 생각해보아라."

일갈하더니 양광은 그 자리에서 코를 골며 잠이 들어버렸다. 양광이 말을 뱉고도 아무 답변을 주지 않은 채 잠이 들자 측근들은 서로 얼굴을 마주 볼 뿐이었다.

"폐하께서는 무얼 생각하라는 거지요?"

그때 경학에 밝은 박사 한 사람이 천천히 고개를 끄덕이며 입을 열었다.

"고구려가 시조로 여기는 조선은 역사가 요순우탕 시대까지 올라갑니다. 아마도 황제께서는 그 점을 견디지 못하시는 것 같습니다."

박사는 『시경』에 조선이 나온다는 얘기를 꺼냈다가 양견에게 혀가 잘린 사관의 얘기를 해주었다. 그제야 측근들은 고개를 끄덕였다.

"운하를 보시오. 아무도 생각하지 못했던 것을 황제께서만 생각하지 않았소. 황제께서는 고구려를 그냥 두면 중원의 정통성이 무너질 것을 염려하시는 것이오."

"과연 그러합니다. 하여 황제 폐하께서는 운하가 끝나면 다음은 고구려 정벌이라고 말씀하시지 않으십니까."

"이제 우리 수의 힘은 그 어느 때보다 강하오. 폐하께서 진정 고구려인의 씨를 말리기를 원하신다면 못할 것이 뭐가 있겠소?"

"물론이오. 그게 바로 폐하의 뜻이오."

운하를 따라 양주 시찰을 마친 양광이 궁으로 돌아간 직후, 문무백관들은 양광 앞에 부복했다.

"신 한왕, 만조백관과 천하의 백성을 대신하여 황제 폐하께 고하나이다."

대전을 쩌렁쩌렁 울리는 장엄한 목소리였다.

"무슨 일이오?"

"이제 천하는 비로소 안정되었고 백성은 배와 땅을 두드리며 흥겨워하고 있으며 중원 남서북의 44개 이민족들이 모두 조공을 바치며 군신의 예로 대수에 입조하고 있는바, 이야말로 영명하신 폐하의 홍복이옵니다."

"하하, 이 모두 공들의 덕이 아니겠소."

"하지만 폐하, 일찍이 저 동방의 고구려만큼은 천하의 예도를 멀리하고 입조는커녕 선제의 사신을 살해하였으며 요동

침공을 밥 먹듯 하는 데다 대수의 30만 대군을 도륙질한 적도 있어 천하의 화평을 깨고 폐하의 덕에 흠집 내기를 계속하고 있습니다. 이를 그냥 두면 44개 이민족이 좋지 않은 모습을 배우는 것은 말할 것도 없음이요, 대수의 위엄에도 장애가 될 것이옵니다."

"짐도 그 아픈 역사를 생각하면 마음이 편치 않소."

"하여 대수의 문무백관은 그동안 미루어온 고구려 정벌을 감행하고자 하오니 폐하께서는 온 나라의 모든 힘을 한데 모아 고구려라는 이름을 역사에서 아예 지우시고 과거 한의 무제가 그러했듯, 그곳에 중원의 군현을 설치하여 이민족을 다스리게 하는 것이 옳을 줄로 아옵니다."

"크하하하! 과연 충신들이로다. 어찌 짐의 뜻을 그리도 잘 안단 말이냐? 그래! 이제 짐은 고구려 징칙을 내리노니 기존의 모든 법이 징칙과 대립하지 못하도록 하고 징칙을 국사의 으뜸으로 삼으라."

"명심하겠사옵니다."

"내 이제 15세 이상의 고구려 남정은 씨를 말리고 그 이하의 아이들은 이마에 화인을 찍고 여자는 모두 중원으로 데려와 노예로 쓰리라. 한왕은 심사숙고하여 징칙을 만들어 짐에게 윤허 받도록 하라."

"명을 받들겠나이다."

이날 이후 수는 개미 새끼 한 마리까지 고구려 징벌에 온몸
의 힘을 짜내었다.

문덕님, 하여 양광의 엄명에 의해 역사에 그 유례가 없는 정벌
군이 조직되고 있어요. 저는 여기서 다만 군세를 전하는 일밖에
는 할 수 없어 가슴이 답답하기 짝이 없어요. 그런 거야 고구려에
서 놓는 세작 누구나 하는 일.

문덕님, 제 어머니의 죽음과 제 목숨이 헛되지 않도록 제가 할
일을 알려주세요. 단군의 딸답게 죽을 수 있는 방법을 일러주세
요. 그렇잖으면 저는 수군이 진격을 개시하는 그날, 자진하고 말
거예요. 누구보다 양광과 가까운 저를 이용하는 법을 문덕님은
분명 알고 계실 거예요. 저는 양광을 죽여야 한다고 수천 번도 더
생각해왔지만 그것만은 도저히 할 수 없어요. 그는 제게 따뜻했
던 유일한 사람이에요. 저의 어머니께 하늘의 신내림이 있었다면
저는 반드시 단군의 땅을 지켜야 하는 값진 운명을 타고났을 거
예요.

문덕님, 저는 알아요. 제가 행복하게 살기를 바란다는 거. 하지
만 문덕님이 아무리 저를 살리려 해도 저는 죽어요. 그러니 부디
값지게 죽도록 해주세요.

가연의 편지를 받은 문덕의 눈빛이 흐려졌다. 가슴속 깊은

곳이 꽉 막힌 듯했다. 이제 가연이 죽어야 할 날이 다가오고 있었다.

문덕은 탄식했다. 그러나 문덕의 눈빛은 어둠 속에서 파랗게 빛났다. 양광인가? 그러나 문덕은 이내 고개를 가로저었다. 양광을 향한 가연의 마음이 아니더라도 양광의 운명은 그렇게 끝날 것이 아니었다. 그날 밤, 문덕은 은밀히 사람을 놓아 무술대회에 참가했던 무명의 무사를 불렀다.

"그때 얘기했던 석환을 죽여주시오. 이자는 병사 10만에 해당되는 자요."

"암살은 싫소."

"아마 가연이 두 사람 사이의 진검 대결을 유도할 거요. 먼저 가연을 만나시오."

"장담할 수는 없지만 해보겠소."

낙양으로 떠나는 무사의 등 뒤에 문덕의 목소리가 떨어져 내렸다.

"남이 나를 해하지 못하도록 하는 것도 심검이지만, 해할 수 없는 상대를 해하는 것도 심검이오. 검이 있기 전 마음이 있을 뿐이오."

무사는 뒤도 돌아보지 않고 낙양으로 떠났다.

"오셨군요."

천천히 걸음을 내디뎌 무사에게 다가온 여자는 초췌한 안색에 허름한 옷을 걸치고 있음에도 무척 아름다웠다. 스물이 좀 넘었을까. 무사는 그녀의 아름다움에 내심 놀랐다.

"가연입니다."

"……."

"같이 가시지요."

침묵을 지키며, 무사는 가연의 뒤를 따랐다. 가연은 궁성과는 다른 방향으로 빠르게 걸어갔다. 그리 오래지 않은 시간이 흐르고, 장원에 이르자 가연 앞에 불쑥 10여 명의 호위 무사가 나타났다.

"아, 공주님."

"네, 폐하는 계시죠?"

"들어오십시오. 그런데 이분은?"

"폐하께서 알고 계세요."

"죄송합니다만, 잠깐 기다려주십시오."

호위 무장이 들어갔다 나오더니 깊이 고개를 숙였다.

"네, 폐하께서 기다리고 계십니다."

가연이 앞장서서 걸었다. 넓은 장원의 한 켠에 연못이 있고 그 옆에는 꽤나 높은 정자가 있었다. 그리고 그 정자에 걸터앉아 칼을 칼집에 집어넣고 있는 사내. 무사의 눈길이 화살같이 날아가 그에게 꽂혔다. 동시에 양광도 고개를 돌려 가연과 무사를 바라보았다. 매서운 눈길이었다.

"폐하, 가연 공주께서 찾아오셨습니다."

호위 무장의 말이 끝나기도 전, 양광은 한 손으로 바닥을 잡고 몸을 빙글 돌리며 바닥으로 뛰어내렸다. 그 날렵한 몸놀림에 연못 주위에 있던 새들이 놀라 날아올랐다.

"폐하!"

"그래, 가연이구나!"

양광은 언제나 그러하듯 가연에게 부드러웠다. 무사는 놀랐다. 양광은 황제가 되었음에도 불구하고 어의를 벗어던진 채 누군가와 대련을 끝낸 참이었던 것이다. 얼굴에 땀이 송골송골 맺힌 채로 양광은 가연에게 웃어 보였다. 그러고는 수건을 집어 들어 얼굴의 땀을 문지른 후 무사에게 얼굴을 돌렸다. 더 이상 날카로운 눈매가 아니었다.

"오오, 이 사람이구나. 예사롭지 않은 얼굴이로다!"

"제가 말씀드렸던 말갈의 친구예요."

"하하, 과연 가연의 재간이로다. 너는 결코 하찮은 사람들과는 상대를 하지 않는구나. 예전 말갈의 친구 운운했을 때는 그냥 한번 같이 놀러 오면 재미있는 구경이나 시켜주려 하였는데, 오늘 네 친구를 보니 무얼 구경시켜줘야 할지 걱정이 되는구나. 황제인 내가 말이야."

"폐하와 석환 말고는 유일하게 저를 짓밟은 사람이에요."

가연의 말에 양광의 눈썹이 잠시 꿈틀거렸다.

"하하, 너를!"

"네. 그것도 단 일합에요."

"이를 어쩐다?"

"왜요?"

"이제 나는 황제가 되어버린 까닭이다."

"그러니 이 사람과 겨룰 수 없겠군요."

"그러하다."

"할 수 없지요. 이전에 데려왔어야 했는데."

"그러게 말이다."

말은 부드럽게 하면서도 양광은 기분이 상했다. 아무것도 아닌 자에게 움츠러드는 자신이 마뜩찮았다. 게다가 한번 황제가 되고 나니 이제는 전처럼 모험을 벌이기가 싫었다. 아니, 무공을 겨루려 해도 모두가 나서서 말릴 것이었다. 이것을 번연히 아는 양광으로서는 무의미한 시늉을 하기 싫었다.

"폐하, 장안 구경이나 시켜주고 보낼래요."

"그래, 그렇게 하려무나."

무사와 함께 걸음을 돌리려는 가연의 등 뒤에 양광의 목소리가 떨어져 내렸다.

"음, 그러니까 너를 일합에 꺾은 사람이 둘이 있다는 얘기렸다, 네 말갈 친구와 석환 말이다."

질투심이 한껏 돋은 목소리였다.

"네. 그리고 폐하요."

"하하, 그냥 가면 네 무사 친구가 섭섭하지 않겠느냐? 그리고 무사에게 도회 구경이 뭐 그리 신통하겠느냐? 그럼 내일 석환과 한번 겨루는 게 어떠하겠느냐?"

"어머, 그리 해주시겠어요?"

"그럼. 나도 보고 싶구나."

물러가려는 가연을 다시 한 번 양광의 목소리가 제지하였다.

"가연아!"

"네, 숙부님."

양광은 한동안 말이 없었다. 이윽고 그의 입에서 흘러나온 말은 놀라운 것이었다.

"오늘 밤 여기에 머물지 않겠느냐?"

"예? 아……."

"오랜만이지 않느냐. 나와 술이라도 한잔하자꾸나."

"예, 숙부님."

다부진 목소리였다.

그날 밤, 술을 마신 가연은 양광 앞에 엎드렸다.

"폐하, 소녀의 마음을 받아주시옵소서."

"가연아."

"앞으로 한시도 폐하 곁을 떠나지 않겠습니다."

눈물방울이 가연의 볼을 타고 굴러내렸다. 가연의 얼굴은 진실된 것이었다. 양광은 이상하게 가슴이 아파왔다. 황제가 되고 나서는 단 한 번도 느끼지 못했던 아련한 슬픔이 양광의 가슴을 채웠다.

가연은 그날 밤을 양광의 침소에서 지새웠다. 평온한 얼굴로 잠든 양광의 얼굴을 보는 가연의 눈에서는 끊임없이 눈물이 흘러내렸다. 자기 앞에서 오랜만에 평온하게 잠든 사내. 폭군이며 광인이라고 수많은 이들이 손가락질하지만 가연은 그를 잘 알고 있었다. 역사가 만들어낸 숙명, 운명이 쥐여준 슬픔. 이자는 그 모든 것을 홀로 움켜쥐고 스스로 어둠 속으로 깊이 침잠해왔다. 가연은 양광의 얼굴에 손을 가져갔다. 그의 얼굴을 쓰다듬으며 가연은 소리내어 울지 않으려고 애썼다. 어둠 속에서 홀로 흐느끼며, 가연은 그렇게 밤을 지새웠다.

"후하하! 후하하하!"

석환은 양광으로부터 말갈의 무인과 자웅을 결(決)하라는 명령을 받자 앙천대소를 터뜨렸다.

"환! 그리 만만치 않을 것이다. 범상치 않은 얼굴이었어."

"흐흐!"

석환은 대답 없이 돌아섰고, 양광도 더 이상 아무 말 하지 않았다. 장원의 깊은 고요를 깨며 석환은 대도를 잡아 들었다. 일대일의 승부를 벌이는 것은 너무 오랜만이었다. 이 세상에 아직도 자신과 일대일의 승부를 겨루려는 자가 있다는 것도 기분 나쁜 일이었지만, 그 상대가 중원도 아닌 말갈에서 온 무명의 무사라는 사실에 석환은 차라리 슬펐다.

"환 아저씨! 상대는 천하제일의 무사예요. 결코 방심하면 안 돼요."

자신을 염려해주는 가연 공주에게 석환은 짐짓 웃어 보였지만 속으로는 단 일합에 상대를 정확히 반으로 갈라주리라 생각하며 보통 사람은 들 수도 없는 무게의 대도를 두 손으로 비스듬히 잡은 채 앞으로 나섰다. 무사는 한 손으로 검을 잡고 밑으로 늘어뜨리고만 있었다.

우문술이 손을 들어 잠시 두 사람의 동작을 지켜본 후 손을 내렸다. 이제 누구라도 공격을 시작하면 되는 것이었다.

석환은 뭔지 허전한 기분이 들었다. 이런 맥없는 자세는 처음이었다. 상대는 이제까지 겨루었던 자들처럼 자신의 공격에 대비해 잔뜩 검을 치켜들지도, 무섭게 자신을 노려보지도 않았다. 미동도 하지 않고 그냥 조용히 있을 뿐이었다.

"푸하하하!"

석환은 왠지 기분이 이상해 큰 소리로 웃었다. 웃지 않고는 배길 수가 없었다. 수척한 몸에 파리한 얼굴의 시골 무사와 마주하고 있는 자신도 우습거니와, 자신을 상대로 검을 늘어뜨리고만 있는 상대도 우스웠다. 무엇보다 이렇게나 분노가 치밀어 오르건만 당장 한칼에 상대를 도륙내지 않는 자신이 우스웠다. 허무와 분노는 급기야 양광에게까지 옮아갔다. 석환은 자신이 이제는 황제가 되어버린 양광에게 더 이상 대단한 존재가 아닐 거라는 생각이 들었다. 이런 이상한 자와 자웅을 결하라고 한 양광의 본뜻은 무엇이었을까?

마치 일개 벌레와 같은, 아니 한 조각 나뭇잎과 같은 상대를 앞에 두고 극도로 허전해진 석환은 온갖 생각을 펼치다 급기야는 마음을 하나로 모았다. 모든 것을 한칼에 털어내면 되는 것이었다.

석환은 기를 끌어모았다. 다음 그는 온몸의 기를 칼에 모아 무서운 힘과 속도로 상대를 내리쳤다.

"이야압!"

결코 피할 수 없고 막을 수도 없는 일격이었다. 석환의 분노는 모두 칼끝에 가 있었다. 바위도 깨고 쇠도 가를 만한 힘과 기가 석환의 칼에서 뿜어져 나왔다. 무사에게는 단 하나의 선택밖에 없었다. 하지만 검을 들어 막을 수는 없었다. 무사의 힘이나 기가 아무리 강하다 한들 무려 열 배도 넘는 석환의 힘을 당해낼 순 없는 노릇이었다. 용천검이라 한들 석환의 괴력이 실린 일도를 막아낼 수 있을까.

"끝났군!"

무예의 달인인 양광도 모든 것이 실린 석환의 일합을 보자 탄식하듯 한숨을 내뱉었다. 세상에 저런 출수를 막을 사람은 아무도 없을 것이었다. 피하는 게 유일한 방법인데, 피하기도 어렵거니와 비록 피한다 하더라도 자세가 허물어진 후 가해지는 석환의 연쇄 파상공격 앞에서는 만신창이가 될 수밖에 없었다.

양광은 무사의 몸이 상하 절반으로 정확히 갈라지는 것을 보았다. 석환의 대도가 지나치자 무사의 몸은 마치 날 선 칼 앞의 무나 오이와 같이 정확히 절반으로 나누어졌다.

선명한 피가 사방으로 튀고 석환의 얼굴도 그 피에 흠뻑 젖었다. 피에 젖은 얼굴로 석환은 이를 드러내며 웃었다. 그것은 양광의 부당한 명령에 대한 분노와 허술한 상대를 앞에 두고 자신이 느껴야 했던 허전함을 단번에 날려버리는 통쾌한 웃음이었다.

"어!"

"아니!"

"저런!"

정면에서 보고 있는 양광과 달리 옆에서 보고 있던 우문술과 몇몇 호위 무사는 경악했다.

"환 장군!"

우문술이 급히 석환에게 뛰어갔다. 곧바로 몇 사람의 호위 무사가 뒤를 따랐다.

"흐흐흐!"

석환의 입에서 소리 없는 웃음이 새어 나왔다. 그 웃음과 함께 양을 헤아릴 수 없는 피가 석환의 가슴에서 콸콸 쏟아져 나왔다. 무사의 검이 석환의 가슴을 뚫고 등 밖으로 나와 있었다.

호위 무사들이 석환의 가슴에 박힌 검을 빼내려 했으나 이미 시체가 되었음에도 무사의 상반신은 검을 억세게 쥐고 석환의 가슴에 달라붙어 있었다. 호위 무사들이 서둘러 무사의 손을 칼로 쳐내고 검을 뽑아냈으나 이미 석환은 가망이 없었다. 한 번 맞으면 어떻게 손을 써도 가망이 없는, 그야말로 필살의 일격이었다.

"흐흐흐!"

"흐흐!"

"흐ㅡ!"

석환의 웃음이 차츰 짧아지더니 결국 앞으로 고꾸라지고 말았다.

"가연아!"

그날 밤 양광은 가연을 다시 불렀다.

"네, 폐하!"

양광은 가연에게 술잔을 권했다. 가연이 아무 표정 없이 양광이 내미는 술잔을 받았다.

"너는 어째서 나를 노리지 않았느냐? 기회가 수없이 많았을 터인데. 당장 어젯밤에도 말이다."

그러나 가연은 말없이 눈물만 흘렸다.

"떠나거라."

"소녀를 죽여주시옵소서."

"아니다. 내 주령을 죽이고 너무 많은 날 동안 후회의 눈물을 흘렸느니라. 가거라!"

"갈 수 없사옵니다."

"가라!"

"갈 수 없사옵니다."

양광은 가연을 안았다.

"그 무사는 말갈이 아니라 고구려 사람일 터, 그러하냐?"

"네."

"이런 사람을 보낼 정도라면 보통 위인이 아닐 것이다. 누군지 말해줄 수 있겠느냐?"

"을지문덕입니다."

"그래, 과연 그자였군."

양광의 목소리가 묘하게 갈라져 나왔다.

"가연아, 을지문덕을 아느냐?"

"압니다."

"그를 사랑하느냐?"

"아니옵니다. 세상에 태어나 단 한 사람을 사랑했나이다."

"그게 누구냐?"

"바로 폐하이옵니다."

가연은 울었다.

"그래, 나도 안다."

양광의 눈에도 눈물이 흘렀다. 그날 밤 가연은 다시 한 번 양광의 침소에 들었다. 그리고 다음 날 아침, 가연은 스스로 목숨을 끊고 말았다. 양광은 크게 탄식하며 가연을 후히 장례 지내고 한동안 술과 여자를 끊고 지냈다. 하지만 고구려를 향한 그의 적개심은 더욱 불타올랐다. 이제 그의 분노는 단지 고구려에 머물지 않았다. 을지문덕이란 인물에 대한 질투와 분노가 태산 같은 무게로 그를 짓눌렀다.

"가연아."

을지문덕은 향을 꽂았다. 그리고 향 하나가 다 타 들어갈 때까지 그 앞에서 움직이지 않았다. 그리고 향이 다 타 들어갔을 무렵, 하나를 더 꽂고는 다시 움직이지 않고 그 앞에 꼿꼿이 섰다. 벌게진 그의 눈이 감기지 않은 채 경련을 거듭했지만 그는 결국 눈물을 흘리지 않았다. 네 개의 향이 다 타 들어가고서야, 을지문덕은 뒤돌아섰다. 건무가 서 있었다.

"누군지 물어도 되겠는가?"

"내가 죽인 여인이오."

고구려 정벌

드디어 진군의 그날은 오고야 말았다. 진군이 시작되기 전, 양광은 술을 석 잔 마시고 비분강개한 목소리로 조서를 읽어 내려갔다.

"이제 고구려를 정벌하는 조서를 내리노니 그 이유는 첫째, 저 간악한 고구려의 무리들이 번례를 약조하고도 이를 번복하기를 일삼기에 천하의 법도가 흐트러져 하루도 저승의 귀신들이 편할 날이 없는바, 내 저들에게 법도를 가르치고 천하의 신의를 바로잡기 위함이요, 둘째, 저들은 약탈과 노략을 일삼는 오랑캐인 말갈과 내통하여 감히 요서를 침범하였으니 그것만으로도 용서할 수 없으나 이것이 한낱 계책이었음은 더욱더 커다란 죄이니, 감히 중원을 농락한 죄, 내 용서하지 않음이요, 셋째, 저들은 수의 충실한 제후국인 신라와 백제의 조공길을 막았을뿐더러 신라를 침범하기까지 하였으므로 이에 자식을 아끼는 어미의 마음으로 악적 고구려를 멸하고 신라를 안으려 함이로다."

조서를 읽고 난 양광은 원정에 반대하던 중양의 목을 쳐버렸다. 중양은 죽기 전에 피를 토하며 양광의 원정을 저주하는 목소리를 남겼다.

"폐하! 300만이나 되는 백성을 이끌고 갔다가 패하고 돌아온다면 낙양은 폐하를 받아들이지 않을 것이옵니다."

"그러냐! 중양. 애석하게도 나는 전신, 이제껏 져본 적이 없는 사람이다. 내 걱정은 하지 않아도 될 것이야!"

양광은 유현과 서문을 비롯한 반전파를 모두 척살하려 하였으나 유사룡의 만류로 그 일만큼은 거두어들였다. 이렇듯 양광의 고구려 원정은 시작되기 전부터 피의 잔치로 물들어 갔다.

진군이 시작되기 전, 양광은 유사룡을 데리고 산에 올랐다. 평지에서는 도저히 그 군세의 웅장함을 볼 수 없었기 때문이었다.

하늘에 비친 다섯 무리의 인간들. 엄청나게 많은 숫자 덕에 한곳에 모일 수 없어 흩어져 나뉘어 선 무리들을 자세히 들여다보면, 한 무리가 열 갈래의 무리로 나뉘고 조금 더 내려가 바라다보면 그것이 다시 열 갈래, 다시 그것이 열 갈래로 나뉘어 수천, 수만의 군집으로 나뉘어 있음을 알 수 있었다.

이 엄청난 수의 인간들이 수십 명 단위로 잘게 나뉘어 정연한 질서를 유지하고 있었다.

그야말로 엄청난 일이었다. 한 인간에게 수백만 개의 쌀알을 주며 이러한 조직으로 나누라 하면 아마 몇 해 동안 손에서 쌀알을 놓지 못하고 살아야만 했을 것이었다. 하물며 이것이 쌀알이 아닌 인간임에야! 이들을 이끄는 자는 가히 사람이 아님에 틀림없었다.

그 위대한 역량의 주인공, 바로 수백만의 인간을 손바닥 위에 올려놓은 그자는 군집에서 멀리 떨어진 높은 산 중턱에 앉아 몇몇 수하들과 함께 평원을 내려다보고 있었다.

"사룡, 어떠하냐. 나의 군사들이."

양광은 의자에 앉은 채 손바닥을 들어 인간들의 능선과 맞대어 보며 말했다.

"숫자가 지나치게 많은 군사는 쉽게 무너집니다."

턱수염을 길게 기르고 문사복을 입은 유사룡이 옆에서 대답하자 양광은 천천히 고개를 돌렸다. 그러나 그의 얼굴에는 오히려 기분 좋은 웃음이 떠올라 있었다.

"폐하, 그러나 이는 군사가 아닙니다. 앞으로 벌어질 일 또한 전쟁이 아닙니다."

"그럼 무엇이냐?"

"하늘의 뜻, 즉 황제 폐하의 뜻을 받든 인간들이 천손(天孫) 운운하는 무도한 무리들을 향해 내리는 징벌이옵니다. 이것은 전쟁이 아니옵니다."

"하하하하, 사룡의 말이 그럴싸하구나. 그렇다! 나는 온 천하 인간의 힘으로 받들어 오른 황제이다. 그러니 이제 하늘을 자처하는 무리들을 끌어내릴 차례이니라. 이제 두 번 다시 동제에게는 제사를 지내지 않으련다. 천손이라는 자들의 씨를 말리면 그뿐이 아니더냐!"

황제는 호탕하게 대답하고 다시 눈을 돌렸다. 대군은 바야흐로 진군을 시작할 참이었다.

한 사내의 가슴과 배가 들이마신 공기로 터질 듯이 부풀어 오른다. 그리고 온몸을 터뜨릴 듯한 진동이 아랫배를 울리고, 가슴을 울리고, 목청을 울리고, 그리고 그의 입을 통해 사방으로 폭발한다.

진격을 알리는 고함 소리, 제1군의 대장이자 수군 최고의 싸움꾼인 석정의 입을 통해 터져 나간 폭발음의 진동은 군사들의 귀를 파고들어 그들의 몸을 전율시키며 저절로 발을 내딛게 한다. 엄청난 숫자의 제1군 군사들이 한꺼번에 내딛는 첫걸음. 하늘이 열린 이래 가장 거대한 수로 뭉친 군사는 그렇게 첫발을 내디뎠다.

그리고 석정의 고함 소리가 끝남과 거의 동시에, 한 자루의 칼이 마치 하늘을 지르듯 허공에 세워졌다. 칼끝이 천천히 동향을 가리키며 떨어지자, 그와 함께 수만의 눈동자가 동향으로 몰렸다. 마치 칼끝에서 뿜어낸 예기가 허공에 거대한 구멍이라도 뚫어놓은 듯이, 한 점에 모인 수만의 눈동자에서 타오른 불꽃은 아무 저항 없이 그들의 적이 있는 곳까지 뿜어져 나갔다. 그리고 엄숙한 군사들의 발걸음이 침묵 속에 내디뎌졌다. 우중문의 제2군. 날카로운 정예들이 바로 그들이었다.

그 뒤를 따라 우문술의 제3군이 다시 수많은 병사를 거느리고 침착하고 정연하게 길을 떠났다. 한 치 흐트러짐 없는 그의 성격처럼, 그의 군사들은 편장과 아장들의 빈틈없는 지휘하에 일사불란하게 진군하였다.

젊은 혈기를 과시하는 내호아가 주법상을 데리고 그들의 배가 기다리고 있는 곳으로 떠난 것은 이미 하루 전. 현명한 우문개, 용맹하고 사납기로 이름난 맥철장과 그의 지기인 맹차, 예전 양광이 그 무예를 보고 감탄하여 일개 병사에서 호분랑장으로 오른 전사웅 등, 다른 용장들 역시 각기 일군씩을 거느리고 일사불란하게 걸음을 내디뎠다.

좌우 24군. 113만에 이르는 훈련된 군사들과 중국 역사에 다시없을 수십 명의 용장들. 어디 이들뿐이겠는가. 113만 군사의 군량과 무기를 수송하는 100만이 훨씬 넘는 궤운자(机運者)들. 늘어서기만 한 것으로 온 탁군을 가득 메워버린, 누구나 보는 것만으로도 질려버릴 듯한 전무후무한 군세.

그리고 이들을 다 합친 것보다도 거대한 힘이 있었으니, 강대했던 진을 쳐부수고, 수의 황제이자 자신의 아버지였던 자와 태자이자 자신의 형이었던 자를 오로지 나라를 위해 쳐죽인, 그러고는 그 슬픔을 견디지 못하여 반쯤 미쳐버린 자, 양광이었다. 만인의 비웃음 속에서도 후세를 위해 엄청난 공사를 벌이고 또 그걸 이룩한 자. 하지만 그 광기를 견디지 못하고 주색과 살인에 찌들어버린 그자가, 빛나는 눈으로 이 거대한 원정의 길을 바라보고 있었다.

40리마다 간격을 두어 하루에 1개 군씩 진격을 시작하였다. 마지막 무리가 탁군을 벗어나는 데는 그렇게 40일이 걸렸다. 바꾸어 말해 선봉에서 후군까지 파발이 도착하려면 40일이 소요된다는 뜻. 가히 엄청난 규모의 행군이라는 것을 알 수 있었다. 특히 지휘본부인 양광의 본대가 출진하는 모습은 그야말로 장관이었다. 6개 군으로 이루어져 가히 80리에 이르는 길이. 사람의 바다 속에서 솟아오른 엄청난 숫자의 기치와 창검이 하늘을 가득 메우며 일사불란하게 걸어 나가는 모습은 일찍이 세상 어느 곳에서도 볼 수 없는 것이었다. 휘날리는 붉고 푸른 기치들과 병사들의 화려한 복장을 보고 모든 병사들과 신하들이 감탄하여 입을 다물지 못하였다. 특히 양광 근처에서 말을 몰던 유사룡은 몸을 떨며 외쳤다.

"이것을 보고도 세상에 동제와 서제가 나란히 있다고 말할 수 있겠는가!"

그 말을 들은 양광의 얼굴에 만족스러운 웃음이 떠올랐다.

"정녕 그러하냐?"

"정녕 그러하옵니다, 폐하!"

"이제 동제는 없는 것이냐?"

"없사옵니다!"

"천손이란 놈들도 없는 것이냐?"

"이제 폐하가 유일한 천손이자 천자이옵니다."

"하하하! 그렇고말고. 과연 그러하도다!"

좌우 40인의 가마꾼이 짊어진 높은 가마에 올라앉아 호화로운 황금빛 옷을 걸치고 앉은 양광이 유사룡의 외침에 되묻고 유사룡이 다시 대답했다. 그러고는 잠시 침묵이 이어졌다.

유사룡은 물론 양광도 이 거대한 군사의 위세에 감동한 터였다.

"술을 가져오너라!"

해가 질 무렵, 양광은 높은 언덕에 올라 술을 마시며 대군의 위용을 바라보았다.

"사룡!"

"폐하!"

"왠지 눈물이 솟는구나."

"짐작하옵니다."

"선제는 무엇을 위해 천하를 통일했더란 말이냐?"

"……."

"한 몸을 호강하고자 하였다면 차라리 무릉도원에 숨어 손자의 재롱을 보셨음이 타당하지 아니하냐?"

"그렇사옵니다."

"나라를 걱정했다면 변방의 장수로 평생을 바침이 차라리 낫지 아니하냐?"

"그러하옵니다."

"흐하하, 흐하하!"

"……."

"그분은 역시 나의 아버님이셨다. 우리 양가의 피에는 주체할 수 없는 야망이 흐르고 있단 말이다."

"……."

"나는 이제 고구려의 씨를 말리련다. 고구려 땅에서 태어난 놈이라면 이제 갓 나온 핏덩이까지 짓밟으련다. 그것이 양견과 양광에게 주어진 사명이 아니더냐! 바로 고구려의 모든 인간을 짓밟는 그 일 말이다!"

"폐하……."

"사룡! 나는 지금 역사의 은원을 매듭지으러 가건만, 백성과 군사들은커녕 신하들조차 이 위대한 출정을 이해하지 못하느니라."

"그럴 리 없사옵니다."

"이미 천하가 나를 비웃고 있느니라. 하루하루 밥과 잠자리나 걱정하며 평생을 살아가는 버러지들이 감히 나를 손가락질하고 있단 말이다."

"폐하…… 폐하는 그 누구보다 위대하신 분입니다."

"저들은 아마 나의 승리를 당연한 일로 여길 것이다. 백성의 고혈을 쥐어짜는 한 폭군이 온 땅에서 짜낸 군사로 한낱 변방의 영토에 욕심을 부리는 줄 알 것이라는 말이다."

"……."

"하지만! 잘 보아두어라, 사룡. 내 한 몸 유람을 위해 파낸 것이라는 저 운하, 저 운하가 우리의 후손을 살찌워 두 번 다시는 갈라설 일이 없도록 할 것이니라. 내 새로이 천도한 낙양은 앞으로 천년의 수도가 될 것이며 낙수의 현인궁은 역사에 길이 빛날 것이다. 그러나 사룡! 이 모든 것들을 다 합하여도 이 위대한 정벌의 발끝에는 미치지 못할 것이니, 이미 수나라는 이러한 군세를 일으켰다는 것만으로도 후세에 길이 기억될 것이니라."

"저도 익히 알고 있사옵니다. 고구려를 놓아두어서는 중원의 위엄이 서지 못할 것이옵니다."

"그렇다! 그놈의 동제! 동제가 과연 무어란 말이더냐! 내저들을 모조리 짓밟아버리면 요임금이 예를 표했던들 누가 기억하겠느냔 말이다. 나는 바로 그 일을 위해 태어난 게로다. 나는 그 일을 위해 황제가 되었단 말이로다! 중원이 세상의 중심이라는 걸 보이기 위해 이 세상에 태어났단 말이다."

"폐하……"

평양.

조정에는 영양왕을 비롯해 을지문덕, 강이식, 건무, 고승 등 내로라하는 군벌들이 모여 있었다. 면면이 모두 강경 세력의 선두들. 그러나 이들은 지금 침중한 표정으로 영양왕을 향해 눈을 모으고 있었다.

"전하, 수의 대군이 이미 탁군을 떠났다는 정보가 속속 들어오고 있습니다."

부정을 모르는 강직한 성격과 용맹으로 이젠 고구려군의 중추에 우뚝 선 강이식이 잔뜩 가라앉은 음성으로 입을 열었다.

"군세가 얼마나 된다 하오?"

애써 태연을 가장하고 있지만 영양왕의 목소리는 자신도

모르게 떨려 나왔다. 그도 그럴 것이, 이번에 수가 일으키는 대군은 사상 유례를 찾아볼 수 없는 대규모라느니, 양광이 이런 군세를 일으키는 이유는 고구려의 씨를 말리는 데 있다 느니 하는 소문이 끊임없이 들려오던 터였다.

"그게……."

강이식은 바로 답하지 못하고 뒤를 흐렸다. 좌중이 모두 귀를 곤두세웠다.

"그게……, 113만이라 합니다."

"뭐라!"

담력이 강하기로는 비할 데가 없던 영양왕조차 자신도 모르게 소리를 지르고 말았다.

"113만 군사가 곧 요하에 이를 것입니다."

강이식의 무거운 음성이 모두의 귀에 파고들었다.

"113만."

영양왕 역시 일대의 호걸이었지만 113만이라는 군세 앞에 서는 목소리에 힘이 빠지지 않을 수 없었다.

"그것도 병장기를 든 전투병만 113만이고 짐을 나르는 자, 기타 부역하는 자들이 따로 120만이 된다 하옵니다."

"으음!"

좌중은 이내 깊은 침묵에 빠져들었다. 20만 군사는 을지문 덕의 기책으로 돌려보내고, 30만 군사는 양견의 분노를 돋우고 천시를 얻어 겨우 피할 수 있었지만 113만 군사, 그것도 전신이라 일컬어지는 양광이 직접 지휘하는 정예병을 피한 다는 것은 말 그대로 불가능한 일이었다.

"건무는 들은 바가 없는가?"

영양왕의 입에서 가냘픈 바람을 담은 목소리가 새어 나왔다. 좌중의 인물 모두는 강이식의 입에서 나온 113만이라는 숫자가 잘못 전달된 숫자이기를 바랐다.

"113만이란 숫자는 전수대장군이 양광 옆에 깊이 심어놓은 세작으로부터 나온 것이라 정확합니다."

"전수대장군이……."

영양왕의 목소리는 차라리 허탈하게 들렸다. 이제 희망은 모두 사라진 것이었다.

"강 장군, 우리 군사는 얼마나 되는가?"

"선왕 전하 이래 다년간 군사에 크게 힘써온 결과, 요하 수비에 2만, 요동성에 3만, 요동에서 평양에 이르는 각 성과 진지에 5만, 평양에 3만, 말갈 군사 3만이 있으며 전수대장군께서 따로 길러낸 군사가 좀 있습니다. 그 외 신라 백제의 국경에도 약간의 군사가 있습니다. 모두 합쳐 16만 정도입니다."

"16만이라. 신라와 백제의 국경에 있는 군사는 융통할 수 있소?"

"불가합니다. 그 수도 적을 뿐 아니라, 신라는 수나라에 다

년간 조공해온지라 특히 주의를 기울여야 할 것이옵니다. 실제로 세작의 말에 따르면, 얼마 전 수의 국서를 가진 사신이 신라와 백제로 출발하였다 하옵니다. 쉽사리 군사를 내지는 않겠지만 국경을 비워서는 아니 될 것이라 사료되옵니다."

"그리하면 16만 군사가 우리의 전부라 여기면 되겠구려."

영양왕의 얼굴에 짙은 그늘이 드리워졌다. 그런 왕의 얼굴을 살피며 건무가 말을 이었다.

"게다가 적은 정병입니다. 양광이 주색에 빠져 있었다고는 하나 그는 일찍이 전신이라 불린 자입니다. 게다가 그의 수하들은 유례없는 명장인지라 군세에 허술함이 있을 거라 여겨지지 않습니다."

2각이나 계속된 회의는 내내 침묵으로 일관됐다. 평소 패기에 가득 차 있던 갑정도, 산전수전의 노장 고승도 침묵을 지켰고, 이제껏 수의 침공에 대비해 줄곧 준비를 해왔던 용장 건무와 평소라면 주먹을 불끈 쥐며 맞서 싸워야 함을 부르짖었을 강이식 또한 이번에는 침묵으로 일관하였다.

113만은 정녕 큰 군사였다.

침묵은 영양왕의 무거운 음성에 의해 깨어졌다.

"백성들의, 으―음―."

왕은 목청을 가다듬었다.

"백성들의 안녕을 위해 짐이 입조해야 한다고 생각하는 대신은 기탄없이 말해주시오."

그랬다. 비록 고구려가 대대로 중원의 거대한 나라들에 맞서왔다고는 하지만 113만 군세는 의기와 기상만으로 맞서 버텨낼 수 있는 것이 아니었다. 어쩌면 항복하고 조공해야 한다는 주장이 용감한 것일 수 있었다.

그러나 아무도 대답하지 않았다. 누구도 대답할 수 없었다. 113만이라는 군세 앞에 무슨 작전을 펼칠 것이며 어떤 기책을 논할 수 있단 말인가. 또다시 기나긴 침묵이 이어졌다.

"만약 가능하다면, 그 길이 최선입니다."

목소리의 주인공에 눈길이 닿는 순간, 좌중은 하얗게 얼어붙었다. 목소리의 주인공은 전수대장군 을지문덕이었다. 을지문덕, 그가 누구인가. 민족의 신물을 가지고 나타나 말 몇 마디로 수나라 조정을 농락하고 뒤흔들었을 뿐 아니라 문제의 거대한 대군을 지략만으로 흩어버린 자가 아닌가. 말갈을 고구려로 데려왔으며 한 번 출정으로 신라를 꼼짝 못 하게 누른 자, 을지문덕. 고구려의 운명은 을지문덕의 어깨에 달려 있다고 하여도 과언이 아닐진대, 그가 지금 항복을 말한 것이었다.

"을지 공, 그게 진심이시오?"

먼저 말문을 연 사람은 강이식이었다. 그의 목소리는 분노로 인해 잔뜩 힘이 들어가 있었다.

"예."

영양왕 또한 믿어지지 않는다는 목소리로 입을 열었다.

"이유를…… 말해주실 수 있겠소?"

"지금 대왕과 여러 장군들은 두 가지 환상에 사로잡혀 있습니다. 그중 첫째는 항복에 대한 환상입니다."

"환상?"

노장군 고승이 문덕의 말을 되뇌었다.

"만일 전하께서 입조하여 나라가 안녕하다면, 잠시 의기를 누르고 다음을 기약하는 것이 좋습니다. 기상이란 것도 나라가 살아 있어야 가능한 것입니다. 승리해도, 패배해도 비참한 결과만 나올 것이라면 나라와 백성을 살리기 위해 의기와 기상을 잠시 놓아주었다가 찾아오는 것이 좋습니다."

좌중은 말없이 을지문덕의 입에만 신경을 모았다.

"그러나 이는 환상에 불과합니다."

을지문덕은 말을 잘랐다.

"과거 저들의 선조들은 동제를 섬겼습니다. 동제란 바로 단군, 우리의 선조인 조선의 왕을 뜻합니다. 그리고 이는 『시경』을 비롯한 여러 경전에 똑똑히 기록되어 있습니다. 과거 양견도 이를 견디지 못하여 전쟁을 일으킨 것이며, 지금의 양광도 꼭 같습니다. 예전 한인들이 동제에 대한 존경과 충심을 잃어버린 날 이후로, 언젠가는 반드시 일어날 전쟁이었습니다."

건무가 고개를 끄덕였다.

"게다가 양광은 고구려에 패한 부친을 자신의 손으로 죽인 이후, 그 모든 절망과 광기를 고구려에 대한 분노로 돌렸습니다. 고구려를 이유로 황제에 오른 이, 고구려를 치기 위해 부친을 살해했다는 자기 위안을 삼는 이, 그것이야말로 양광의 존재 그 자체입니다. 항복한다고 없던 일처럼 되지는 않습니다. 결국, 이 전쟁에 항복이란 없는 것입니다."

이상하게도 사람들의 표정이 편해지는 것 같았다. 문덕은 잠시 사람들의 표정에 눈길을 주었다가 다시 말을 이었다.

"두 번째는 숫자의 환상. 여러분은 지금 이 전쟁을 113만과 16만의 싸움으로만 여기고 있습니다. 그러나 사실 113만 군사와 16만 군사는 맞붙어 싸울 수 없습니다. 113만이란 한 길로 내려올 수 있는 숫자가 아닙니다. 특히 양광은 이번에 군사를 열두 갈래로 나누었습니다."

"아!"

문덕의 말에서 무언가를 깨달은 듯 강이식이 신음을 토하며 무릎을 쳤다.

"1만과 1만, 혹은 5만과 5만. 다음은 죽은 자를 제외한 또 다른 1만과 1만, 5만과 5만. 이것이 바로 113만과 16만 군사의 진실입니다. 비록 113만이 사상 유례 없는 병력이라 하지만 한 싸움에 동원되어 16만과 어우러지는 일은 결코 없다는 뜻이지요."

좌중이 크게 술렁였다. 하늘을 가득 메운 먹구름에서 한줄기 빛이 내리 비치듯, 이 막막한 전쟁의 절망에서 비로소 희망이 보이는 듯했다. 건무가 나섰다.

"전수대장군이 방금 말했듯, 그들은 군사를 갈라서 옵니다. 그렇다면 우리도 군사를 갈라 대적해야 할 터. 중과부적의 부담은 항상 있소."

그 역시 분명 맞는 말이었다. 원체 숫자가 적은 고구려군을 분산해야 된다면 결코 이로운 결과가 기다리고 있을 리 없었다. 좌중의 눈이 다시 일제히 문덕을 향해 쏠렸다. 지금으로서는 그의 입만이 그들이 붙잡을 수 있는 마지막 희망이었다.

"건무 대장군께서 대단히 중요한 점을 지적하셨습니다. 이제는 우리의 선조들께서 얼마나 영명한 분들이셨던가를 되짚어보는 일이 남았습니다."

수수께끼와도 같은 그의 말에 모두들 다시 한 번 깊은 호기심에 빠져들어갔다. 다음 순간, 문덕은 탁군에서부터 평양에 이르는 지도를 좌중 앞에 펼쳐놓았다.

"요동성은 그야말로 천혜의 요새라 아니할 수 없습니다."

문덕의 손은 요동성의 위치를 가리키고 있었다. 비록 사방으로 뻗어 있는 길이었으나, 평양으로 진입하는 모든 큼직한 길들은 단 하나의 성, 바로 요동성에서부터 시작되고 있었다.

　을지문덕의 목소리에 힘이 들어갔다.

　"요동성이 무너지지 않는 한, 이들은 결코 진격을 계속할 수 없습니다. 군사를 나눌 수도 없습니다. 첫째, 군량과 보급을 나를 길이 없으며, 자칫하다가는 앞과 뒤로 우리 고구려군을 맞아야만 하는 까닭입니다. 요동성은 상당한 적의 군세를 잡아둘 수 있습니다. 선조들은 요동성에 나라의 운명을 실었고, 그 지혜는 참으로 눈부실 지경입니다."

　왕 이하 제장들은 을지문덕의 말이 계속될수록 차츰 힘을 얻는 듯했다.

　"세상의 모든 일이 다 마음에서 비롯되고 마음으로 결정됩니다. 전쟁도 마찬가지입니다. 거대한 군세는 마음을 흩뜨립니다. 요동성은 적의 마음을 흩뜨리는 덫과 같은 것입니다. 우리는 요하에서 적의 피를 끓게 한 후 군사를 흩뜨리지 않고 모두 요동성에 집결시켜 시간과 싸워야 합니다."

　"음."

　누군가의 입에서 신음이 새어 나왔다. 113만 군사를 대하고도 이렇듯 태연할 수 있는 을지문덕이란 인간이 새삼 낯설게 다가왔다.

"허어! 시간과 싸운다……."

누군가의 입에서 탄성이 흘러나왔다.

"양광은 이번에 엄청난 군세를 거느렸으므로 평양을 정벌하고 백성의 반 이상을 죽이지 못하면 실패한 것이나 다름없습니다. 그게 바로 그의 약점이지요."

"그렇지……!"

사람들은 모두 고개를 끄덕였다.

"전쟁의 신이라 불리는 자가 113만 군세를 몰고 왔다, 때문에 오히려 약점이 커지는 겁니다. 그는 자만에 빠져 서두르게 되고…… 그러니 시간을 지켜내면 적은 자멸합니다."

"오오!"

"놀랍소!"

"역시!"

빛. 문덕은 그야말로 빛이었다. 어둡고 막막한 나라의 위기 때마다 문덕은 고구려가 일어설 길을 열어주었다. 그리고 가장 커다란 고비에 이르러 이 영웅은 또다시 고구려에 희망을 안겨주고 있는 것이었다.

"그러나 역시 이번 수나라의 침략은 하늘이 열린 이래 가장 강력한 것! 우리가 바라는 것처럼 쉽게 저지할 수 있는 것이 아닙니다. 이제 항복을 하느냐, 저 무서운 진격 앞에 맞서느냐는 오로지 전하와 중신들의 선택에 달려 있습니다."

건무는 몸이 떨려오는 것을 느꼈다. 그러나 이는 두려움 앞에서 오는 떨림이 아니었다. 역사라는 그 거대한 시간의 수레바퀴 안에서 숙명적인 싸움을 맞이해야 하는 자신들. 고구려의 운명을 좌우하는 시간의 정점에 서서 미래를 만들어나갈 스스로의 무게감을 절실히 느낀 까닭이었다.

"처음부터 요동성에서 적을 막는 것이 아니라 요하에서부터 적을 맞아야 합니까?"

왕제 건무가 한층 숙연한 기색으로 물었다.

"적의 선봉에 최대의 타격을 가해 뭉치게 하기 위함입니다. 지금 저들은 흩어질수록 강하고 뭉칠수록 약해집니다."

을지문덕의 말에 또다시 모두가 고개를 끄덕였다.

시간과의 싸움. 요하에서 맹타격을 가해 잔뜩 뭉치도록 한 후 요동성에서 농성을 벌여 결코 그냥 지나칠 수 없도록 하는 시간과의 전쟁.

"전하, 제가 요하를 지키겠나이다. 부디 보내주시옵소서."

고개를 든 강이식이 영양왕을 바라보며 굵은 목소리로 청했다. 그러나 영양왕은 고개를 내저었다. 그리고 을지문덕에게 눈길을 주었다.

"전수대장군."

영양왕 특유의 묵직한 목소리가 다소 씁쓸하게 흘러나왔다.

"예, 전하."

"사실 나는 이번 전쟁을 감당할 능력이 없소. 군략에 대하여 나름대로 식견이 있다고 자부해왔건만, 이런 거대한 전쟁에 있어서는 그간 읽어오고 생각해온 수많은 병서와 군략이 아무짝에도 쓸모없는 것만 같소. 사실, 공이 없었더라면 이미 지난번 양견의 침략으로 고구려는 무너지고 말았을지도 모르오. 나를 비롯한 모든 고구려인들은 지금 공의 어깨에 운명을 걸고 있다고 보아도 좋소."

"……."

"하여 나는 공에게 이 전쟁의 모든 일을 일임하려 하오. 부디 거절하지 말아주시오."

말을 마치고 자리에서 일어선 영양왕은 허리에서 보검을 풀어 을지문덕에게 건네주었다.

을지문덕은 말없이 금으로 장식한 보검을 받아 들었다. 그리고 영양왕을 향해 고개를 숙여 보였다. 이미 그들 사이에 군신의 벽이란 사라지고 없었다. 인간과 인간으로서 함께 역사의 위기를 맞고 있는 것이었다.

"온몸으로 이 나라를 지켜내겠습니다, 전하!"

보검을 받아 든 을지문덕은 굳은 의지가 서린 강이식의 얼굴을 바라보며 고개를 끄덕였다. 처음 만났을 때의 강렬한 인상, 하잘것없는 무술이었지만 기개나 배짱은 검술의 달인

갑정에 비할 바가 아니었다. 이 사람 강이식의 드높은 기개와 의지야말로 수군의 발목을 오래도록 잡아줄 무기였다.

"강 장군, 요하로 가주시오. 이 전쟁의 승패는 이번 요하 싸움에 있다고 해도 과언이 아니오. 적을 뭉치게 해야 시간에 발목이 잡히는 거요. 그들을 뭉치게 하려면 요하를 건너온 첫 부대를 맹타해야만 하오. 그러면서 우리는 병력을 아껴야만 하오. 113만에 비해 16만은 그저 티끌에 불과하다는 것을 장군도 잘 알고 있지 않소?"

"대장군, 감사드리오."

"타격에 성공을 하든 못하든 장군은 군사를 아껴 요동성으로 들어가야만 하오."

"명을 따르겠습니다."

"율려 장군, 고승 장군."

"예."

"예."

"나는 그대들이 고구려 최고의 무장임을 믿고 있소. 강이식 장군을 도와 요동성을 지켜주시오."

"알겠습니다."

"아야진 장군은 주로 야음을 틈타 요동성에 필요한 물자를 공급하고 출입을 자주 하여 요동성의 세가 강력함을 과장되게 알려주시오."

"명심하겠습니다."

"이번 전쟁의 승패는 결코 적의 목을 몇 개 더 치고 말고에 있지 않다는 것을 제장들은 명심하시오. 시간, 오로지 시간과의 싸움이니 군사를 보호하고 농성하는 데 최선을 다하시오."

"명심하겠습니다."

"하지만 전투는 피를 끓게 하는 법, 막상 전쟁에 나아가면 지금의 다짐을 지킬 수 없을 것이오. 그러니 네 사람은 서로를 감시하고 경계하시오."

문덕은 고구려의 가장 강력한 장수 네 사람에게 요동성 사수의 엄명을 내렸다.

요하전투

　영양왕 23년. 고구려에서 회의가 있은 지 스무 날.

　해질녘이 되었을 때, 드디어 수군(隋軍)은 요하에 이르러 고구려군의 진영이 눈에 보일 만한 거리에 닿았다.

　출병이 이해 정월. 탁군 임삭궁에 군사가 모였던 것이 이미 지난해 4월. 그리고 이 전쟁이 준비된 것은 그보다 한 해 전. 두 해하고도 거진 반이 지나서야 이제 이 거대한 군사는 전장에 도착할 수 있었던 것이었다. 그러나 길었던 기다림에 비해 진격은 가히 형용할 수 없을 만큼 빠른 것이었다. 거의 300만에 이르는 인간의 무리가 잠시도 막힘없이 정연하게 달려왔다. 그야말로 양광과 여타 장수들의 귀신과도 같은 솜씨가 거침없이 발휘된 것이었다.

　그 선두에서 거침없이 달려온 선봉장은 예부터 수의 대장군이었던 맥철장. 그의 뒤를 따라 수군은 요하 기슭에 넓게 사열했다. 열두 갈래의 군단 중 단 한 개 군단의 선두였건만 이는 이미 3만에 이르는 숫자. 마치 개미 떼처럼 까맣게 늘어선 군사들이 요하를 길게 장식하고 있었다. 정연하게 선 그들 앞에 홀로 바람을 맞으며 나선 맥철장의 모습은 제법 영웅다웠다. 맥철장의 부장인 맹차가 말을 몰아 그에게 와서 고개를 숙였다.

"요하입니다. 건너편에 고구려의 진영이 보입니다. 대략 막사와 기치의 숫자로 보아 1만 군사쯤 될 듯합니다."

"알고 있다. 시일은 어찌 되겠는가?"

"선봉군 5개 군이 다 도착하려면 앞으로 사흘이 더 걸립니다. 호분랑장 전사웅 장군의 선봉 제2군은 아마 내일 오전 무렵에 도착할 것입니다."

"맹차!"

"예, 장군."

"나는 수의 대장군임에도 불구하고 황제 폐하의 옛 수하가 아니라는 이유로 이제껏 이렇다 할 공 한번 세울 기회가 없었다. 사실 계민 가한의 복속 역시 내 공이었건만 상서 우승의 치적으로 돌아가고 말았었다."

"예, 알고 있습니다."

"그리고 지금에 이르러, 세상에서 가장 위대한 전쟁의 선봉장으로, 나는 지금 전장에 누구보다 먼저 발을 내디뎠다. 이것은 무엇을 뜻하겠는가. 이제껏 쌓아온 모든 것을 펼쳐 보이라는 폐하의 뜻이 아니겠느냐. 그런 내가, 사흘이나 시일을 끈다면 과연 이 위대한 원정에 걸맞다 할 수 있겠는가."

"……."

말을 마친 맥철장이 맹차를 뚫어질 듯 노려보자 맹차는 마지못해 고개를 끄덕였다. 그러나 맹차는 바로 맥철장의 저런 모습을 경계하기 위해 선봉의 부장으로 임명된 것이나 마찬가지였다. 맹차는 맥철장을 바라보며 대답했다.

"그러나 장군, 아직……."

"걱정하고 있는가, 맹차. 나는 그대가 걱정하는 것처럼 공명심에 눈먼 자가 아니다. 전사웅의 2군이 오고 나서 도하를 시작한다. 그러면 5만으로 1만을 치는 것. 지금 우리 군사의 사기는 절정에 이르지 않았는가."

"예, 장군."

맥철장은 말을 마치고는 고구려군에게 눈을 돌렸다. 어림잡아 1, 2만 군사를 수용할 수 있을 만한 진지. 그에 반해 자신은 지금 거느리고 있는 군사만 해도 3만, 내일이면 2만이 더 온다. 그는 자신 있었다. 도하하여 맞붙으면 저들이 무슨 수를 쓰더라도 몇 배가 훨씬 넘는 그의 군사를 이겨낼 수는 없을 것이었다. 게다가 그는 황제가 직접 자신의 어깨에 손을 얹으며 했던 말을 기억하고 있었다.

"나는 한 달 안에 고구려 백성의 반을 죽이고자 한다. 알겠느냐? 100만이 넘는 군세를 가지고 시간을 끌 일이 아니다. 궤운자까지 하면 300만에 이르는 인간들이, 지고 다니는 식량으로 밥을 먹어야 한단 말이다. 그러니 이 전쟁의 핵심은 속결이다. 우기가 와서 돌림병이 돌기 전에 강력한 군세로 고구려 백성의 씨를 말려라!"

황제는 그에게 이 전쟁은 속결이 모든 것을 결정한다고 말했다. 황제의 말을 떠올리는 맥철장의 눈이 강하게 빛났다.

새벽녘. 강이식은 핏발 오른 눈으로 요하 건너의 수군 진영을 바라보고 있었다. 그리고 그의 뒤로 1만에 이르는 고구려군이 창칼을 꼬나쥔 채 역시 눈을 빛내며 그들의 장군과 시선을 같이 두고 있었다. 한 치 흐트러짐 없이 정렬해 있는 이들의 각오는 남달랐다. 한참의 시간이 지나도록 이들은 결사의 심정을 다져가며 어슴푸레하게 밝아가는 수군 진영을 노려보고 서 있었다. 곧 해가 그들의 등 뒤 동쪽에서 떠올랐고 수군 진영이 환하게 그들의 눈에 들어왔다. 강이식은 무엇 하나 놓칠세라 뚫어질 듯 그쪽을 노려보다가 곧 부장을 향해 고개를 돌렸다.

"현승, 그대는 양광의 병사와 싸워본 일이 있는가?"

"수군과는 싸웠지만 양광의 병사와는 싸워본 적이 없습니다. 정병이라 들었습니다."

"어제 도착했는데 벌써 부교를 만들어두었어. 밤새 작업을 시켰나 보군."

"오늘 도하할까요?"

현승의 말에 강이식은 대답 대신 건너편 수군을 뚫어질 듯 바라보기만 하였다. 그러다가 손을 들어 무언가를 세어보았다. 한참 무언가를 골똘히 생각하던 강이식은 이내 혼잣말처럼 중얼거렸다.

"우리는 1만, 적은 3만이다. 대개의 경우 선봉장은 용맹한 자가 맡지만 저자는 용맹하기도 할뿐더러 신중함까지 갖춘 자다. 역시 양광이야……."

"과연 얼마나 모인 후에야 넘어올까요."

"알 수 없는 일이다. 그러나 우리가 할 일은 분명하다. 최후의 순간이 올 때까지, 맞붙어서는 안 된다. 한 명의 병사라도, 일촌의 시각이라도 아끼는 것이 우리의 임무다. 그러니 적을 칠 수 있는 시간은 찰나에 불과하다. 부교를 놓고 건너오기 위해 어수선한 그 약간의 시간에 우리는 집중적인 공격을 퍼부어야 한다. 병사들을 최대한 넓게 횡렬로 배치하고 활만 써야 한다."

강이식은 수많은 병서를 읽으며 연구를 하는 지장이었기에 현장에 가장 들어맞는 전략을 즉석에서 만들어냈다.

그날 오후 수군은 고구려군이 멀쩡히 바라보고 있는 가운데 대형 부교를 수십 개나 놓고 도하를 시작했다. 물이 그리 깊지 않아 수군은 안정된 가운데 신속히 부교를 건넜다.

강이식의 명령에 따라 배불리 먹고 충분히 휴식을 취한 고구려 군사는 전투를 알리는 북소리에 마지막 각오를 단단히 다지며 나섰다. 눈을 감고 백성을 돌보는 신령에게 기도를 올리는 이, 단군에게 국난을 헤쳐 나갈 수 있기를 비는 이, 정인에게 받은 정표를 바라보며 중얼거리는 이들 앞으로 강이식이 나타났다.

"군령은 모두 전달받았을 것이다. 우리는 저 거대한 군세를 맞이하는 첫 번째 고구려인이다. 모두 필사의 각오로 맞서 후회와 수치가 없도록 하라."

강이식은 짧게 말을 마치고는 손을 들어 올려 병사들의 함성을 막았다. 짧은 말이었지만 병사들은 충분히 이 싸움의 중요함을 알고 있었다. 극도의 긴장감이 그들의 두려움을 잠재워주었다. 강이식의 신호에 따라 병사들은 곧 일사불란하게 화살을 재기 시작했다.

맥철장과 맹차, 전사웅이 거느린 수의 선봉군 5만은 신속히 부교를 건너기 시작하였다. 이미 훈련이 잘된 군사들이라 일단 부교에 올라서자 고개를 숙인 채 뛰었다. 땅에 발을 디

딘 병사들은 재빨리 자리에 앉아 화살을 쟀다. 부장 현승은 크게 당황했다. 전에 부딪친 적이 있는 왕세적과 양용의 군사들과는 판이하게 달랐다.

"발사!"

강이식이 진두에 서서 발사 명령을 내렸다.

쉬이이익!

쉬익!

쉭!

전원이 궁병으로 이루어진 강이식의 1만 군사가 이들에게 미친 듯이 화살을 퍼부었다. 비 오듯 떨어져 내리는 화살에는 아무리 거센 기세로 신속하게 밀려 들어오던 수군일지라도 잠시 주춤할 수밖에 없었다.

한 궁수가 우연히 활을 거꾸로 잡아 쏜 데에서 비롯됐다는 고구려의 맥궁. 바깥으로 다시 한 번 휜 나무에 동물의 튼튼한 힘줄을 매어놓은 것이기에 그 파괴력은 이전의 활과 비할 바 아니었다. 이 새로운 활에서 일제히 쏟아지는 화살비는 도하하는 수군 병사들의 몸을 사정없이 꿰뚫었다. 요하는 순식간에 쓰러져 널브러지는 수군의 피로 붉게 물들어갔다.

"최대한 빨리 쏘라! 모두 화살을 운반하라! 열 걸음 앞까지 온 적에게도 활을 쏘라! 활을 쏘라! 진지에 있는 모든 화살을 다 써야만 퇴각할 것이다!"

강이식 역시 직접 맥궁을 들고 앞에 나서서 적을 쏘아대며 병사들의 사기를 고무시켰다. 돌궐의 라마에게 창피를 당한 이후 피눈물을 흘리며 무예를 익힌 결과, 강이식은 이제 고구려의 제1급 무인이 되어 있었다. 게다가 그에게는 어느 누구 못지않은 완력이 있었다. 한 번 시위를 당길 적마다 무시무시한 바람 소리와 함께 두세 명의 적병이 나뒹굴었다. 순식간에 수천에 이르는 수병들이 그 목숨을 다하여 요하의 물결에 그 몸뚱이를 내맡기고 말았다.

"자! 거의 다 되었다. 더! 더 쏘라!"

한참 동안 시간이 흐르고 나서도 강이식은 기세를 북돋우며 화살을 마구 쏘아댔다. 수군은 지척에 이르고 있었다. 안타까운 마음에 더 빨리 화살을 쏘아댔지만 이내 고구려의 병사들도 쓰러져갔다. 물밀듯이 밀려오는 수군의 모습이 강이식의 눈에 가득 찼다.

결국 몇 명의 병사가 더 쓰러지는 것을 본 강이식은 큰 소리로 후퇴를 명령했다. 그러나 한창 사기가 올라 있던 고구려 병사들은, 목청 큰 병사들이 몇 번 더 그의 말을 제창하고 서야 후퇴하기 시작했다. 조금 늦은 후퇴였다.

"퇴각하라! 퇴각!"

워낙 경장인 데다 창이나 칼조차 차지 않은 고구려 병사들은 빠른 속도로 물러갈 수 있었다. 비록 욕심을 부려 약간의 군사가 수군의 창이나 칼에 죽어나갔지만 공격은 가히 효율적이었다.

그러나 수군의 사기도 만만치 않았다. 더욱이 도하하며 많은 사상자를 낸 그들의 눈은 벌겋게 물들어 있었다. 맹장으로 소문난 맹차는 가장 앞서 달리며 무서운 기세로 고구려군을 쫓았다. 그의 칼에 벌써 십수 명의 고구려 병사가 생을 마감했다. 강이식은 달리면서도 사태를 반추하며 한 조각 미련에 퇴각이 늦었음을 절실히 후회하고 있었다. 거리를 조금더 벌려두지 못한 탓에 사상자는 한시가 다르게 늘어나고 있었다. 더욱이 말이 부교를 건너오기 시작하자 사태는 더욱나빠졌다. 수군들은 말에 안장을 얹지 않은 채 부교를 건너달려왔다.

"죽여라!"

한참 속력을 내어 퇴각하던 강이식의 눈에 결국 짓밟히고마는 고구려군의 후미가 들어오고 있었다. 적장 맹차가 거느린 기병의 맹렬한 돌격은 경장인 고구려의 궁병들을 쉽사리쓰러뜨리며 다가왔다. 진지가 바로 눈앞이건만 그전에 전멸을 면치 못할 것만 같았다. 아니, 이대로 진지에 도착하면 진지마저 단 한 번의 싸움에 휩쓸려 나갈지도 모르는 일이었다. 강이식은 가슴을 쳤다. 생각했던 것보다 곱절은 더 빠른수나라의 강력한 선봉군은 요하 수비군에 회복할 수 없는 피해를 입힐 것이었다. 강이식의 악다문 입술에서 피가 흘러내렸다.

"부장!"

"예, 장군님."

"먼저 진지로 달려가 요동성으로 후퇴하라고 전하라. 이대로는 전멸일 뿐이다."

부장은 이미 강이식의 결연한 의지를 눈치챈 듯싶었다. 눈인사만 건넨 뒤 부장은 필사의 힘으로 진지를 향해 말을 박찼다. 이어 강이식이 크게 고함을 질렀다.

"전군! 뒤돌아서서 적을 막는다!"

동시에 말머리를 돌린 강이식은 말을 힘껏 박차며 맨 앞에서 달려오는 적장을 향해 몸을 던졌다. 그의 뒤로 십 수기(數騎)의 고구려 장수들이 단도를 빼 든 채 적에게 달려 들어갔다.

와아아아ㅡ!

무서운 기세로 짓쳐들어오는 적병들을 향해 돌아선 군사들은 오로지 짧은 단도만으로 이들의 기세를 늦추려 하였다. 하지만 말을 타고 짓쳐들어오는 적병 앞에서, 창이 없는 군사들은 속수무책이었다. 군사들은 단도를 들어 말의 눈을 찌르며 저항했으나 시간이 갈수록 맹차가 지휘하는 수의 기병들은 늘어났다.

'저놈을 죽여야 한다.'

강이식은 황망 중에도 맹차가 기병들의 중심이 되어 있는 걸 알아차렸다.

"이놈아!"

강이식은 창을 꼬나들고 맹차를 향해 달려 나갔다. 맹차는 강이식이 달려드는 걸 보자 몸을 숙여 창을 피한 후 바로 긴 칼을 강이식의 목을 향해 날렸다. 강이식은 충분히 맹차를 상대할 수 있는 기량을 갖추었지만 마음이 급했다. 단검만으로 적의 보병을 상대하는 부하들을 생각하니 자연 마음이 급해질 수밖에 없었다.

"으윽!"

맹차의 칼이 어깨를 파고드는 순간 강이식은 창을 놓칠 뻔했으나 가까스로 손아귀에 힘을 주어 창을 바로 쥐었다. 맹차는 일격이 성공하자 이내 말을 돌려 무서운 기세로 칼을 휘둘러 왔다. 칼을 크게 휘둘러 상대의 공포심을 유발한 후, 상대가 몸을 피하기 마련인 곳으로 짧게 칼을 찔러 넣는 것이 그의 특기였다. 고구려 적장은 이미 어깨에 일격을 맞은 지라 자신의 수법에 바로 걸려들 것이었다.

강이식은 이미 깊은 상처를 입어 이 대결에서 자신이 이길 수 없을 것이라 생각하였다. 죽음이 코앞에 다가와 있는 것이었다.

"에라!"

강이식은 갑자기 엉뚱한 생각이 들었다. 언젠가 무술대회에서 을지문덕이 무사에게 몸을 완전히 내주던 장면이 떠올랐다. 그리고 그 무사 역시 몸을 완전히 내주어 석환의 몸을 뚫었다는 이야기도 떠올랐다. 찰나의 순간이었지만 강이식의 머리는 무섭게 돌아갔다.

강이식은 창을 높이 비껴 들어 가슴을 열었다. 먼저 목숨을 주겠다는 엉뚱한 몸짓이었다.

"미친놈!"

곧 맹차의 커다란 칼이 그의 가슴을 향해 날아들었고, 강이식은 맹차를 향해 달려들기를 멈추지 않았다.

그리고 맹차는 쓰러졌다. 놀랍게도 맹차의 칼은 강이식에게 닿지 못한 채 바닥에 떨어지고 말았다. 의외의 결말에 놀란 강이식의 좌우에서 곧 몇 개의 화살이 더 날아들어 주위의 적을 쓰러뜨렸다.

"장군! 무사하셨습니까!"

목소리의 주인공은 진지로 먼저 돌려보낸 부장이었다. 남아 있던 모든 군사를 그러모아 뛰쳐나온 부장은 요동성이 아니라 강이식을 향해 달려온 것이었다.

"자네 미쳤나!"

"미친 건 장군님입니다."

부장이 울음을 터뜨렸다.

"큰일을 하셔야 할 분이 몸을 던져 칼을 받으려 하시다니요? 저런 장수 열을 죽인들 장군님 한 분에 견주겠습니까?"

"너는 부하가 죽고 있는 걸 보는 장수의 마음을 모른다!"

강이식은 이내 말을 달려, 원군으로 말미암아 기세가 오르기 시작한 전투에 다시 뛰어들었다.

부장 현승이 강이식을 뒤따르며 큰 목소리로 외쳤다.

"보았느냐! 장군님께서는 너희를 살리려고 자신의 목숨을 던지려 하셨다. 우리 이제 장군님을 위해 목숨을 내던지자! 우리도 장군님을 위해 목숨을 내던진다는 것을 보여드리자!"

고구려군은 삽시간에 기세가 올랐다.

복병과도 같은 5천 병사의 출현으로 인해 추격해오던 수군은 잠시 주춤하였다.

강이식은 다시 한 적병의 가슴팍에 창을 꽂아 넣으며 숨을 몰아쉬었다. 부장이 끌고 온 군사는 그다지 많지 않았으므로 형세는 다시 불리해질 것이었다. 강이식의 머릿속은, 병사를 아낄 것을 몇 번이나 강조하던 을지문덕의 당부로 가득 차 있었다. 비록 부장의 가세로 목숨을 건졌지만 이길 희망이 없는 싸움이었다.

순간, 강이식은 자신도 모르는 힘에 이끌려 까맣게 모여 있는 수군을 향해 말을 달렸다.

"전군 공격!"

그러자 고구려군이 모두 강이식을 따라 거꾸로 달리기 시
작했다. 놀란 것은 수군이었다. 그들은 이미 부장 현승의 출
현으로 놀라 있는 데다 강이식이 본진을 향해 돌격 명령을
내리자 가슴이 덜컥 내려앉았다. 이것은 단순한 복병이 아니
었다. 고구려의 본대가 출현했다는 생각에 그들은 순식간에
내달리기 시작했다. 조금만 늦어도 고구려군의 한중앙에 고
립되어 목이 날아갈 것이었다. 그들은 전속력으로 고구려군
보다 앞서 뛰었다.

부장 현승이 재빨리 맹차의 목을 창에 꿰며 달려 나갔다.

"보아라! 이놈들아! 너희 장수의 모가지를!"

현승 옆으로 두 필의 말이 내달리며 주변에서 달리는 수군
의 목을 날렸다. 현승은 맹차의 머리칼을 쥐고 몇 번 흔든 후
수군의 진지 쪽으로 던졌다.

"어헉! 이것은!"

수군은 맹장으로 알려진 맹차의 목을 보고 더욱 겁에 질
렸다.

장군 맥철장은 쫓겨 온 병졸 하나가 맹차의 목을 주워 왔다
는 부장의 다급한 보고를 받자 너무 놀라 들고 있던 칼을 놓
칠 뻔했다.

"장군님! 맹차 장군께서, 장군께서 전사하셨습니다!"

"무어? 집어치우라! 어찌 그런 일이 가능하단 말이냐!"

"적의 본진이 몰아치고 있습니다."

"무엇이? 적의 숫자가 얼마나 된단 말이냐!"

"모릅니다. 하지만 이제껏 쫓기던 적의 선봉장이 뒤로 돌아치는 기세를 보면 우리보다 훨씬 많을 것임에 틀림없습니다."

강맹한 강이식의 기세와 맹차의 수급에 질려버린 부장의 눈에는 마치 고구려 기병이 10만에 이르는 것처럼 여겨졌다. 맥철장의 전의는 순식간에 사라지고 말았다. 이미 맥궁에 당하고 진지에 남아 있던 군사에 당해 손실이 만만치 않은 터에 후미를 치고 들어왔다는 복병은 그를 두려움에 빠뜨렸다.

"후퇴, 후퇴를 명하라!"

방향을 돌려 퇴군을 시작하자 믿음직했던 수많은 군사의 숫자는 오히려 걸림돌이 되었다. 서로 밟고 밟히며 길을 막아 갈리고 우그러지는 진형을 보며 강이식이 이번에는 진짜로 공격을 명했다. 뒤도 안 돌아보고 도망치는 수군은 고구려의 기병에 의해 사정없이 유린당했다. 수의 병사들이 부교에 이르자 강이식은 다시 궁수들에게 활을 쏘게 했다. 이미 많은 피를 본 고구려의 궁수들은 미친 듯이 활을 매겼다.

오로지 활로만 적을 상대한 강이식의 작전은 도중 위험하긴 했으나 더 이상 잘될 수 없는 결과를 가져왔다.

참으로 잘 들어맞은 우연의 연속이었다. 계획보다 늦은 퇴각과, 강이식을 버리지 못하고 명령을 어긴 부장과, 또다시 강이식의 기지가 어우러져 일구어낸 승리였다.

이날 요하 수비군이 세운 전공은 실로 대단한 것이었다. 적의 선봉 5만 병사를 전멸에 가깝게 쳐부수고 호분랑장 전사웅과 맹차의 목을 베었다. 무엇보다 이날의 전투는 을지문덕의 전략을 그대로 실현해 수군을 뭉치게 만들었다.

"이놈의 목을 쳐라!"

양광은 맥철장의 목을 단칼에 날리려 했다.

"폐하! 소신은 속전속결이라는 폐하의 지시를 지키려 했을 따름입니다."

"바보 같은 놈! 그렇게 군사를 작게 쪼갤 양이면 뭐 하러 100만 대군을 거느리고 왔단 말이냐! 나의 강한 군사로 적의 약한 군사를 친다는 병법의 이치도 모르느냐! 네놈은 나의 명을 실현하려 한 게 아니라 너의 공을 세우려 했던 게 아니냐!"

그러나 다음 순간, 양광은 뜻밖에도 맥철장을 용서했다.

"내가 네게 속전속결을 말했으니 네가 오해할 만했다. 거기엔 내 잘못도 있으니 너를 용서하겠다. 앞으로 제장들은 대군을 흩뜨리지 말지어다!"

그런데 이 명령이야말로 수군의 기동성을 묶어버리는 어리석은 명령이 되고 말았거니와, 심지어는 석정의 타격대마저 묶는 결과를 가져왔다.

며칠 후 요하에서 조금 떨어진 강기슭엔 무시무시한 거구의 사나이가 웃통을 풀어헤친 채 그에 걸맞은 커다란 말을 타고 느릿느릿 몰아가고 있었다. 그의 뒤를 따르는 자들은 만족 출신의 거친 군사들. 갑주 하나 걸치지 않은 채 맨살을 드러낸 그들은 거대한 칼과 도끼 등을 거머쥐고 걸음을 옮겼다. 지루해 보이는 진군이 계속되던 중 갑자기 거구의 사내가 술병을 내던졌다. 놀랍게도 깨어진 술병 조각들이 땅에 박혔다. 사내의 엄청난 힘에 술병 조각 하나하나가 무서운 힘으로 박힌 것이었다.

바로 석정이었다.

"이런 개 같은 진군이 어디 있는가! 홀로 떨어져서는 안 되니 걸음을 늦춰야 한다고?"

"폐하도 너무하셨어. 우리의 석 대장군을 그렇게 믿지 못하시는가?"

"우문개."

"예. 석 대장군."

"폐하께는 다른 고견이 계셨을 것이다. 불경해선 안 된다."

"아, 아, 죄송합니다. 앞으로 조심하겠습니다, 대장군."

그러나 결국 화가 나 술병을 깨뜨린 것은 역시 석정이었다. 그가 무거워 보이는 입을 열었다.

"진군 속도를 더 늦추라."

"예?"

"이런 개떡 같은! 이런 개 같은 행군이 어디 있단 말이야! 늦추라! 더 늦춰! 아예 우리 다음의 군사와 후미가 닿을 때까지 진군 속도를 늦추라는 말이다."

"예, 석 대장군. 그리하겠습니다."

석정의 선봉 돌격대조차 흩어져서는 안 된다는 양광의 명령을 수행하느라 돌격대로서의 역할을 전혀 해내지 못하고 중군, 후군과 더불어 요동성까지 느릿느릿 걸어갔다. 양광의 모든 군사는 오로지 뭉치라는 명령을 수행하는 데 전력을 다했고, 따라서 수군이 요동성에 이르는 데는 생각보다 시간이 많이 지체됐다.

요동성

　수군은 비록 요하전투에서 선봉군 일부를 잃었지만 사실 그건 티끌에 불과했다. 양광의 중군이 요동성에 다다르고 후군까지 가세하자 드넓던 요동벌도 작은 마당과 다를 바 없었다. 끝없이 늘어선 군사의 행렬을 바라보며 양광은 만족스러운 미소를 지었다.

　"나오라! 어느 장수가 저 성을 무너뜨리고 길을 열겠느냐?"

　수십 명의 장수가 저마다 한 걸음씩 앞으로 나섰다. 양광이 그 모습을 보고 너털웃음을 터뜨렸다.

　"그래, 그래. 모두 짐의 신하로고."

　양광의 이런 모습을 보는 우중문은 왠지 기분이 이상했다. 대장군 양광의 모습이 차츰 없어져간다는 느낌이 들었던 것이다. 과거의 양광이었으면 직접 나서서 군사를 지휘하거나,

누구를 보낼지 결정해 이미 진격 명령을 내렸을 것이었다. 그러나 황제 양광은 적 앞에서 자신을 과시하고 있었다.

"108만인데……."

그럼에도 불구하고 우문술은 혼자 조용히 되뇌었다. 비록 5만이나 되는 군사를 잃었지만, 아직도 군사가 108만이나 되는데 무엇을 염려하랴 하는 생각이 들었다. 이처럼 수군(隋軍) 모두는 100만이 넘는 군세에 자신들도 모르게 조금씩 취해갔다.

"아아! 저것이 다 사람이란 말인가!"

천하를 뒤덮는 군사들이 뱀꼬리처럼 늘어서고 그 뒤에 또 다른 뱀꼬리들이 얽혀 꿈틀대는 모습을 성루에서 바라보던 고구려 병사들은 기가 질려 말이 나오지 않았다. 누가 감히 저들과 맞서 싸울 수 있을까 생각하며 장수들의 안색도 차츰 굳어졌다. 비록 성을 지키기 위해 불철주야 대비해왔지만 막상 100만이 넘는 적을 앞에 두자 그만 전의가 싹 가시고 말았던 것이었다.

"큰일이오."

율려 장군이 병사들의 동태를 면밀히 살피고 나서는 걱정스러운 표정으로 말을 꺼냈다.

"이래 가지고 어떻게 전쟁을 할 수 있을지 모르겠소."

사실 기가 질리기는 장수들도 마찬가지였다. 아무도 여기서 살아남을 수 있을 거라는 생각을 할 수 없었다.

네 명의 장수—강이식, 율려, 고승, 아야진은 새벽부터 밤까지 군사와 백성의 사기를 돋우기 위해 뛰어다녔다. 이미 그들은 모든 백성을 성안으로 들어오게 하였고, 수군이 이용할 만한 성 밖의 물건이나 시설은 모조리 파괴해버린 터였다.

강이식이 요하에서 적장을 죽였을 때만 해도 군사들의 사기는 드높기만 했었다. 그러나 100만이 넘는 군사가 시야에 들어오자 장수, 병졸 할 것 없이 비록 드러내놓고 말하진 않았지만 속으로는 끝없는 절망감에 빠져들었다.

이때 몇 필의 말이 동쪽 성문을 통과해 나는 듯이 달려왔다.

"어어!"

"누구지?"

도열해 있던 병사들이 마상의 인물을 보고 고개를 갸웃거렸다.

"전수대장군이다!"

"을지문덕 장군이다!"

누군가 소리치자 병사들은 모두 자리에서 일어났다. 병사들 중에는 을지문덕을 보았던 자도 있었고 이제껏 한 번도 보지 못한 자도 있었다. 그들은 을지문덕이 왔다는 말에 조금씩 들뜨기 시작했다.

을지문덕은 말에서 내려 네 사람의 장수를 포옹했다.

"오오! 전수대장군께서!"

장수들도 문덕의 출현에 무척 놀랐다.

"전원 주목하라!"

부장 중 한 사람이 역시 들뜬 얼굴로 병사들을 향해 고함을 질렀다. 문덕은 단숨에 도열해 있는 병사들 앞의 단상으로 뛰어올랐다.

"들어라! 고구려의 병사들아!"

"와아!"

병사들은 모두 함성을 질러댔다. 지금쯤 평양성에 뒤처져 싸움의 결과만 기다릴 걸로 생각하던 전수대장군이 놀랍게도 최전선까지 찾아온 것에 병사들은 감격하지 않을 수 없었다.

"나는 여러분에게 한 가지 아주 중요한 점을 알려주려고 여기에 섰다."

"……."

"저기 보이는 저들은 전쟁에 이기려고 온 자들이 아니다!"

"……."

"양광은 장수들에게 아무 이유 없이 고구려 인구의 반을 죽이라고 명하였다."

"저런 개새끼!"

"나는 그가 과거 말갈에 쳐들어가 자식으로 하여금 아비를 죽이도록 하는 장면을 목격하였고, 이내 약속을 뒤집어 모두를 죽이려는 걸 막은 적이 있다. 그는 미친 자이고, 우리에겐 죽느냐 사느냐만 있지 다른 선택이 없다."

병사들은 이내 흥분했다. 아야진은 그때의 장면을 떠올리며 눈을 감았다. 피가 거꾸로 도는 것 같았지만 그는 가까스로 참아냈다.

"그런데 병사들이여, 알아두라! 우리는 이미 이기고 있다!"

"와아—!"

"강이식 장군이 요하에서 적의 선봉 5만을 도륙낸 것은 여러분도 이미 알고 있지 않은가!"

"와아—!"

"나는 그것을 말함이 아니다!"

"……."

병사들은 문덕의 말에 귀를 기울였다. 전투는 단 한 번 있었을 뿐이고, 그 전투 이후 모두 요동성 안에 들어앉아 있기만 하는 터에 무슨 전투가 있었다는 건지 궁금해했다.

"적에게는 석환이라는 무시무시한 장수가 있었다. 순식간에 혼자서 수천 명의 목을 따던, 실로 무시무시한 자였다."

병사들 중에는 석환의 악명을 익히 알고 있는 자들이 많았다. 그들은 이내 주변 병사들에게 그의 무서움을 전했고, 모두는 문덕이 무슨 말을 하는지 귀를 기울였다.

"그는 가히 10만, 아니 그 이상의 위력을 가진 자이며, 무엇보다 병사들의 사기에 결정적인 영향을 미치는 자다!"

"……."

"그러나 우리는 전쟁을 시작하기 직전에 그를 암살했다. 자랑스러운 고구려의 무사가 홀로 그를 찾아가 자신을 버리고 그를 죽인 것이다. 보아라! 이것이 바로 고구려의 정신이 아니겠는가!"

병사들은 갑자기 사기가 올랐다. 지휘부의 면밀한 전쟁 수행에 더없는 신뢰감이 생겨났다. 무엇보다 여기까지 와서 그런 사정을 설명하며 병사들의 사기를 올려주는 전수대장군이 미더웠다.

"병사들이여, 나는 여러분에게 저들의 약점을 알려주고자 한다. 먼저 양광은 이번 전쟁에 반대하는 사람들을 낙양에 남겨두고 왔다. 이번 전쟁에서 패하면 그는 황제의 자리를 잃을 것이라는 그만의 두려움을 가지고 있다. 게다가 보급선이 늘어지면 전쟁은 몇 배로 힘이 든다. 즉 수백만이 동원된 이번 전쟁에서 적은 속전속결을 해야만 한다."

병사들은 고개를 갸우뚱했다. 평소 어떤 장수에게서도 이런 말을 들어본 적이 없었던 것이다. 장수들은 그냥 명령만 내리고 자신들은 명령대로 싸우기만 하면 될 일이었다. 그러나 을지문덕은 지금 전쟁의 성격을 설명하고 있었다. 병사들은 생뚱맞다고 생각했지만, 그런 가운데 이제까지와는 다른 의지가 생겨나는 것 같았다.

"그러나 지금 보라! 저들은 여기 이 요동성 앞에 뭉쳐 오로지 숫자의 많음으로 농성하고 있지 않은가! 가장 피해야 할 운병(運兵)이 아닌가! 적의 원정은 시작부터 망가지고 있는 것이 아닌가!"

문덕은 잠시 말을 멈추고 병사들을 바라보았다. 모두가 초롱초롱한 눈망울로 문덕의 다음 말을 기다리고 있었다.

"여기 요동성을 지키느냐 못 지키느냐가 바로 이 전쟁의 승패를 결정한다. 그대들 하나하나의 어깨에는 우리 고구려 형제자매의 목숨과 지난 3,600년간 이어 내려온 나라의 운명이 달려 있다. 나는 이 순간 그대들에게 목숨을 던져달라 말하려 한다. 그대들의 죽음이 고구려 혼에 불을 지필 것이다. 그대들과 내가 먼저 몸을 바치고 그다음은 누군가 다른 고구려인이, 그리고 또 다른 고구려인이 따를 것이다. 그렇게 고구려의 마지막 남은 백성이 몸을 바쳐 긍지와 정신을 이어갈 때까지, 고구려 혼은 끊임없이 불타오를 것이다. 만백성의 혼을 태워, 고구려 만백성의 혼을 태워!"

"우와아아아!"

병사들은 어느 누구 할 것 없이 일거에 함성을 질러댔다.

처음 100만 군세를 보았을 때의 두려움과 절망감은 어느새 씻은 듯이 빠져나갔다. 을지문덕은 단상에서 내려와 병사들 사이를 걸어 성을 빠져나갔다. 존경과 신뢰가 담긴 눈빛들이 그 뒤를 따르고 있었다.

다음 날 이른 아침.

양광은 진중 회의를 시작했다.

"저 성은 천혜의 요새로다. 짐도 밤새 생각했지만 별로 좋은 생각이 떠오르지 않는다. 바위 사이를 꼬불꼬불 들어가서 성문이 있으니 성문을 부술 수도 없고, 성벽이란 게 대부분 바위와 산으로 되어 있으니 사람 수로 밀어붙일 수도 없다. 그렇다고 저 성을 그냥 두고 지나갈 수도 없는 것이, 저들은 우리의 배후에서 끝없이 지분거릴 것이다. 물론 보급도 기대할 수 없다."

우중문은 비로소 안심했다. 황제 양광에게서 옛날의 대장군 양광의 모습을 본 것이다. 평범한 장수라면 다짜고짜 성에 달려들어 수만 병사를 죽이고 나서야 이런 생각을 할 것이었다.

"그러니 너희 중에 좋은 생각이 있는 자는 말해보거라!"

과연 정예군의 회의다웠다. 제장들이 나름대로 품고 있던 생각을 말했지만 별 뾰족한 수는 없었다. 이때 쥐상에 염소

230

수염을 한 한수가 앞으로 나왔다.

"신이 진군하면서 잡아온 고구려 백성들이 있는데, 이를 적절히 활용하는 게 좋을 듯싶습니다."

"무슨 소린가?"

"저들은 예로부터 유난히 핏줄을 중시하기 때문에 같은 나라 사람은 형제라고 생각합니다. 그러니 저들을 이용해 성문을 열게 하는 계략이 좋을 듯싶습니다."

"하지만 장수들이 그렇게 쉽게 움직이겠는가?"

"저들은 모두 형제로 생각합니다. 우리 중원의 백성과 달리 모두 같은 자손이라 생각한다는 뜻입니다."

갑자기 양광의 입술에 비웃음이 흘렀다.

"그래, 그렇구나. 이놈들은 자신들을 천손이라 생각하지 않느냐! 그것참, 좋은 생각이로다. 적병의 감정에 불을 지름과 동시에 아슬아슬하게 유혹하도록 하라! 그들이 백성들을 구할 수 있다고 생각하는 거리에서 당장 시작하라!"

"폐하, 이번 일엔 석정 장군을 보내는 게 좋을 듯싶습니다."

"왜인가?"

"고구려 백성을 이용해 성문을 연다 해도 저들은 이미 농성으로 작전을 굳혔나이다. 자신들이 월등 유리하고 안전한 상황이 아니면 아무리 감정을 자극해도 결코 나오려 들지 않을 것이옵니다."

"그러니 아슬아슬하게 유혹할 수 있는 거리를 두라는 거 아니냐! 그래, 석정이 좋겠다. 적은 군사를 가져가더라도 그 힘은 수백 명을 능가할 터이니."

"그러하옵니다."

"오오! 즐겁도다. 어서 석정을 불러라!"

붙잡아놓은 고구려 백성을 이용하면 적이 천손이라는 감정에 사로잡혀 문을 열고 구하러 올 거라는 상상에 양광은 즐거웠다.

"석정이옵니다."

"벌판에 쥐새끼, 쭉정이 하나 안 남긴 걸로 보아 저들은 아예 성안에 들어앉아 농성하기로 작심했다. 너는 무슨 수를 쓰든 문을 열어 공을 세우고 오너라! 자세한 것은 한수가 말해줄 것이다."

"명심하겠습니다."

한수의 설명을 듣고 난 석정은 호탕한 웃음을 터뜨리며 일어났다. 그리고 얼마 후 사열한 500명의 병사들 앞으로 천천히 걸어 나갔다. 그는 숨을 몇 번 들이켠 뒤, 등 뒤에서 거대한 철창을 빼 들어서는 마치 벼락처럼 바닥에 내리쳤다. 땅이 흔들리는 소리와 함께 철창은 석정의 앞에 놓여 있던 바위를 산산이 부수어놓았다.

군사들의 가슴속에서 뜨거운 무언가가 끓어올랐다. 석정과 같이 있는 한 절대 패할 리 없다는 자신감도 솟아났다. 석정을 따르는 병사들의 눈은 거친 살기로 이글거렸다.

"가자!"

석정은 선두에 서서 요동성을 향해 나아갔다. 그리고 그의 거대한 등 뒤로 거칠기로 이름난 만병들이 흉악한 기세로 진격을 시작하였다. 그러나 숫자는 500명밖에 되지 않았다.

커다란 북소리와 함께 성벽에 도열해 있는 병사들의 모습이 눈에 들어왔으나 아무도 대수롭게 여기지 않았다.

"나오라! 겁쟁이들아!"

군사를 인솔하는 부장 홍강은 석정에게 보통 병사의 옷을 입혀 창을 들리고는 성 앞으로 한껏 다가가게 하였다. 그러나 성안에서는 아무런 반응이 없었다. 성 위에서 내려다보는 고구려 병사들은 입을 꾹 다문 채 묵묵히 홍강의 부대를 바라볼 뿐이었다. 홍강은 이내 부하에게 소리쳤다.

"한 년 데리고 와!"

곧이어 부하가 끌고 온 건 젊은 고구려 여자였다. 홍강의 부하들이 이내 여자를 발가벗겼다.

"천천히 걸어가라! 내가 손을 들면 그 자리에 멈춰!"

여자는 성을 향해 걸어갔다. 수군과 성의 가운데쯤 이르자 홍강은 손을 들었다. 멈추라는 표시였다. 순간 여자는 겁에 질려 울부짖으며 성 쪽으로 달려가기 시작했다.

"푸하하하!"

홍강은 순간 웃음을 터뜨렸다. 여자가 전력을 다해 성 쪽으로 달려가도 홍강은 웃음을 멈추지 않았다. 그사이 여자는 성벽 아래 도달했다.

"문을 열어주세요! 제발 열어주세요! 저는 고구려 사람이에요."

여자는 미친 듯이 외쳤다. 그러나 성문은 열리지 않았다. 몇 사람의 날랜 수군 병사가 화살을 막을 수 있는 쇠 우산을 쓰고 성을 향해 걸어갔다. 이들을 보자 여자는 더욱 다급하게 외쳤다.

"열어줘요! 문을 열어줘요! 이대로 나를 죽일 거예요? 저들은 나를 죽일 거예요! 제발, 제발요!"

늘어선 고구려 병사들이 일제히 장수들의 얼굴을 쳐다봤다. 그러나 장수들은 요지부동이었다.

몇 명의 수군 병사가 여자 곁으로 다가오며 칼을 뽑았다.

"아아! 제발 문을!"

여자는 마지막 비명을 지르며 성벽을 기어오르려고 애썼다. 성 위에서 일제히 화살이 날았다. 그러나 커다란 쇠 우산을 쓴 수군 병사를 상하게 할 수는 없었다. 수군 병사 하나가 다가와 여자의 머리채를 잡아끌었다.

"흐흐, 이년 젖퉁이 하나는 죽여주는군."

수군은 여자를 질질 끌고 자신들의 진영으로 돌아가려 했다. 홍강이 손을 들었다.

"그 자리에서, 고구려 놈들이 보는 앞에서 물고를 내어라!"

여자는 몇 사람의 수군에게 처참하게 짓밟혔다. 마지막으로 일을 마친 수군 하나가 칼을 뽑아 여자의 팔 하나를 쳐냈다.

"으악!"

"흐흐흐, 너희 고구려군은 참으로 용감하구나!"

비웃음과 함께 또 하나의 팔을 쳐내자 여자는 짐승과도 같은 괴성을 질렀다. 그제야 수군은 여자를 놔주었다. 양팔이 떨어진 여자는 성을 향해 뛰었다.

"으흐흐흐!"

"흐흑!"

"저 수나라 놈들을 그냥!"

고구려 병사들은 성 위에서 눈물을 흘렸지만 장수들은 여전히 침묵을 지키며 그 광경을 바라만 보고 있었다.

"또 한 년 더 꺼내라!"

홍강의 명령에 따라 또 한 여자가 끌려 나왔다. 이 여자 또한 먼젓번 여자와 같은 과정을 거쳐 똑같은 운명을 맞이했다.

"장군님! 저들은 불과 500명 정도에 불과합니다. 성문을 열고 나가 여자만 구출하고 돌아오면 될 것을, 병사들의 사기가 여간 떨어지는 게 아닙니다."

세 번째 여자가 수의 진영과 성의 가운데 서서 울부짖을 때, 부장이 고승에게 격분하여 말했다. 그의 목소리에는 모든 병사들의 염원이 담겨 있었다. 하지만 고승은 아무 대답이 없었다.

오후가 되자 홍강은 다시 성과 어느 정도 거리를 둔 채 수십 명의 아이들을 끌고 나왔다. 이번에는 오전보다 더 가까운 거리를 유지했다. 한눈에 보아도 고구려군을 유혹하려는 수작이었다.

"자! 저놈들이 언제쯤 제 나라 아이들을 위해 문을 열어주는지 보잔 말이다!"

잔뜩 겁에 질린 아이들은 울면서 성을 향해 걸어갔다.

"악독한 놈들!"

고구려 병사들은 주먹을 쥔 채 아이들이 걸어오는 모습을 지켜보고 있었다.

고승 역시 핏발 선 눈으로 아이들이 걸어오는 모습을 바라보고만 있었다. 고승은 절대 성 밖으로 나가선 안 된다고 수백 번 다짐하면서도 머릿속으로는 수군의 상황을 면밀히 계산하고 있었다. 적이 임시로 친 막사는 허술하기 짝이 없고 군사라고 해봐야 500밖에 되지 않았다. 멀리 떨어진 수군 진영에서 서둘러 달려온다 하더라도 시간은 꽤 있었다.

아이들이 가운데쯤 왔을 때, 수군 병사 몇이 아이들을 정지시켰다. 그러고는 회초리를 들고 아이들을 사정없이 때리기 시작했다.

"아아아아!"

"아악!"

고구려 병사들 사이에서 비통에 찬 신음이 흘러나왔다. 개중에는 숫제 주먹을 쥐고 부들부들 떠는 병사들도 있었다.

고승이 쉰 목소리로 부장을 불렀다.

"기병 500, 보병 2,000을 준비시켜라!"

"알겠습니다."

부장이 들뜬 목소리로 대답하고는 바로 준비를 마쳤다. 군사들은 서로 나가려고 아우성이었다. 그만큼 그들은 분노에 차 있었다.

수군의 회초리가 아이들의 연약한 몸을 향해 거세게 불을 뿜자 고승의 관자놀이가 꿈틀했다. 그러나 신중한 고승은 다시 한 번 병사들의 숫자와 거리를 가늠해보았다. 멀리 떨어져 있는 수의 본진에서 기병이 달려온다 해도 충분히 백성들을 구하고 500명의 수군을 도륙할 수 있는 시간이 있었다. 상대는 불과 500명이었다.

"코앞의 적을 도륙내고 전원 신속히 돌아온다. 알겠는가?

신속, 신속만이 생명이다!"

"알겠습니다!"

병사들은 나지막하나 힘 있는 목소리로 대답했다. 그들의 얼굴은 비장했다.

'무슨 일이 있어도 성문을 열지 마시오. 무슨 일이 있어도!'

고승은 마지막 명령을 내리기 전, 문덕의 다짐을 다시 한 번 떠올렸다. 망설여지긴 했으나 이미 시위를 떠난 화살이었다. 신속하게 돌아오면 될 일이었고, 자신이 있었다.

"앞으로!"

고승은 명령과 함께 앞장서서 성문을 뛰쳐나갔고, 분노에 가득 찬 군사들이 뒤질세라 뛰어나갔다.

"푸하하하!"

사병 옷을 입은 채 쭈그리고 앉아 있던 석정은 마치 허파에 들어 있는 바람을 다 쏟아내듯 웃고서야 겨우 웃음을 멈추었다. 그와 동시에 석정의 말이 앞발을 높게 쳐들며 먼지바람을 일으켰다.

"진격―!"

석정의 고함 소리와 함께 500명의 돌격대가 뛰쳐나갔다. 대체 어떤 훈련을 받았는지, 그의 고함 소리가 떨어지자마자 일사불란하게 창을 앞으로 세우고 달려가는 이들의 모습은 그야말로 장관이었다. 단 한 명의 기병도 없었다. 석정을 제외하고는 모두 자신의 다리로 달려가고 있었다. 그러나 그들은 결코 느리지 않았다. 하늘을 먼지바람으로 가득 메우며 이들은 무서운 속도로, 그러나 한 치의 엉킴도 없이, 달려 나오는 고구려 병사들을 향해 뛰어갔다. 선두에는 말을 탄 석정이, 그 날랜 병사들보다 훨씬 앞서서 일직선으로 쏘아져 나가고 있었다.

석정은 멈추지 않았다. 이미 만병과 고구려병의 거리가 제법 떨어졌음에도 불구하고 그는 계속해서 말을 달려 나갔다. 천하의 명마에 올라탄 그가 뛰어듦과 동시에 서넛의 고구려 병사가 무시무시한 힘에 튕겨나가 바닥에 내팽개쳐졌다. 명마의 힘에 더해진 석정의 힘은 놀라웠다. 그는 거대한 철창을 휘두르며 고구려군을 무인지경으로 짓밟았다. 야수와도 같은 자였다. 병사들이 창을 들어 그를 막아보려 했으나 차라리 하지 않으니만 못했다. 그에게 가까이 다가간 병사들은 모조리 죽어나갔다.

"아아! 저자가 수나라 제일의 싸움꾼 석정이라는 자인가! 진정 괴물이로다. 진정 야수와도 같은 자로다."

고승은 다시 한 번 결단을 내려야 했다. 단 한 명의 적장 때문에 2,500이 흔들리고 있었다. 아니, 흔들리기만 하는 게 아니었다. 쓰러져 죽음을 맞고 있었다.

"모두 돌아서라! 성으로 들어가라!"

그러나 백성들의 처참한 모습을 목격한 고구려 병사들은 고승의 명령을 듣지 않았다. 그들은 서둘러 아이들을 구하는 한편 500의 만병들과 도처에서 병장기를 맞부딪치며 전투에 돌입했다.

곧 고승의 고통스러운 고함 소리가 목을 베겠다는 군령이 되어 터져 나오고, 고구려군은 뒤로 돌아 내달리기 시작했다.

석정은 무서운 기세로 병사들의 뒤를 쫓았다. 그는 바로 성문까지 달려가 뒤에서 달려드는 병사들은 개의치 않고 성문을 지키는 병사들에게 창을 휘둘렀다. 병사들이 혼비백산하는 사이, 만병들이 달려들어 성문을 장악하려 하였다. 게다가 수군의 본진에서 뛰쳐나오는 기병들의 기세도 자못 무서웠다. 그들이 당도하면 끝이었다.

"저놈을……, 저놈을 어떻게 한단 말인가!"

고승은 성문으로 들어가려는 군사들을 맹렬한 기세로 제지하고 있는 석정 때문에 미칠 것 같았다. 그러나 군사들이 아무리 애써도 석정을 당해내기는 역부족이었다. 고승은 말을 달려 만병을 짓밟으며 석정에게 달려들었다.

"흐흐, 웬 늙은이냐!"

석정은 고승을 향하여 무게가 수십 근에 달하는 무거운 창을 휙 던지고 나서 곧바로 칼을 뽑아 비스듬하게 그어 내려갔다. 고승은 가까스로 창을 피했으나 이어서 파고드는 칼까지 피할 수는 없었다.

"으윽!"

고승은 어깨로부터 비스듬히 파고 내려간 석정의 칼에 절명하고 말았다.

"푸하하하!"

석정은 장수를 벴다는 기쁨에 고개를 젖히고 크게 웃음을 터뜨렸다. 때마침 성문을 뛰쳐나온 율려가 번쩍하고 검을 휘둘렀다. 석정은 미처 검을 피할 틈이 없자 팔을 들어 율려의 검을 받아냈다. 금속제 토시가 쨍하며 울리는가 싶더니 석정이 뒤로 물러났다.

율려는 틈을 주지 않고 석정을 밀어붙였다. 석정이 주춤하는 사이 고구려 병사들이 벌 떼처럼 성문 안으로 피신해 들어왔다. 율려는 석정에게 쉴 새 없이 빠른 검을 휘둘러대다 성문이 닫히기 직전, 겨우 들어왔다. 본진에서 출발한 기병들이 성문에 도착하기 직전이었다.

"활을 쏘라!"

뒤늦게 후문을 지키던 강이식이 달려와 병사들을 정비하고 명령을 내렸다. 맥궁 부대가 사정없이 화살을 날리자 석정은 만병에게 퇴각을 명했고, 기병들도 황급히 말머리를 돌렸다.

강이식은 눈살을 잔뜩 찌푸린 채 부장 현승의 보고를 받았다.

"어리석은 짓이었다."

"어쩔 수 없는 일이었습니다. 장군께서는 병사들의 사기를 올리기 위해 그리하셨습니다."

"지나치게 강직했다. 그는 자신뿐만 아니라 많은 고구려 병사의 목숨까지 잃게 하였다."

"대신 백성들을 구해냈습니다. 전장에서 충정으로 최후를 보낸 장수의 마지막 모습을 욕되게 하지 마십시오."

그러나 강이식은 고개를 저었다.

"고구려는 지금 한 명의 병사가 아쉽다. 수군은 100명의 병사도 아쉽지 않다. 현승, 앞으로는 이를 잘 알고 있어야만 한다."

"……."

"할 수 있는 한, 저들을 오랜 시간 동안 막아내는 것이 고구려의 숙제이다. 따라서 어떤 일이 있어도 참고 또 참아야 한다."

마침내 현승의 눈에서 눈물이 흘러내렸다.

"장군께선 그 불쌍한 아이들을 구하기 위해……."

"현승, 물러가서 마음을 식혀라. 장수는 차가운 심장으로 전쟁에 나서야 한다. 지금 너의 마음은 동정심으로 뜨겁게 끓고 있구나."

현승이 고개를 숙인 채 물러간 후, 강이식은 고개를 돌려

성 밖의 수군에 시선을 두었다. 지평선. 끝없는 수군의 대열은 하늘과 맞닿아 있었다. 가늠조차 하기 어려운 대군. 마치 바람에 펄럭이는 도포처럼, 그들은 거세게 물결치며 거대한 진영을 구축하고 있었다.

다음 날 아침이 되자 양광은 우문술에게 군사 20만을 이끌고 요동성의 성벽과 성문을 무너뜨리도록 명했다. 그러나 부질없는 명령이었다. 천혜의 요새 요동성은 일반 성과는 달라도 아주 많이 달랐다.

우문술은 온갖 도구를 다 써서 요동성의 성벽을 파괴하려 했으나 성벽은 천연 암석과 견고한 벽돌로 만들어진 데다 지형지물이 복잡하고 까다로워, 병사들이 한 번에 몰려들어 전투를 하거나 성을 파괴할 수 없었다. 게다가 일부 편평한 곳이라도 있으면, 고구려 군사들이 성벽 위에 잔뜩 기다리고 있다가 접근하는 수군에게 화살을 퍼부으며 심지어 뜨거운 물까지 부어댔다.

"도무지 저 요동성은 뚫을 방법이 없다는 말인가!"

우문술은 답답하다는 듯 고함을 쳤다. 양광의 명령이 떨어지고 나서 자그마치 두 달이 흘렀다. 그러나 요동성은 전혀 깨질 기미를 보이지 않았다. 되레 부분적인 접전을 벌일 때마다 수의 군사만 죽어나갔다. 그럴 수밖에 없는 것이, 늘 노출되어 있는 수군인지라 갑자기 성문을 열고 집중적으로 기습하는 고구려군에게는 당할 수밖에 없었다.

또 한 번의 진격이 무위로 돌아간 후, 우중문과 우문술, 유사룡과 단문진 등 맡은 임무가 큰 장군들이 한자리에 모여 양광이 입을 열기를 기다리고 있었다.

그사이 수군(隋軍)은 화살을 쏘아보기도 했고 야습을 기해보기도 했다. 심지어 성벽에 붙어도 보았고 밀정을 심고, 회유도 해보았지만 그 어떤 방법도 통하지 않았다. 요동성은 그야말로 철옹성. 더욱이 옆의 제성과 함께 머리와 꼬리가 되어 서로 돕고 있었다. 신하들로서는 황제를 바라볼 면목이 없었다. 따라서 분위기는 무겁게 가라앉아 있었다.

"진격하라."

마침내 양광의 입이 열렸다.

"군사를 나누어라! 우중문, 우문술, 형원항, 신세웅, 설세웅, 위현, 조재, 장근은 9개 군 30만 군사를 가지고 평양을 직공하고 나머지 군사는 모두 요동성을 둘러싸고 기다려라! 또한 바다에 떠 있는 내호아에게는 평양성으로 가라 일러라! 30만 별동군을 기다릴지, 그 자신이 직접 평양을 칠지는 본인이 판단하도록 하라! 요동성의 군세가 이리도 강한 걸 보니 어쩌면 평양성은 텅 비어 있을지도 모르는 일이다."

갑작스러웠지만 과연 양광다운 판단이었다. 모두가 요동성
에 발이 묶이는 것을 막는 동시에 요동성의 고구려군이 후미
를 공격하는 것도 막는 전술이었다. 게다가 그의 야수와도
같은 촉각은 정확하게 평양성으로 향했다.

평양성 싸움

"군세를 요동성으로 모은 것은 대성공이었네. 113만 군사가 이젠 30만으로 줄었다고 보면 되겠군."

건무는 을지문덕의 양손을 붙들고 기쁨에 찬 목소리를 토해냈다. 사실 건무는 문덕이 모든 병력을 요동성에 모은 것에 대해 내심 걱정하고 있었다. 그는 병력을 분산하고 전선을 길게 늘어뜨려 기습전을 펼치는 것이 병법이라 생각했던 것이다.

요하와 요동에서의 전투를 훌륭히 치러낸 그들이 이제 해야 할 일은, 평양과 압록수로 나뉘어 쳐들어오는 수군을 기다리는 것이었다. 건무는 평양에서, 을지문덕은 압록수 부근에서 쳐들어오는 수군으로부터 고구려를 지켜낼 것이었다.

"그럼 가보겠네."

"무운을 비네."

건무가 먼저 말을 타고 평양성으로 향했다. 수로를 타고 평양으로 향하는 수군(隋軍)을 섬멸하여 육로의 군사들에게 돌아갈 식량까지 차단해야 하는 막중한 임무를 가슴속에 새기면서, 건무는 길을 재촉하였다.

어느덧 평양성 외성에 닿아 성벽에 오른 건무는 걱정스러운 표정으로 수백 년 된 도성을 바라보았다. 문득 평양으로 떠나기 전, 문덕이 했던 말들이 떠올랐다.

"세작들에 의하면, 수군대총관 내호아가 선단을 이끌고 평양으로 향하고 있다 하네. 아마 양광이 직접 내린 명령일 것이야. 전 병력을 요동성과 압록수에 집중했기 때문에 평양 방어가 취약할 것이라는 데에서 나온 판단이겠지. 그것은 사실이네. 우리는 압록수와 요동성에서 한 무리의 군사도 떼어낼 수 없지. 그러나 건무, 평양 직공(直攻)이라는 수를 던진 이상, 저쪽에도 약점은 생긴다네."

"무슨 약점인가?"

"우중문, 우문술의 30만 군사는 보급병 없이 단숨에 들어올 걸세. 속전속결로 압록수를 건너 내호아에게서 물자를 받으려는 생각이지. 내호아는 물자를 잔뜩 싣고 있을 뿐더러 강병까지 거느리고 있어, 군사가 없는 평양은 위험하기 짝이 없네. 하지만 바로 여기에 기책이 있을 수 있네."

"기책이라면?"

"적의 사정도 모를뿐더러 현장에도 없는 내가 말할 수는 없 잖은가. 자네가 현장에서 최선의 전략을 수립하게. 하지만 한 가지 분명히 기억할 것은 때론 가지는 것보다 버리는 일 이 결국 가지는 것일 수 있다는 사실이네."

문덕이 남긴 말은 참으로 묘했다.

"드디어 왔구나!"

사흘 후, 수(隋)의 수군대총관 내호아가 이끄는 군사들은 대동강 하구의 남포 부근에 이르렀다. 내호아의 옆에는 금자 광록대부 주법상이 서 있었다.

"폐하는 지금 어디쯤 납시었을지……."

"우선 진영을 가다듬고 소식을 기다리는 게 어떨까 합니다."

육로군과는 오랫동안 연락이 되지 않은 터였다.

"아니. 이후 육로군과 긴밀하게 협동하여 쳐내려가려면 유 리한 고지를 점해야 할 것이오. 이미 약속한 기한이 여러 날 늦은 터. 하루빨리 평양으로 진격해야 하오."

"허나 많은 위험이 따를 것입니다. 만일 육로군이 도착하지 않았다면 어찌하겠습니까."

"그럴 리 없소. 막강한 별동대가 여태껏 주저할 리 있겠소."

"허나 단 며칠이라도 소식을 기다림이 옳습니다."

"주 대부는 걱정도 많구려. 설사 육로군이 내려오지 않았다 하더라도 우리가 평양성을 점령하면 될 것 아니오."

"하지만 그리할 경우, 성공한다 하더라도 포위되어 패퇴할 위험 또한 있습니다. 대장군께서는 우리에게 군량을 조달해야 할 임무가 있음을 잊지 마십시오."

"우리 군사만도 5만에 이르오. 보시오. 대체 저기 어디에 우리를 패퇴시킬 군사가 있단 말이오!"

"그건 아무도 모르는 일입니다."

"이런, 답답한 일이!"

내호아는 가슴을 쳤다.

"어쨌든 내 얘기를 따르시오. 주 대부는 이곳에서 군량과 선단을 지키고 있으시오. 나는 나머지 군사를 이끌고 평양성을 점령하겠소. 폐하께서는 내게 직접 판단을 내리라 하셨소."

그로부터 이틀 후, 내호아는 주법상을 남겨놓은 채 4만 5,000에 이르는 군사를 이끌고 평양성을 향해 진격을 시작했다.

"결국 오는가."

"선단이 있는 곳에 일단의 군사만 남겨두고 제법 날랜 기세로 진군해오고 있습니다. 4, 5만에 이르는 군사로 보입니다."

"수고하였다. 물러가도록."

전령이 물러가자, 건무는 곧바로 제장을 불러모았다.

"군량 조달의 막중한 책임을 가졌음에도 진군해오는 것으로 보아 적장은 5만이라는 군세를 당할 힘이 우리에게 없다는 사실을 알아차린 것 같습니다."

"적장 내호아는 매우 총명하고 용맹한 자라고 들었소."

그날 밤. 건무는 평양성의 성루에서 수군 진영을 주시하며 깊은 생각에 빠져들었다.

얼핏 보아도 아군보다 네댓 배는 큰 진지에서 밥 짓는 연기가 피어오르자 건무는 고개를 저었다.

'어떻게 하면 성을 지켜낼 수 있단 말인가?'

생각할수록 점점 자신감이 사라졌다. 내호아의 군사들은 먼 길을 걸어온 육로군과는 판이하게 다를 것이었다. 배에서 배불리 먹고 편히 지내면서 육지에 내려 싸우기만 고대했을 터였다. 그런 병사가 고구려군보다 네댓 배는 더 되는 데다, 바다에서 평양성까지는 평탄한 길이어서 지형지물을 이용한 매복도 불가능했다.

이날 고구려군은 정확히 수군이 진격한 만큼 퇴각하였다. 양 진영 사이에는 전날과 똑같은 거리가 유지되어 있었다.

'지형지물도 없으니 정직한 군사 대결에서는 질 게 뻔하다. 하지만 앉아서 질 수는 없지 않은가. 그럼 오히려 공격이 낫다.'

건무는 주먹을 꽉 쥐었다.

제법 날이 어두워지고 사방이 조용해지자 고구려군은 공격 채비를 갖추고 나와 정렬하였다. 곧이어 북이 울리고 고구려 군은 기병을 선두로 하여 일사불란하게 수군을 향해 돌진하였다. 이를 발견한 수군의 파수꾼 역시 북과 꽹과리를 울리며 전투 준비를 알렸다.

"후후, 달리 길이 없는 게로구나. 모두 요동에 나가 있을 테니 여기는 텅 비었을 수밖에!"

내호아는 놀라기는커녕 오히려 신이 났다.

"나아가라! 나아가서 고구려군의 목을 따 오라!"

내호아는 좌장을 물리치고 직접 달려 나가 병사들을 독려하였다. 달려드는 고구려군을 향해 수나라 군사들은 여태껏 훈련해온 대로 넓게 퍼져서 맞섰다. 바다에 갇혀 몇 개월을 보내다가 처음으로 육지에서 맞는 전쟁이라 수나라 군사들의 사기는 하늘을 찌를 듯 치솟아 있었다.

선공이라는 건무의 계책이 틀어지고 있었다.

내호아를 비롯한 수병들은 한 치의 망설임도 없이, 달려오는 고구려 군사들을 맞아 사나운 기세로 맞섰다. 첫 격돌에서는 선두에 다수의 개마기병을 기용한 고구려군이 우세한 듯했으나 시간이 지날수록 수적 열세에 밀리기 시작했다. 말에서 떨어지는 기병이 속출하고 쏟아지는 화살에 수백 명의 후군이 쓰러져 나갔다. 고구려군 한 사람당 네댓 명의 수군을 상대해야 하는 까닭에 기습을 노렸던 고구려군은 오히려 포위당하고 있었다.

"밀어붙여라! 쥐새끼들을 잡아 죽여라!"

직접 나선 내호아의 커다란 도끼가 고구려 병사들의 머리통을 사정없이 깨부쉈다. 그런 그의 기세에 힘입어 뒤따르는 수병들도 고구려 병사들을 사정없이 짓밟았다.

"퇴각하라! 퇴각!"

결국 수많은 사상자를 내고서야 건무는 악에 받친 퇴각의 명을 내렸다. 등 돌리는 고구려군을 향해 무수한 화살과 창칼이 쏟아졌다.

추격은 계속되었다. 신이 난 내호아와 수군은 고구려군의 후위를 무섭게 파고들며 살육을 벌였다. 반나절의 시간이 지나고 해가 중천에 뜰 때쯤에야, 평양성에서 뛰쳐나온 원군의 가세에 내호아는 비로소 추격을 멈추었다.

1만에 지나지 않는 고구려군 중 반수가 넘는 군사가 이 싸움에서 스러졌다. 그나마 남은 군사들 역시 부상을 입고 사기가 바닥에 떨어져 있었다. 참혹한 패배였다.

건무의 얼굴은 비참하게 일그러져 있었다.

"나의 실책이었소."

장수들 역시 고개를 들지 못했다.

"반수 넘는 군사가 궤멸당했소. 이제 저들을 어찌 막아야 할는지."

"일단 성에서 농성하며 전수대장군께 원군을 청해야 합니다."

그러나 건무는 무겁게 고개를 저었다.

"평양성이 무너지면 도성이 무너지는 것이지만, 압록수 전선이 무너지면 고구려가 무너질 것이오. 군사는 융통할 수 없소."

"그러나 평양성이 무너지면 희망이 없습니다. 전수대장군께서도 양면으로 군사를 맞아야 할 터라, 평양성 이남으로 퇴각해야 할 것입니다."

"음."

건무는 머리가 아팠다. 어떤 작전도 소용없을 것 같았다. 그때 한 젊은 장수가 끼어들었다.

"차라리 평양성을 포기하고 좀 더 물러서는 것이 어떠할는지요?"

"아니, 지금 제정신으로 하는 소리요?"

젊은 장수의 엉뚱한 말에 다른 장수들은 버럭 화를 내었다.

"저들이 평양성에 입성하면 더 나아가지 않고 육로군을 기다릴지도 모르지 않습니까. 그리고 만일 전수도독이 육로군을 무찌른다면 저들은 자연스레 물러가지 않겠습니까?"

"저들은 평양성을 기점으로 민가를 휩쓸고 압록수 전선의 뒤를 칠 것이 확실하오. 아까 확실히 보지 않았소? 적장 내호아는 진격과 전투밖에 모르는 자요! 그에게 평양성을 내준다면 호랑이에게 날개를 달아주는 격이란 말이오."

"하지만 적의 군령에 의하면, 나아감과 물러감은 오로지 황제의 뜻에 따른다 하지 않습니까? 제 짧은 소견으로 볼 때, 내호아의 목적은 일단 평양성 입성인 듯합니다."

"경험도 없는 젊은 사람이 왜 그리 억지가 심한가? 입 다물고 노장들의 얘기를 들으라!"

장수들의 논의가 거세어지는 가운데 건무는 눈을 감고 있었다.

'평양성을 포기한다?'

젊은 장수의 엉뚱한 계책이 생각지도 않은 방향에서 건무의 머리를 울려왔다. 도성 평양성이야말로 수륙 양 갈래 적군의 목표. 이를 포기하면 상상하지 못할 결과가 따를 것이었다.

'평양성을 포기하고 좀 더 물러서는 것이 어떠할는지요?'

건무의 머릿속에 젊은 장수의 말이 흐릿하게나마 그림을 그려나가고 있었다. 만일 평양성 입성에 성공하면 내호아는 그야말로 이번 전쟁에서 최고의 공을 세우는 것이었다. 평양성에서 내호아가 더 나아가지 않을 것이라는 장수의 말에는 전적으로 동의할 수 없었지만, 그들이 오랜 기간 평양성에서 전열을 가다듬을 것만은 분명한 사실이었다. 그만큼 평양성은 전략의 요충지인 까닭이었다.

'이상하지 않은가! 문덕은 내게 1만이 조금 넘는 군사밖에 안 주었다.'

건무는 언뜻 자신의 머리가 굳어 있다는 생각이 들었다. 제장들의 토론이 점점 거세어지는 가운데, 건무는 머리를 몇 번 흔들어 깨끗이 비웠다. 이 전쟁의 전개, 적군의 목적, 평양성의 구조와 전략적 가치, 아군 승리의 조건 등을 떠올리며 건무는 차근차근 생각을 거듭했다.

'하지만 한 가지 분명히 기억할 것은 때론 가지는 것보다 버리는 일이 결국 가지는 것일 수 있다는 사실이네.'

마침내 문덕의 말이 떠오르며 건무는 무릎을 탁 쳤다. 길이 보이는 듯했다. 목소리를 점점 높여가는 제장들을 제지하고, 건무는 밝은 목소리로 입을 열었다.

"평양성을 포기합니다."

"네?"

여러 제장이 거세게 반발했다.

"우리의 목적은 적의 수륙 양군이 조우하지 못하게 하는 데 있습니다. 평양성을 방어하는 것이 아니지요. 그러나 적의 목적은 평양성 입성에 있습니다."

"그러나."

반발하는 목소리가 즉각 튀어나왔으나 건무는 손을 들어 장수의 입을 막았다.

"평양성을 내어주되, 적군을 섬멸할 방법이 있습니다."

"그럴 리가! 평양성 외성은 철옹성입니다. 적군이고 아군이고 이를 가지면 몇 배의 전력을 가질 터인데."

"바로 그러한 까닭에 평양성을 내어주는 것입니다."

건무의 눈이 반짝 빛났다.

"평양성 외성은 단 하나의 성문만 가지고 있는 까닭에……불을 놓아 적을 당황하게 만들면 모두 그쪽으로 몰릴 수밖에 없지 않소!"

건무는 장수들에게 자세히 계책을 설명하기 시작했다.

며칠 후의 새벽. 평양성을 향해 총공세의 명을 받은 내호아의 군사들은 사납고 날래기 그지없는 기세로 고구려군을 들이치기 시작했다. 고작 3,000에도 이르지 못하는 고구려군은 평양성과 수십 리도 떨어지지 않은 곳에서부터 밀리기 시작해 패퇴에 패퇴를 거듭했다.

"오늘 안으로 평양성 입성을 마친다!"

내호아의 기분 좋은 고함 소리가 병사들의 사기를 끝없이 고양시켰다.

결국 해가 저물기 시작할 때쯤 되자, 패퇴만을 거듭하던 고구려군의 등 뒤로 평양성의 모습이 나타났다. 비록 하루 종일 계속된 전투와 추격으로 피로가 쌓인 수나라 병사들이었으나 평양성이 눈에 들어오자 마지막 기력을 쥐어짜내 이제까지보다도 더 무서운 기세로 고구려군을 들이쳤다.

"고구려군이 평양성에 들지 못하게 하라! 사정없이 몰아붙여 성을 포기하도록 하라!"

내호아의 이 같은 명령은 실제로 이루어졌다. 시간이 지날수록 더욱 거세어지는 수군의 추격에 고구려군은 마침내 평양성을 버리고 북으로 도주하였다.

내호아의 군사들은 곧 평양성을 두들기기 시작했다. 평양성에 남아 지키던 고구려 1,000 병사들이 필사적으로 항전을 벌였으나, 수적 열세 탓에 성문은 이내 무너져 내리고 수군은 성안으로 들기 시작했다. 결국 내성으로 들어가 마지막까지 저항하던 고구려군은 백기를 들었고, 내호아와 군사들은 내성까지 들어가 수나라의 깃발을 올릴 수 있었다.

"이로써 나는 이 전쟁에서 가장 위대한 공훈을 세웠노라!"

내호아의 감격에 찬 목소리를 따라 병사들도 환호성을 질렀다. 200년에 이르는 도성 안에 수도 없는 재물이 쌓여 있는 것을 보고 긴장이 한껏 풀어진 내호아는 마음껏 취해도 된다는 명을 내렸다.

밤이 되자 술과 고기를 마음껏 풀어 병사들을 위로하고, 스스로도 여러 명의 장수들과 앉아 취할 정도로 술을 들이켰다. 평양성을 탈환하고 나니 만족스러움과 함께 주법상에 대한 비웃음이 절로 흘러나왔다.

"그 주씨 성을 가진 자는 대체 무엇이 두려웠단 말이냐! 이 내호아가 그토록 못 미더웠다는 말이더냐!"

"장군의 신위를 직접 두 눈으로 보지 못한 까닭입니다. 그런 겁쟁이는 잊으시고 어서 술잔을 드시지요."

"말해보라! 이 전쟁에서 최고의 공은 누구의 것이더냐!"

"바로 내호아 대장군님의 것입니다! 폐하께서 이 소식을 들으시면 장군님을 고구려 왕으로 임명하실 것입니다!"

"하하하! 진정 그러하냐!"

기쁨과 만족에 내호아가 몸을 가누지 못할 정도로 술을 들이켜고 있을 무렵, 평양성 외성의 사찰들에서는 수천 명의 고구려 병사들이 발소리를 죽인 채 걸어 나오고 있었다. 수천 개의 번뜩이는 눈빛은 조용히 내성을 향하였다. 보초병 몇몇이 이들을 발견하였지만 비명조차 제대로 지르지 못하고 바닥에 쓰러졌다. 흥겨운 음악 소리와 요란스럽게 떠드는 소리에 묻혀 누구도 이런 변화를 알아채지 못했다.

"시작하라."

평양성 내성 사방에서 불길이 오르기 시작했다. 그리고 그

속에서 수천 명의 고구려 병사들이 칼을 들고 달려들었다.

술에 취한 채 불을 만난 수군 병사들은 크게 당황했다.

"문이 어디냐!"

"문을 찾아라!"

기묘하게도 불길은 자연스럽게 병사들로 하여금 외성의 하나밖에 없는 문을 향하여 뛰도록 만들었다. 건무가 꾸민 도성 포기라는 계략이 제대로 맞아떨어진 것이었다.

불길을 피해 도망가던 수병들의 목숨은 지푸라기보다 가볍게 끊어졌다. 성 이곳저곳에서 단말마의 비명 소리가 울려퍼지는 가운데 수천 명의 수병이 순식간에 목숨을 다했다. 셀 수 없을 정도로 많은 수병들의 시체를 밟고 뛰어다니며 고구려군은 살육을 벌였다.

놀라 뛰어나온 내호아에게도 수십 명의 고구려군이 달려들었다. 그를 따라 달려 나온 장수들 몇이 그를 대신해 죽어가는 가운데, 내호아는 눈을 부릅뜨고 빠져나갈 곳을 찾았지만 불길과 연기가 그의 눈을 가렸다.

"장군님! 이쪽입니다!"

병사 하나가 내호아를 이끌었다. 불길 사이로 성문이 보이자 내호아는 그쪽으로 죽을힘을 다해 뛰었다. 그를 향해 수십 개의 화살이 날아들었으나 내호아는 가까스로 이를 피하여 성문 밖으로 도망칠 수 있었다.

"도대체 이게 어찌 된 일인가!"

내호아를 따라 살아 나온 병사들은 고작해야 수천 명에 지나지 않았다. 3만이 넘는 병사가 하룻밤 사이에 몰살당한 것이었다.

"성을 내어주는 계략이었습니다."

고구려군의 함성 소리가 재차 들려오자 내호아와 병사들은 또다시 죽을힘을 다해 주법상의 진지가 있는 곳으로 달리기 시작했다. 지금 고구려군을 맞는다면 오로지 죽음밖에 없다는 생각이 그들을 필사적으로 도주하게 만들었다.

"주법상의 진지로 퇴각하라! 포위망을 뚫고 퇴각하라!"

고구려군에 비해 수적 열세가 아니었지만 있는 대로 사기가 오른 고구려군과 부상자로 그득한 수군이 애초에 상대가 될 리 없었다. 내호아는 상처 입은 몸으로 악을 썼고, 수병들은 마지막 힘을 쥐어짜 고구려군의 포위망을 뚫었다.

그러나 그 과정에서 다시 태반의 수병이 몰살당하여 주법상이 기다리는 대동강 하구에 도착한 것은 100에도 못 미치는 숫자뿐이었다.

주법상이 배를 이용하여 침착하게 방어한 결과, 가까스로 몰살을 면할 수 있었지만 수군(隋軍)은 다시 육지로 나올 수 없을 정도로 엄청난 타격을 입었다.

"수군의 상황을 육군이 결코 알지 못하게 하라!"

건무의 명에 따라 주법상의 선단이 상륙할 수 있는 모든 곳에 고구려의 정찰병이 동원되었다. 주법상은 몇 번이나 육로의 본군을 향해 전령을 보냈지만, 보내는 족족 고구려군에 잡혀 죽고 말았다.

별동대

태자 시절 양광의 건의를 받아들여 시작된 부병제(府兵制)는 20년 가까이 시행되어왔다. 부병제란 남자아이가 태어남과 동시에 군역에 등록시킴으로써 농번기에는 논밭에서, 농한기에는 군대에서 지내게 하는 것으로 일찍이 수나라의 군사 수를 두 배가량 불려놓을 수 있었던 기책이었다.

더욱이 부병제의 특징은 단순한 숫자에 그치지 않는다는 데 있었다. 양광의 무섭도록 치밀한 머리는 이들 한 사람 한 사람이 강한 군사가 될 수 있도록 정밀한 훈련 과정을 짜놓았고, 통일 이후 축적된 부를 모두 풀어 날카로운 무기와 단단한 갑옷으로 무장시켰다. 더군다나 이 부병은 태반이 젊은 자로 이루어져 있었다.

양광의 명에 따라 구성된 우중문과 우문술의 별동부대는 바로 이 부병으로 이루어진 아홉 갈래 30만 군사였다. 이들은 그때까지도 전쟁에 동원되지 않고 요하 하류와 대릉하(大凌河)에서 충분한 휴식을 취하고 있던 터라 그 어느 때보다 의기충천해 있었다. 우중문을 비롯한 여러 장수들은 새로이 전투에 임하는 자세로 이들을 이끌고 평양을 향해 출발하였다. 승전이 확실시되는 전쟁을 앞두고 우중문은 기쁨으로 충만하였다.

"드디어 전쟁의 끝이 보이는도다! 하늘 아래 이들을 막을 군사가 어디 있겠느뇨!"

과연 그러했다. 압록수 유역에 도착할 때까지 이들을 가로막는 군사는 없었다. 단 한 번, 탐색전의 명목이었는지 기습을 가하는 병사들이 있었으나 수군은 장수들의 지휘에 따라 일사불란하게 움직여 순식간에 적을 패퇴시켰다.

"평양성이 떨어지는 것은 이제 시간문제이노라!"

우중문의 자신에 찬 목소리가 30만 정예병들의 꼿꼿한 머리 위로 울려 퍼졌다.

요하에서 압록수까지는 수천 리에 이르는 길이었다. 애당초 우중문은 압록수에 이르는 날을 30여 일로 잡았으나 이들 날랜 군사의 진격은 일정을 그보다 훨씬 앞당겨주었다.

출진 후 스물두 날이 지난 날, 아홉 갈래의 지휘관을 비롯하여 별동부대의 주요 장군들은 총사령관 우중문의 막사에 모두 모였다.

"이제 사흘 안이면 압록수 유역에 닿을 것이오."

"생각보다 닷새나 빨리 도착했구려."

"군량에 대한 걱정은 기우였음을 알았소."

군량. 출진 이전에 장수들은 오직 이것만을 걱정하였다. 우기가 오기 전에 전쟁을 끝내기 위해 병사들 모두 무거운 군량과 물자를 직접 들어 메고 진격해야 했던 것이었다. 하지만 그것은 기우였다. 오랜 휴식 속에 기운이 충만한 정예병들은 쌀 한 톨 흘리는 일 없이 20일이 넘게 진격하였다.

출진 전, 군량을 버리는 자는 목을 베리라던 우문술의 군령이 우스워지는 순간이었다.

"압록수를 지키는 자가 바로 그 을지문덕이라 하오."

"폐하께서 말씀하시던 그자구려."

"폐하께서는 특별히, 그는 지략이 뛰어나고 행보가 신출귀몰하니, 맞서 싸우는 데 있어 그 계책에 현혹됨 없이 오로지 묵직하라 하셨소."

"아무리 그라 한들, 아군은 대군인 데다 사납고 날래기까지 하니 뾰족한 방법이 없을 것이오."

"허허, 귀신이라 한들 이 군세를 막을 수 있겠소? 우리는 큰 실수를 범하지 않는 한 자연스레 이길 것이오."

한동안 침묵을 지키던 유사룡이 입을 열었다.

"한데 수로로 향했던 내호아 장군에게서 아직 연락이 없는 것이 어째 불안하오."

"바닷바람이 거세어 시일이 늦어지나 보구려."

"풍랑을 만나 침몰이라도 당했다면……."

"허! 무슨 말씀을 그리 하시오. 내호아 장군은 육지보다 바다 위에서 더 오래 지낸 사람이오. 그가 풍랑에 꺾일 리 있겠소."

"꼭 그러하지는 않더라도 만약 고구려군에게 당했다면……."

"걱정 놓으시오. 만일 그리했더라면 비록 몇이라도 살아 요동의 폐하께나 우리에게 이미 전령이 닿았을 것이오. 또한 혹여 궤멸당했다 치더라도, 우리 병사들이 짊어지고 온 군량이 있으니 싸우는 데에는 아무 문제가 없소."

우중문의 확신에 유사룡은 입을 다물었다.

"우리는 이제 모든 걱정을 털어버리고, 다만 앞으로 나아가 적을 무너뜨리면 될 일이오."

좌장들이 모두 확신에 차서 고개를 끄덕였다.

압록수 유역의 거센 바람이 한 남자의 도포를 펄럭이고 있었다. 눈을 감은 채 움직임 없이 서 있던 남자는 깊은 생각에 빠져 있었던지 근처에 사람이 다가오는 것도 알아채지 못했다.

"정찰병의 말에 따르면, 적은 사흘 안에 도하(渡河)를 시작할 것이라 합니다."

이윽고 생각에서 빠져나온 남자가 눈을 뜨고 시선을 압록수 건너편에 던졌다.

"그 기세가 정연하고 날카롭기 그지없다 합니다."

"군량은?"

"전수대장군께서 예상하셨던 것과 달리 충분한 듯합니다. 매일 밥 짓는 연기가 하늘을 가득 메운다고 하였습니다."

문덕은 다시 생각에 깊이 빠져들었다. 이번 수군의 진격만큼은 자신의 예상을 비껴 나가고 있었다. 단 하나의 약점도 없이 진군을 거듭해오는 30만 수군을 막을 방도가 이번만큼은 떠오르지 않았다.

'30만 정예병.'

애초 을지문덕은 적의 군량과 사기를 불안 요소로 보았다. 우기가 닥치기 이전에 전쟁을 끝내야 한다는 서두름과, 분노에서 비롯되는 양광의 조급함이 수군의 진격에 혼선을 빚을 것이라 여겼던 것이었다. 그리고 자신의 생각대로 적군은 오로지 전투병만으로 직접 군량을 지고 진격해왔다. 그러나 정찰병들의 보고는 한결같았다. 무거운 군량과 무리한 행군에도 적은 하늘을 찌를 듯한 사기를 잃지 않고 있었다.

"전군에 명하여 준비를 갖추라. 적의 압록수 도하와 함께 전투를 시작할 것이다."

"예."

장수가 고개를 깊이 숙이고 물러났다.

'양광, 이번만큼은 무서운 수를 두었구나.'

을지문덕은 탄식 어린 한숨을 뱉었다.

'이제는 나 역시 무리수를 두어야 한다. 그야말로 흥망을 가를 때로구나. 수나라가 멸망하고 고구려가 멸망함은 오로지 하늘에 달려 있음이라!'

사흘 후. 수의 군대는 압록수 이북에 집결하여 도하를 시작했다.

"전군, 활을 들라!"

강력한 맥궁과 포차가 수군을 향해 수없는 시석(矢石)을 쏟아부었다. 무수한 화살과 돌덩이의 비에 수군의 시체가 지천에 널렸지만 워낙 숫자가 많은 이들이었다. 쓰러진 동료의 시체를 밟고 넘어 수군은 점차 고구려군에 가까이 다가왔다.

그 모습을 지켜보던 고구려 장수가 높이 쳐든 깃발을 신호로, 철갑을 두른 개마기병들이 쏟아져 나왔다. 무서운 속도로 수군을 향해 달려간 고구려 기병들은 한 치의 망설임도 없이 수군의 선두를 들이받았다. 달리는 마상에서 일제히 내지른 창은 한 번에 두세 명의 수나라 병사들을 꿰어놓았다.

창을 버리고 칼을 꺼내 휘두르는 기병 앞에서 보병들은 맥없이 쓰러져갔다.

기병들의 뒤를 따라나선 보병들도, 개마기병의 돌격에 의해 흐트러진 대열을 파고들며 적병을 베어 넘겼다. 수군에 비해 고구려군의 창칼은 두세 치씩 짧았다. 이는 이전에 을지문덕의 명에 따라 율려가 특별히 고안한 것으로, 거리를 두고 싸우는 첫 돌격에는 불리하지만 휘두름이 용이해 난전에서는 압도적인 위력을 보였다.

소나기처럼 쏟아진 돌덩이와 화살에 뒤이은 기병의 돌격, 그리고 보병의 일사불란한 공격에, 이제 막 도하를 마친 수군의 전열은 흩어져 죽는 자와 부상당하는 자가 속출하였다. 그러나 수군의 압도적인 숫자와 계속되는 전투 속에 고구려군은 점점 지쳐만 갔다.

시간이 지날수록 갈고리에 걸려 말에서 떨어지는 자들과 창에 찔려 숨을 다하는 기병이 늘어나 보병 한 사람이 두세 명의 적을 상대해야 했다. 맥궁에서 강력한 화살이 날아갔지만 그보다 배가 넘는 화살이 돌아왔고, 동료의 시체를 넘고 넘어 쳐들어오는 수군에 의해 전세는 서서히 역전되었다.

후위에서 이를 지켜보던 을지문덕이 가만히 손을 들었다.

그와 동시에 고구려 진영에서는 창칼로 뒤덮인 전차와 짚을 가득 실은 화차가 쏟아져 나와 경사면을 타고 수군을 향해 돌진하였다. 그 위세에 수군은 잠시 주춤거렸고, 이 틈을 타 고구려 장수들은 퇴각을 지시했다. 멈칫하던 수군이 재빨리 추격을 시작했으나 고구려군은 이미 제법 거리를 두고 있었다. 그러나 진영에 남아 마지막까지 적의 추격을 막던 고구려군은 전멸을 면치 못하였다.

피해는 수군이 컸지만 고구려군은 수십 개에 이르는 진지를 모두 빼앗기고 남향으로 후퇴하였다. 사실상 수군이 많은 군사를 잃었다 하여도, 30만에 이르는 수군으로서는 그다지 큰 타격을 입었다 할 수 없었다.

"사필귀정이로다!"

꽁지가 빠져라 도주하는 고구려군을 보며 우중문은 크게 웃어젖혔다. 고구려군은 모든 면에서 유리한 고지를 점하고도 수십 일간 진격해온 수군을 물리치지 못하고 도주하였다. 수군(隋軍)으로서는 앞으로의 싸움이 더욱더 쉬워지리라 예상하는 것이 당연하였다.

"술과 고기를 풀어 전군을 위로하고 내일 하루는 쉬도록 하라!"

그렇게 수나라 군사의 사기는 높아만 갔다.

한편 고구려 진중은 어두웠다.

"전략은 적중했으나 피해가 큽니다. 아군 전사자가 5,000명에 이르고 스물네 개의 진지를 모두 빼앗겼습니다. 그나마 군량과 병장기는 이미 다른 곳으로 옮겨 별다른 피해를 입지 않았습니다."

"적의 진군이 계속되고 있습니다. 이대로라면 닷새 안에 전투를 벌여야 할 것입니다."

평소라면 좌장들을 모아놓고 작전과 계책을 하달함으로써 회의를 끝냈을 을지문덕이 이날만큼은 침중한 안색으로 장수들의 이야기를 듣고 있었다.

"아군의 사기 또한 바닥까지 가라앉아 있습니다. 다음 전투에서는 이번과 같은 성과도 내기 힘들 것으로 보입니다."

보고를 마친 장수들은 을지문덕의 입에만 시선을 모았다. 아무리 머리를 쥐어짜도 항복 외에는 별다른 방법이 없을 듯한 전쟁의 흐름이었다.

엿새 후에 이루어진 접전에서 고구려군은 또다시 후퇴해야 했으며 이번에는 수군(隋軍)에 피해조차 입히지 못했다. 접전다운 접전이 벌어지기도 전에 고구려군은 후퇴를 시작했고, 선봉장 우중문이 이끄는 군사는 고구려군의 후미를 매섭게 들이쳤다. 오랜 시간 계속된 추격 속에 고구려군은 큰 피해를 입고 점점 남쪽으로 후퇴해갔다.

"선전을 거듭하고는 있으나 군량이 줄고 있소."

그러나 우문술의 목소리는 밝기만 했다.

"걱정할 것이 무어요. 아직 충분한 군량이 있소. 게다가 곧 평양에 이를 것이오."

"이제 아군에는 한 달 치 군량만 남아 있소."

"한 달이면 평양을 들어내고 고구려 왕을 잡아다가 목을 베어도 남을 시간이오. 게다가 평양에서는 내호아 장군이 기다리고 있을 것 아니오?"

"내호아 장군의 전령이 하도 오지 않아 첩자를 보낸 지 벌써 한 달이 다 되어가오. 한데 그조차 돌아오지 않으니 이상하지 않소?"

"그건 다 저들의 발악이오. 군세로 맞서지 못하니 전령을 잡는 데 심혈을 기울이는 것이오. 그런 얕은 꾀에 넘어가서는 안 되오."

"하여튼 고구려군이 너무 쉽게 물러간다는 느낌이 있소."

"저만한 피해를 입어가며 후퇴하는 유인책도 있단 말이오? 한 반수는 죽어나갔을 터. 만일 그따위 것이 유인책이라면 전투는 더 이상 치를 필요도 없소."

"그저 신중하자는 말이오. 우리는 이미 고구려 지역 안으로 깊숙이 들어와 있소."

"어허! 하면 후퇴라도 하자는 말이오? 이제 비로소 폐하의 근심을 덜고 평양성을 떨어뜨릴 준비가 되었건만, 장군께서는 무슨 말을 그리 하시오?"

"그런 것은 아니오만……. 사실 조금 전 폐하의 교지가 내려왔소. 장군을 뵈신 것 또한 이를 알리기 위함이었소."

우중문의 얼굴에 놀람이 떠올랐다.

"폐하께옵서!"

"우리 군의 승승장구하는 소식을 듣고 폐하께서는 많은 기대를 거신다 하시며, 우리 제장을 일러 수나라의 홍복이라 하셨소. 다만 나아감에 있어 성급하지 말고, 작은 계책과 의심에 쉬이 물러가지 않음을 지키라 하셨소. 이제 저 고구려가 고래로 능한 청야(淸野) 전술을 펼쳐 군량에 피해를 준다 한들, 어찌 대군이 그에 휘둘리겠소. 폐하께서도 특히 그를 걱정하여 내리신 교지인 듯하니, 장군 또한 아무 의심이 없어야 할 것이오."

우중문은 그 말에 양광이 있는 곳을 향해 두 번 절을 올리고는 우문술의 막사를 빠져나갔다. 양광이 이미 전황을 알고 있다면 걱정할 것이 없었다. 그가 아는 한, 양광이야말로 최고의 전략가가 아니던가. 우중문은 걱정을 깨끗이 털어버리고 군의 예봉을 가다듬는 데에만 마음을 쓰기 시작했다.

이후에도 수군의 승승장구는 계속되었다. 고구려군은 맞서 싸우는 곳마다 패배를 거듭하며 후퇴하였다. 그동안의 피해가 점점 쌓여 고구려군은 그 숫자 또한 눈에 띄게 줄어 있었다.

"더 이상 후퇴할 데도 없습니다."

"그러한가."

"허나 맞서 싸워보아야 패배는 불을 보듯 뻔할 것이옵니다."

"옳은 말이다."

을지문덕은 고개를 끄덕였다. 맞서 싸울 수는 없는 노릇이었다.

"전수대장군께 여쭙고 싶은 것이 있습니다."

"무엇인가?"

"분명 전수대장군께서는 방법이 있으실 터. 지금에 이르러서는 모두가 말하길, 전수대장군께서 하는 수 없이 맞서 싸우다 밀려 퇴각하는 것이라지만, 소장은 전수대장군께 깊은 뜻이 있음을 알고 있습니다. 계속하여 이처럼 소모적인 후퇴를 하는 까닭이 무엇인지 여쭙고 싶습니다."

을지문덕은 젊은 장수 건중을 깊은 눈으로 들여다보았다. 나이에 비해 무게가 있고 지략이 탁월하여 장차 크게 될 사내였다.

"건중, 그대는 나를 책하고 있구나."

건중은 침묵을 지킴으로써 이를 부인하지 않았다.

"그렇다. 이 전쟁은 시간과의 싸움. 시간이 흘러 군량이 모자라면 저들은 자연스레 후퇴하게 되어 있다. 사실 건무가 내호아의 군사를 깨부수었을 때, 이 싸움은 끝난 것이나 다름없었다."

건중은 고개를 숙였다.

"성 하나를 택해 수성하면 될 일이다. 무너지면 다음 성과 연계하면 될 일이지. 그리하면 저들은 자연스레 물러가게 되어 있다."

"소장도 그리 생각하였습니다."

"그러나 이는 걱정에만 빠져 자신만 돌아볼 뿐, 적을 바라보지 않는 자의 소견이다."

건중의 눈이 크게 뜨였다. 을지문덕의 말대로 건중은 그 이상을 생각해본 적이 없었던 것이다.

"30만이라는 숫자를 생각하라. 수의 황제 양광은 그의 배가 되는 숫자를 보낼 수도, 아니면 넉넉히 군량을 갖추어 보낼 수도 있는 자다. 하지만 그는 단 30만의 군사를 보냈느니라."

"……."

"그는 자신의 힘으로 황제에 올라 수나라를 통일하고 변방의 모든 국가를 복속시킨 자다. 대운하를 파고 군사를 키움과 동시에 수많은 정책으로 나라를 살찌운 자가 아닌가. 그 어떤 황제보다 위대한 업적을 이룬 그가, 수하 장수만 믿고 함부로 군사를 내겠는가."

"하오면……."

"그렇다. 30만이라는 군사가 고구려에는 커다란 위협이지만 양광에게는 한 갈래에 지나지 않는 것이다. 저 30만이 무너지면 다음 30만이, 또 그다음 30만이 고구려의 강토를 유린할 것이다. 양광에게는 그럴 만한 충분한 힘이 있다. 고구려에는 희망이 없는 것이지."

"아아!"

"그 때문에 이 전쟁을 끝낼 수 있는 길은 단 하나. 저들을 몰살시키거나 아군이 몰살당하는 것뿐이다. 다만 몇몇 전투에서 이기고 지는 것은 아무 가치가 없다."

건중은 문덕 앞에 무릎을 꿇었다. 문덕의 존재가 실로 거대하게 느껴지는 순간이었다.

"눈앞의 승패만이 중요한 것이 아니다."

문덕이 손을 내밀어 건중을 일으켰다.

"전쟁은 다른 장수들이 한다. 너는 이 전쟁에서 물러나 네가 할 일을 하라."

"무슨 말씀을 하옵는 건지……"

"너는 즉시 군사 500을 거느리고 안주(安州)로 가거라. 지금 그곳에서 많은 사람들이 너를 기다리고 있다."

"그곳에서 제가 할 일은 무엇입니까?"

"전쟁을 끝낼 준비를 하는 것이다. 전국에서 몰려든 많은 백성들이 준비하고 있으니, 가서 그들을 보호하라. 이제 곧

적이 안주를 휩쓸 터인즉 위장과 경계를 잘해 그들이 하는 일을 알아채지 못하도록 하라!"

건중은 영문도 모른 채 안주를 향해 말을 달렸다. 안주에 도착한 건중은 자신을 기다리고 있는 몇몇 병사의 뒤를 따라 강의 상류로 말을 몰았다.

"세상에!"

말이 산굽이를 돌자 갑자기 눈앞에 벌어진 광경에 건중은 벌린 입을 다물지 못하였다.

"저게 무언가?"

"둑입니다."

"둑이라? 여기 무슨 둑이 있단 말인가? 이곳은 강의 상류가 아니더냐?"

"속하(屬下)는 잘 알지 못하나, 언제부터인지 많은 사람들이 이곳에 둑을 쌓기 시작하였습니다."

그제야 건중은 이것이 바로 문덕이 말하던 몰살의 계략임을 알아차렸다. 건중은 둑 쌓는 작업을 관장하는 책임자를 불렀다. 나이가 예순이 넘어 보이는 도목수였다.

"언제부터 둑을 쌓기 시작했소?"

"여섯 달은 족히 된 것 같습니다."

건중은 날짜를 꼽아보았다. 수가 군사를 일으키기 전이었다. 건중은 갑자기 소름이 끼쳤다.

"아! 이토록 깊은!"

문덕은 이미 6개월간이나 물을 모으고 있었다. 그리하여 아직 우기가 아닌데도 산더미만 한 둑에는 물이 가득 고여 있었던 것이다.

"저 둑은 무엇으로 만들었소?"

"맨 밑에는 집채만 한 바위들을 깔고 그 사이는 소가죽으로 메운 뒤, 다시 몇 개의 돌무리를 밧줄로 엮고 돌더미와 돌더미를 줄로 이었습니다. 돌 틈과 돌 틈은 다시 소가죽으로 메우고 그 사이사이 뾰족한 돌을 박아 물이 새는 것을 막았습니다."

"엄청나게 많은 소를 도살했겠습니다."

"소뿐만이 아닙니다. 우리는 일을 시작하기 전, 여섯 달 동안 온 산을 뒤져 가죽이 될 만한 것들은 다 잡았습니다."

"그럼 이미 한 해 전부터 이런 일을?"

"전수대장군의 지시였습니다."

건중은 갑자기 자신이 왜소해지는 것을 느꼈다. 감히 전수대장군 앞에서 책략을 논하던 자신의 모습이 떠올라 한없이 부끄러웠다.

건중은 자신의 목숨을 바쳐서라도 둑을 지켜야겠다는 결심을 하였다. 그러고는 서둘러 500 군사를 이곳저곳에 배치하며 온 산을 틀어쥐고 앉았다.

살수

　무더위가 시작되는 7월 초순.

　우중문이 이끄는 별동부대는 이날 고구려군과 일곱 번을 싸워 일곱 번을 모두 이겼다. 안주 지방을 지나 평양성에서 고작 수십여 리 떨어진 신점에 이르기까지, 수군은 그야말로 무서운 기세로 진격에 진격을 거듭했다. 더불어 군량도 서서히 떨어져가고 있었다.

　"이제 드디어 고지로다."

　우중문이 멀리 흐릿하게 보일 듯도 싶은 평양성을 가리켰다.

　"그러나 내호아에게는 아직까지 아무 연락이 없구나."

　우중문과 형원항, 신세웅, 설세웅 등 지휘관들은 모두 한 곳에 모여 있었다.

　"평양성이 바로 눈앞이오. 내호아와 연락이 닿지 않는 것이 문제이나, 이 기세를 몰아 평양성을 친다면 아군은 곧 승리를 거두게 될 것이오."

대장군 형원항의 묵직한 목소리였다.

"그렇소. 그리하면 요동성은 곧 쉬이 함락될 것이고, 폐하께서 직접 평양성으로 행차하실 날도 머지않겠지."

"현재 고구려군의 형세는 어떠하오?"

"마지막까지 항전하려는 듯 10리도 떨어지지 않은 원현이라는 곳의 산세에 몸을 의지하고 있소. 이번에 밀리면 평양성으로 들 거요."

"그렇구려. 군량은 어찌 되는지요?"

"이미 바닥을 드러내었소. 앞으로 길어야 닷새를 넘기지 못할 것이오."

"닷새면 충분하겠구려. 평양성에는 양식이 쌓여 있을 것이오."

"그렇더라도 좀 더 서둘러야겠소. 전군에 총공세를 갖출 것을 명하시오."

바야흐로 수군은 총공세를 갖추었다. 30만 군사가 승세를 몰아 진격을 준비하는 광경은 과연 장관이라 할 만하였다. 마지막 전투라는 생각에 병사 하나하나가 비장함이 가득한 얼굴로 정연하게 사열하였다.

다음 날 새벽. 마지막 공격을 명하려는 순간, 우중문의 막사에 급히 한 장수가 달려 들어왔다.

"고구려 측에서 사신이 왔습니다."

우문술과 형원항 등이 고개를 저었으나 우중문은 사신을 들일 것을 명했다. 총공세를 앞둔 대군의 지휘관으로서 관대함과 대범함을 보이고 싶었던 것이다.

사신은 뜻밖에도 을지문덕이었다. 그가 수의 장수들 앞에서 자신의 이름을 밝히자 여기저기서 탄성이 흘러나왔다. 간단히 인사를 마친 을지문덕은 우중문 앞으로 다가갔다.

"이제 고구려군은 더 이상 저항할 힘이 없소. 투항을 받아 주시오."

짧은 말이었다.

우중문은 잠시 생각하다 물었다.

"왕의 뜻이오?"

"그렇소. 대왕께서는 군사가 물러가면 행재소(行在所)에 입조하실 것을 약조하셨소."

우중문은 곰곰 생각하다 이내 고개를 저었다.

"그대의 얼굴을 보아 결코 간계가 아니라는 것은 내 잘 알겠지만, 폐하께서는 결코 항복을 받아들이지 말라 하셨소. 일개 군무를 맡은 신하로서 이를 거역할 수 없구려."

"그리하면 반드시 평양성을 떨어뜨려야 하겠소?"

"오로지 그것만이 폐하의 뜻을 따르는 길이오."

을지문덕은 고개를 끄덕였다.

"잘 알겠소."

"사실 그대를 사로잡아야 할 것이지만, 나는 그리하지 않겠소. 어차피 그대는 고구려군의 수장. 이번 싸움이 끝나면 반드시 다시 보게 될 터이니."

"장군, 안 되오!"

우문술과 형원항 등이 반대하고 나섰으나 우중문은 고개를 흔들었다.

"대군의 위엄을 보이는 것 또한 폐하의 신하로서 해야 할 일이오. 여러 장군은 아무 말 마시오."

그리고 문덕에게 말했다.

"돌아가시오."

그러나 문덕은 몸을 돌리지 않고 한참이나 지그시 눈을 감았다가 떴다. 수의 장수들은 을지문덕이 절망하여 그런 행동을 한다고 생각했다. 그러나 다음 순간, 을지문덕은 나지막한 음성으로 말했다.

"우 장군께서는 이걸 폐하께 전해주실 수 있겠소?"

"그건 뭐요?"

문덕이 품에서 두루마리를 꺼내 펼쳤다. 두루마리에는 붓글씨가 선명하게 씌어져 있었다.

"급히 낙양으로 돌아가라 했는가? 하하하, 당신은 참으로 바라는 게 많은 사람이로군. 항서(降書)를 써도 못마땅한데 폐하더러 급히 낙양으로 돌아가시라? 하하하! 하하하하! 마지막이 되니까 별 해괴한 행동을 다 하는구려. 어서 진중으로 돌아가시오. 내 이제 곧 공격을 개시할 것이오."

문덕은 우중문의 중얼거리는 소리를 뒤로하고 막사를 나서다 막 들어서는 유사룡과 마주쳤다.

"음!"

문덕은 몇 걸음 걷다 갑자기 고개를 돌렸다.

"혹시 유 대신이시오?"

"그렇소만……."

"위명은 들었소이다. 잠시 얘기를 나눴으면 하오."

"왜 그러시오?"

"이제 얼마 후면 전쟁은 한풀 꺾일 것이오. 나는 지금 항복을 하러 왔지만 우 대장군은 항복을 받아주지 않는구려. 그러나 이미 전쟁의 결판이 난 이상, 무고한 백성을 계속 해칠 필요는 없지 않소?"

유사룡은 문덕의 입을 계속 주시했다.

"때가 되면 폐하께 말씀드려주시오. 이제 모두들 피로한데, 더 이상 의미 없는 피를 흘릴 필요는 없지 않겠소?"

문덕은 말을 마치자마자 바로 돌아서 가버렸다.

을지문덕이 떠나자 우중문은 한결 사기가 올랐다. 헤어날 길 없는 궁지에 몰린 을지문덕이 별 해괴한 행동을 다 한다 싶었다. 우중문은 장막을 박차고 나왔다. 정렬한 병사들 앞에 선 그의 입에서 묵직하고도 힘이 가득한 목소리가 터져 나왔다.

"수의 장병들이여! 이것이 마지막 전투가 될 것이다!"

마침내 수군의 총공세가 시작되었다. 여태껏 고구려 군사를 지푸라기처럼 흩어놓던 그 날카로운 기세는 여전하였다. 산세의 험난함에 몸을 기대 겨우겨우 그 명맥을 유지하던 고구려군은 금방이라도 무너질 것만 같았다.

"쳐라! 저들만 무찌르면 평양성이 눈앞이다!"

여러 장군들이 직접 진두지휘를 하고 나섰다. 신점 여기저기에 분산되어 있던 수나라 군사들은 각자의 행로를 따라 고구려군을 향해 질풍처럼 들이닥쳤다. 여느 때와 같이 쉬이 부서지며 퇴각할 고구려군을 그들은 한껏 비웃었다.

그러나 이날의 전투는 달랐다.

여태껏 후퇴만 거듭하던 고구려군의 모습을 이날은 도저히 찾아볼 수가 없었다. 그 어느 때보다 필사적인 기세로 짓쳐 드는 수군이었건만 이날만은 고구려군을 밀어낼 수가 없었다. 마치 여태껏 있어왔던 전투가 모두 꿈이었던 양, 양군은 팽팽한 접전을 이루었다. 게다가 고구려군은 그 숫자가 두 배 가까이 늘어나 있었다.

"이제껏 후퇴하며 조금씩 군사를 감추었군."

감군사령장 우문술이 낭패한 얼굴로 중얼거렸다. 처음의 5만 군사에서 1, 2만 가깝게 줄어 있던 고구려 군사는 오늘 그 두 배의 군세를 보이고 있었다. 이날 전투는 양군 모두 성과 없이 끝이 났다.

"적병이 더 늘어난 것 같지 않소?"

"그런 것 같기도 하오."

"대체 언제 숨겨두었던 것인지……. 혹여 여태껏 일부러 패퇴해온 것이라면……."

우문술의 걱정 어린 말을 우중문이 굵은 목소리로 받았다.

"그럴 리 있겠소. 이제까지 우리가 점령한 성과 마을이 한두 개가 아닌 터. 아마 이번에도 밀리면 곧바로 평양성이라는 생각에 병사란 병사는 모조리 끌어모은 게 아닌가 싶소."

"급작스러운 모병치고는 군세가 너무 크오."

"걱정 마시오. 아군은 저들에 비해 열 배 가까운 군세 아니오."

우문술은 할 말이 더 있는 듯 입을 열려고 했으나 우중문이 손을 들어 막았다.

"이제는 오로지 마지막 일격을 가할 때요. 모든 잡념을 버리고 전투에 임합시다."

다음 날. 수의 30만 군사는 해일처럼 밀어닥쳤다. 땅을 뒤흔드는 듯한 징과 북소리가 울리는 가운데 석정이 가장 선봉에 서서 큰 칼을 휘두르며 달려들었다. 고구려 진영에서도 을지문덕이 키운 새로운 장수 검모수를 필두로 수만 명의 군사가 쏟아져 나왔다. 석정과 검모수가 칼을 맞대는 것을 시작으로, 양군은 무서운 기세로 충돌하였다. 이제까지의 후퇴가 무색할 만큼 고구려군 역시 그 사기가 하늘을 찌를 듯했다.

"받아라!"

커다란 고함과 함께 힘차게 말을 달려온 석정은 검모수를 만나 힘 있게 큰 칼을 휘둘렀다. 바람을 가르며 날아든 석정의 칼이 검모수의 몸뚱이를 단칼에 베어버리는 듯싶었다. 그러나 검모수는 어느새 석정의 등 뒤로 다가들어 있었다.

"이얍!"

두꺼운 갑주 사이로 드러난 석정의 뒷목께를 검모수의 날카로운 검이 사정없이 파고들었다. 석정은 칼을 들어 검모수의 검을 쳐냈지만 내심 간담이 서늘했다. 석정은 놀란 가슴을 커다란 웃음으로 달랬다.

"푸하하하! 고구려에도 쥐새끼 한 마리 정도는 있었구나!"

웃음소리가 사라지기도 전에 석정은 말을 돌려 검모수에게로 돌격해 갔다. 그는 아예 한 팔을 들고 있었다. 검모수의 칼을 손목에 감은 토시로 막아내며 결정적인 일검을 가할 작정이었다. 그것이 석정의 비기였다. 그의 토시와 온몸을 주렁주렁 감싼 철갑은 웬만한 도검을 능히 막아낼 수 있었다.

"짐승 같은 놈!"

검모수는 작은 칼을 하나 더 꺼내며 석정을 향해 빠르게 달려들었다. 그는 석정을 스치며 작은 칼로 석정이 탄 말의 눈을 긋는 한편 석정이 들고 있는 칼의 바깥 방향에서 일검을 가했다. 석정은 검모수의 전광석화 같은 동작에 제대로 공격을 가하지 못하고 급히 칼을 들어 검모수의 검과 부딪쳤다.

이히히히—.

갑자기 말이 두 다리를 꿇으며 자빠지자 석정 역시 중심을 잃고 말에서 떨어졌다. 검모수는 순간적인 동작으로 등 뒤에서 창을 빼어 들어 마상에서 석정의 목을 찔렀다.

"으으으윽!"

동맥을 찔린 석정의 목에서 분수처럼 피가 솟구쳤다.

"석정을 죽였다! 검모수 장군이 석정을 죽였다!"

한 고구려 병사의 외침이 병장기 소리로 시끄러운 전장에 울려 퍼졌다. 그 지긋지긋하던 석정이 죽어 넘어진 것이었다. 그제야 병사들은 어째서 전수대장군이 성격도 괴팍하고 남들과 어울리지 않아 도무지 장수 같지 않은 검모수를 그토록 애

지중지했는지 알 수 있었다. 오로지 장수와 장수의 싸움을 위해 정진해온 검모수가 결국 석정을 베어 넘긴 것이었다.

석정이 쓰러지는 것을 본 수군의 사기는 자연 주춤하였다. 곧이어 검모수를 필두로 한 고구려의 사납고 날랜 기병들에 의해, 수군 선봉의 진영이 흐트러지기 시작했다. 이제까지 손쉬운 승리만을 거듭했던 탓일까, 이들은 갑작스레 달려드는 고구려 병사의 모습에 어찌할 바를 몰라하며 물러나기 시작하였다.

"적장을 쏘아라!"

파죽지세로 몰려드는 고구려 기병의 기세에 겁먹은 수군 장수들이 뒤로 물러나며 화살 몇 대만을 쏘아붙였다. 그러나 그 많은 화살 중 어느 하나도 검모수에게 닿지 못하고, 오히려 번개처럼 달려든 검모수의 창에 수군 장수들이 맥없이 쓰러질 뿐이었다.

순식간에 수천에 이르는 수병이 고구려군의 발밑에 짓밟혔다.

"맞서 싸워라! 적은 얼마 되지 않는다!"

그러나 한 번 밀리기 시작한 군세는 좀처럼 역전되지 않았다. 험한 산세를 타고 사방에서 뛰어 내려오는 개마기병에 죽어가는 병사의 숫자만 늘어갈 뿐이었다.

오로지 기병으로 구성된 고구려병에게 인해전술은 통하지

않았다. 후군에서 침중한 얼굴로 그 모습을 바라보던 우중문이 뛰쳐나오며 고함을 쳤다.

"들이치라!"

우중문의 명령을 받고 가세한 중군의 지원에 비로소 정신을 차린 수군이 고구려 진영으로 몰려들기 시작했다. 그러나 몇 개로 나뉘어 험준한 산세의 이점을 살리고 있는 고구려군의 진영은 숫자로 뚫릴 만한 것이 아니었다. 가차 없이 떨어져 내려오는 바위와 화살, 그리고 간간이 뛰쳐나오는 개마기병의 공격에 오히려 더 많은 피해를 입고 수의 군사는 물러갈 수밖에 없었다.

다음 날 다시 전열을 정비한 수군이 고구려 진영의 코앞까지 다가들었으나 고구려군은 나오지 않았다. 몇 개 부대를 접근시키자 어제와 같이 화살만 날아들 뿐, 고구려군은 진영에서 꼼짝도 하지 않았다.

"저들을 끌어내라! 나오지 않으면 두들겨라!"

바닥을 드러내기 시작한 군량에 비로소 두려움을 느끼기 시작한 우중문은 계속해서 군사들을 몰아붙였지만 적병이 산속에서 나오지 않는 데에야 별 도리가 없었다.

"병사를 먹일 군량이 없소."

"이제 적의 후퇴가 계략이었음을 아시겠소? 이제 아군은

고사(枯死)하거나 적을 등 뒤에 두고 회군하는 것밖에는 달리
방법이 없소."

"그게 무슨 소리요! 이제 저들만 무너뜨리면 전쟁의 끝이
보이건만, 나약한 소리는 그만두시오! 이것이 적의 마지막
저항임을 모르시겠소?"

우문술과 우중문의 목소리가 점점 높아만 갔다.

"적들을 끌어내면 될 것 아니오."

"무슨 수로 저들을 끌어내시겠소? 여태껏 저토록 꼼짝 않
고 틀어박혀 있건만. 분명 아군이 돌아가기 전에는 나오지
않을 심산일 것이오."

"그러니 힘으로 쳐부수자는 말이 아니오! 이 거대한 군세를
왜 아껴야만 하오? 내 내일은 반드시 저들을 끌어낼 거요."

이때 한 장수가 회의가 이루어지는 막사로 달려 들어왔다.

"내호아 장군의 전령이 도착했습니다!"

곧바로 장수를 따라 전령이 들었고, 그의 보고를 듣는 장수
들의 얼굴은 점점 흙빛으로 변해갔다. 전령의 보고가 내호아
의 군사가 전멸에 가까운 패배를 당했다는 내용에 이르자,
우문술은 신음과도 같은 소리를 내었다.

"……하여 여태껏 전령이 도착하지 못하였던 것입니다."

마지막으로 그간 연락이 두절되었던 것이 모두 고구려 측
의 계책이었음을 깨달은 우문술이 고함을 질렀다.

"당했어! 우리 모두 저들에게 당한 것이야! 이제껏 패퇴한 것이며, 내호아와 연락이 닿지 않았던 것이며, 보급로가 차단당했던 것 모두 저들의 계책이었어!"

"조용하시오. 그렇다고 해서 아직 달라진 것은 아무것도 없소."

"고구려군의 군사는 두 배도 넘게 늘어나 있소! 여태껏 그 병사들을 대체 무슨 까닭으로 숨겨왔던 것이라 생각하오! 아아, 어쩌면 이 군사마저도 저들의 계책에 지나지 않을지 모르겠소! 게다가 석정의 죽음! 저들은 가장 극적인 순간을 노리며 기다려왔소. 이제는 끝이야. 아아, 황제 폐하를 어찌 뵈올꼬!"

우중문은 대답하지 못했다. 그의 얼굴 역시 처참하게 일그러져 있었다.

이후 사흘간 수군과 고구려군은 마지막 전투를 벌였다. 며칠간 배를 곯아야 했던 수군은 열 배에 이르는 군세에도 불구하고, 마침내 곳곳에서 고구려군에 밀렸다. 그러나 고구려군이 진영 밖으로 나오지 않아, 대치 상태는 그대로 이어졌다.

수군도 이제 함부로 나서지 못한 채 며칠이 더 흘렀다. 이제는 장수들까지 곯아야 할 지경이었다. 도망병은 차치하더라도, 군중에는 아사하는 자까지 생겨나고 있었다.

그러던 어느 날, 우중문의 막사에 서신 한 장이 도착하였다.

神策究天文

妙算窮地理

戰勝功旣高

知足願云止

신기한 전략은 천문을 알았고

기묘한 계책은 지리마저 통달했네

싸움에 이겨 공이 높았으니

만족한 줄 알았거든 이제 그만 돌아감이 어떨꼬

을지문덕의 서신이었다. 이를 받아 본 우중문은 바닥에 털썩 주저앉았다. 이날 저녁 회의에서, 우중문은 철수를 명하였다.

새벽을 틈타 채비를 차린 수군은 전군을 그대로 놓아둔 채 후군부터 몰래 후퇴하기 시작했다. 고구려군이 이를 알아차리지 못한 듯 아무 반응을 보이지 않자, 막사와 기치 등은 놓아둔 채 전군 역시 후퇴하기 시작했다. 수군의 마지막 군사가 물러갈 때까지도, 고구려군은 전혀 움직임이 없었다.

혹시 모를 고구려군의 추격에 대비하여 수군은 사방의 경계가 가능한 방진(方陣)의 대형을 갖춘 채 퇴각하였다. 오랜 전쟁으로 인해 피로와 기아에 시달려 걷는 것조차 힘든 수군이었지만 장수들의 필사적인 독려에 힘입어 7월 하순에는 안주 지방까지 퇴각할 수 있었다. 그때까지도 고구려군은 뒤를 쫓지 않았다. 비록 수군이 퇴각 중이기는 하나, 그렇다고는 하여도 고구려군에 비해 열 배에 이르는 숫자인지라 쉽게 추격하지 않는 것인지도 몰랐다.

그제야 긴장을 푼 수군은 살수를 도하할 준비를 시작하였다.

추격할 때에는 그토록 신나게 넘었던 살수가 물러가는 길에는 무척이나 버겁게만 느껴졌다. 그나마 다행인 것은 가뭄 탓에 살수가 상당히 말라붙어 있다는 점이었다.

"굳이 부교를 놓을 필요도 없을 듯합니다."

살수의 깊이를 측정하고 온 장수의 말에, 우중문은 부교 없이 살수를 도하할 것을 명하였다.

곧 살수에는 수도 셀 수 없는 수나라 군사들이 뛰어들어 도하를 시작하였다. 덥고 건조한 여름 날씨라 물에 뛰어든 병사들은 늑장을 부렸다. 덕분에 살수는 수많은 병사들이 진형을 흩뜨린 채 넓게 들어서서 포화 상태가 되었고, 후군 병사들은 아직 강에 들어서지 못한 채 앞의 병사들을 보채며 자기 차례만 기다리고 있었다. 진형은 계속해서 넓어졌고 병사들은 살수의 흐르는 방향을 따라 길게 늘어선 꼴이 되었다.

이때 어딘가로부터 희미하게 북소리와 꽹과리 소리가 들려왔다.

"추격이다!"

후미의 군사들은 급히 강으로 뛰어들었지만 선두는 움직이지 않았다. 여러 장수들이 병사들을 재촉했지만 소용이 없었다. 먼저 강을 건넜던 우중문이 늑장 부리는 자는 즉결 처형할 것을 군령으로 명하고서야 병사들은 움직이기 시작했다.

한편 그로부터 수십 리 떨어진 살수 상류의 높은 곳에서는 수천 명의 백성과 함께 건중이 수군의 이러한 꼴을 바라보고 있었다.

'전쟁을 끝내는 길은 단 하나, 저들이든 우리든 어느 한쪽이 몰살당하는 것뿐이다.'

을지문덕의 말이 몇 번이고 건중의 뇌리를 울렸다. 건중은 주먹을 꽉 쥐었다. 거대한 적의 중심이 강의 한가운데에 막 진입하고 있는 것이 보였다.

"둑을 터뜨려라!"

동시에 팽팽하게 묶여 있던 밧줄이 잘려 나갔다.

여섯 달 동안이나 넘칠 듯 고여 있던 살수는 둑이 터짐과 동시에 무서운 기세로 휩쓸려 내려가기 시작했다. 우레와 같은 소리를 내며 하류를 향해 급류가 터져 나갔다. 무시무시한 급류에 강폭이 몇 곱절은 늘어났다.

무서운 속도로 불어난 살수는 순식간에 하류까지 닿았다. 마치 해일처럼 닥쳐드는 살수의 물길이 수군의 중심부를 세차게 때렸다. 순식간에 수만에 이르는 수나라 병사가 살수의 깊은 물길 속에서 생을 마쳐야만 했다.

"어서 빠져나오라!"

"물에서 피하라!"

다급하게 내지르는 장수들의 목소리는 급류가 내는 굉음과 병사들의 비명 소리 속에 파묻혀 들리지 않았다. 오히려 그들 역시 불어난 살수 속에 휩쓸려 들어갔다.

짧지만 지옥과도 같은 시간이 흘렀다. 우중문을 비롯한 장수들은 망연자실하여 순식간에 불어난 살수를 바라만 보고 있을 뿐이었다.

그때 북소리와 더불어 수많은 기마의 발굽 소리와 군사들의 함성 소리가 들려왔다.

원풍리, 장흥리, 원흥리 3개 고을에 매복해 있던 고구려군이 눈앞에 살수를 놓아둔 채 망연자실해 있는 수나라 군사를 들이쳤다. 그 어느 때보다 사나운 기세로 달려드는 고구려군에게, 수군은 저항할 엄두조차 내지 못했다. 순식간에 수도 없는 수나라 군사들이 쓰러져 나갔다.

고구려 군사를 피해 불어난 살수에 뛰어드는 수군들 역시 모조리 급류에 휩쓸려 그 생명을 다하였다. 수군에게는 칼에 맞아 죽느냐, 물에 빠져 죽느냐, 두 가지 선택만 남아 있을 뿐이었다.

"적장은 칼을 받으라!"

기병의 선두에서 달려든 검모수의 칼에 병사들이 쓰러졌다. 무예에 능한 몇몇 장수들이 그에 맞섰으나 애초부터 상대가 될 수 없는 그들인 데다 황망 중에 그의 칼을 막아낼 리 없었다. 후군의 지휘관인 대장군 신세웅은 짚단처럼 베이는 장수들을 바라보며 탄식하였다.

"저자를 잡지 않으면 아군은 전멸할 것이다."

"대장군!"

신세웅을 비롯한 몇 명의 장수들이 이를 악물고 검모수를 향해 달려들었다. 하지만 그들은 검모수에게 닿기도 전에, 비처럼 쏟아지는 화살과 바람처럼 달려드는 고구려 기병들의 창에 찔려 온몸을 난자당했다.

조재와 위현 등의 지휘관들도 수없이 날아드는 시석(矢石)에 목숨을 잃었다. 검모수와 고구려군은 마치 악귀처럼 수군을 몰살시켰다.

"이야말로 생지옥이로다."

먼저 도하한 덕분에 강 건너편에서 그 모습을 지켜보고 있던 우중문은 눈물을 흘리며 주저앉았다. 그의 주위에는 우문술을 비롯한 몇몇 장군과 수천의 군사들만 남아 있을 뿐이었다.

"아아! 별동군을 몽땅 잃었구나!"

우중문은 갑자기 칼을 꺼내 자신의 목을 찌르려 했다. 우문술이 급히 우중문의 칼을 빼앗아 내동댕이쳤다.

"장군! 죽더라도 폐하를 배알하고 죽는 게 도리요!"

"어찌 이 꼴로 폐하를 뵙는단 말이오?"

"아직 폐하에게는 수십만의 군사와 군량이 있소. 장군이 예서 목숨을 끊는다면 폐하께 전력의 손실만 끼치는 것이니 어서 가서 폐하를 뵈옵시다."

결국 우중문은 우문술의 간곡한 설득에 못 이겨 말에 올랐다.

진실로 비참한 회군길이었다. 그토록 당당하게 진격해온 30만 정병의 별동대가, 돌아가는 길에는 민초들의 눈에 띌까 두려워 발소리를 죽여야 했다. 요동성의 양광에게 무사히 돌아간 군사는 채 3,000에도 이르지 못하였다.

요동성 옆, 오히려 요동성보다 높이 지어놓은 공격용 토성(土城)에 올라가 있던 양광은 우중문 일행의 초라한 행색을 보자 얼굴이 굳어질 대로 굳어졌다.

"폐하, 죽여주시옵소서. 크흐흐흑!"

우중문이 양광의 발 앞에 몸을 던지며 울음을 터뜨렸다. 양광은 이런 우중문을 한참 내려보다 손을 뻗어 우중문을 일으켰다. 그의 눈은 벌겋게 핏발이 섰지만 애써 태연함을 보였다.

"휴식을 취하라!"

다음 날 양광은 남은 장수를 모아 작전 회의를 열었다.

"다시 별동대를 편성합시다. 요동의 성들은 여전히 봉쇄해 두고 군사를 반으로 나눠 평양으로 진격합시다."

대세는 이렇게 결론이 났지만 별반 자신 없는 얘기들이었다. 양광이 이런 모습을 지켜보다 자리에서 벌떡 일어났다.

"중문은 중군을 맡으라! 문술은 종군을 맡고, 나 양광은 선봉장을 맡는다!"

좌중의 모든 사람이 경악했다. 황제가 선봉을 맡는 병책은 유사 이래 한 번도 있어본 적이 없었다.

"폐하……!"

유사룡이 한 발 앞으로 나섰다. 그러나 양광은 손을 내저었다.

"아무 말 마라! 나는 이미 결심했노라! 고구려 왕의 살을 씹고 을지문덕, 그놈을 잡아 우리에 넣고 키우리라! 중문은 그를 죽이지 않기를 잘하였다. 교활한 놈, 항복 사신이라! 그래, 저승의 사신으로 보내주마."

중문은 한숨을 내쉬었다. 전쟁에 참패한 데다 을지문덕까지 놔준 자신의 죄는 참수를 당하고도 남음이 있었지만, 양광은 일단 죄를 묻어주었다. 중문은 양광이 을지문덕을 자신의 손으로 사로잡아 처참한 복수를 하려는 것이라 생각했다. 그는 양광의 화를 돋우는 것이야말로 자신의 안전을 보장한다는 생각에 앞으로 나섰다.

"그래야 하옵니다. 아주 교활하고 발칙한 놈이옵니다. 그놈은 폐하께 급히 낙양으로 돌아가라는 내용의 서신을 전해달라고도 했사옵니다."

"나더러 급히 낙양으로 돌아가라 했다?"

"그랬사옵니다."

우중문은 품에서 문덕이 남긴 두루마리를 꺼냈다. 질 좋은 종이에 힘찬 글씨로 써내려간 글자가 드러나자 막중의 제장들은 다투어 눈길을 던졌다.

과거 당신을 만났을 때 나는 당신의 인물 됨을 알아보고 그동안 스스로 운명을 바꾸는지 지켜보았는데, 역시 영웅의 모습을 보이며 중원의 제(帝)가 되었으니, 이에 나는 경하해 마지않는 바요. 이제 어떤 오해가 있어 출병했는지 모르지만, 전쟁은 한 획을 접은 것 같소.

백성을 다 잃고 돌아가는 것과 남기고 돌아가는 것은 차이가 있는즉, 오늘을 참고 훗날을 도모하기 바라오.

적을 잡기 전에 집 안의 도둑을 잡는 게 이치인즉, 급히 낙양(洛陽)으로 돌아감이 어떠하시오?

"건방진 놈!"

누군가가 분에 찬 목소리를 내뱉었지만 뜻밖에도 양광은 얼굴을 잔뜩 찌푸렸다.

"글자가 이상하지 않습니까?"

"어! 그렇구려."

유사룡이 손가락으로 짚은 글자에 모두 눈길을 모았다.

"이자가 낙양(洛陽)을 낙양(落陽)으로 쓰지 않았소?"

"무식한 놈!"

누군가 욕지거리를 내뱉었다.

"떨어질 낙자를 쓴 것은 낙양이 떨어진다는 얘긴가! 제 놈들 손에!"

"죽일 놈!"

누군가의 욕설이 이어졌다. 그러나 이어 들려온 소리는 묵직한 신음이었다.

"으음!"

신음의 주인은 양광이었다. 그의 신음 소리에는 어딘지 짙은 불안감이 배어 있었다. 제장은 그것을 이해할 수 없었다. 양광은 두루마리를 보자마자 조금 전과 달리 아주 이상한 모습을 보이는 것이었다. 우문술이 양광의 불안을 떨치기라도 하려는 듯 한층 커다란 목소리로 욕을 뱉어냈다.

"요사한 놈 같으니라구! 이놈은 일부러 우리를 놀리고 있지 아니한가!"

그러나 양광의 표정은 조금도 풀리지 않았다. 그는 찌푸린 얼굴을 펴지 않은 채 유사룡에게 물었다.

"사룡! 한주와 유현은 뭘 하고 있는가?"

"전장에 나온지라, 그들의 소식을 알지는 못하옵니다."

순간 유사룡은 황제가 무엇을 생각하는지 알 수 있었다. 황제는 낙양을 걱정하고 있는 것이었다. 한주와 유현은 고구려와의 전쟁을 극력 반대한 중신들이었다. 황제가 출정을 반대하던 중양의 목을 치기 전, 중양이 눈에 핏발을 곤두세우며 토해냈던 말이 의미심장하게 다가왔다.

'폐하! 300만이나 되는 백성을 이끌고 갔다가 패하고 돌아온다면 낙양은 폐하를 받아들이지 않을 것이옵니다.'

누구보다 권력에 민감한 양광의 신경은 온통 낙양으로 몰렸다. 생각이 여기에 미치자 유사룡은 한 발 앞으로 나섰다. 그의 머릿속에 을지문덕이 우중문의 장막 앞에서 의미 없는 피를 흘릴 필요가 뭐 있느냐고 말하던 게 떠올랐다. 전쟁의 두 영웅은 이제 종말을 바라고 있었다. 한 사람은 승리 앞에서 겸손하고, 또 한 사람은 패배의 늪 속에서 억지를 부리며…….

"신 유사룡, 고하고자 하나이다."

"말하라!"

"출정 전에 목을 친 중양은 낙양에 기반을 갖고 있는 자라 사세에 따라서는 그의 지인들이 불순한 생각을 할 수도 있사옵니다."

양광의 호흡이 빨라졌다. 역시 그것은 자신만의 생각이 아니었던 것이다. 유사룡도 그 점을 염려하고 있는 것이었다.

"게다가 제장이 요동의 군세를 반으로 나누어 다시 평양으로 내려가자 하였으나 이는 결코 좋은 생각이 아닌 듯하옵니다."

"그러……한가?"

"저곳에서 농성하고 있는 요동성의 정예군이 후미에서부터 기습해올 것이라 군사 운영이 심히 어지러울 것인 데다 보급선은 완전히 파괴될 것이옵니다. 뿐만 아니라 군사들의 사기는 땅에 떨어져 있고 우기가 되었으니 천시도 지리도 인화도, 어느 것 하나 맞는 것이 없사옵니다."

황제의 표정이 복잡하게 엇갈렸다.

"신 유사룡은 군사를 물려 낙양으로 돌아가실 것을 강력히 주장하는 바이옵니다."

양광은 역시 유사룡이라 생각했다. 이 사람은 누구보다 자신의 마음을 잘 알았다. 그러나 양광은 벽력같은 고함을 질렀다.

"뭐라고! 군사를 물리라고! 여봐라! 당장 저놈의 목을 쳐라!"

좌중이 파랗게 얼어붙었다. 유사룡이 누구인가? 황제가 가장 가까이 두며 아끼고 또 아끼는 사람이 아니던가. 그런데 지금 황제는 유사룡의 목을 치라 하고 있었다. 모든 장수와 신하들이 누구 할 것 없이 한 걸음 앞으로 나서 무릎을 꿇었다.

"폐하! 유 대신을 용서하소서! 그는 폐하의 충신 중의 충신이옵니다!"

"듣기 싫다!"

모두 마음을 졸였지만 유사룡만은 얼굴이 변하지 않았다. 시위들이 다가가 유사룡의 팔을 잡아끌고 나가려는 순간, 황제가 손을 내저었다.

"이번 한 번은 용서하겠으나 앞으로 다시는 그런 요사스러운 소리를 입 밖에 내지 마라!"

그러나 유사룡은 다시 한 번 같은 말을 반복했다.

"폐하, 신 충심으로 드리는 말씀이옵니다. 고구려군 역시지쳐 있기는 마찬가지이옵니다. 물론 우리가 쳐내려가면 그들의 항복을 받기는 하겠으나 우리 병사들이 너무 지쳐 있나이다. 오로지 병사를 동정하는 하해와 같은 마음으로 부디 회군을 명하여 주옵소서!"

"제장의 생각은 어떠한가?"

모든 대신과 장군은 사실 유사룡이 내심 고마웠다. 원정군의 주력이 모두 무너진 이 마당에 다시 전투를 벌인다는 것은 그야말로 자살 행위였다.

"유 대신의 간언에도 일리가 있사옵니다."

한수였다.

"다른 장수들은?"

"철군이 가한 줄 아뢰옵니다."

그제야 양광은 철군을 허락했다. 그런데 이상하게도 그의 철군 명령은 마치 진격 명령 같았다.

"어서 행장을 수습하라! 기동군을 뽑아 선봉에 세우고 사룡과 문술이 날래게 인솔하여 어서 낙양으로 들라! 나는 중군을 맡고 나머지 제장은 후군을 맡으라!"

막사에서 나온 우문술과 우중문은 유사룡의 소매를 잡아끌었다.

"유 대신, 이건 도대체 어떻게 된 노릇이오? 폐하는 마치 낙양을 평양으로 생각하시는 것 같소. 좀 전까지만 해도 직접 평양 공격의 선봉을 맡겠다고 하시던 분이 이제는 거꾸로 낙양을 향해 쳐들어가는 형국이니."

유사룡은 한숨을 내쉬었다.

"을지문덕이란 자는 참으로 신의 기략을 가졌구려. 그가 떨어질 낙을 쓴 데에는 무서운 뜻이 있었소. 그는 그 한 글자로 폐하의 마음을 평양에서 낙양으로 보내버린 거요."

"무슨 말이오?"

"낙양, 떨어질 낙을 써서 그는 폐하의 마음속에 무서운 의구심을 불피운 것이오."

"무서운 의구심이라니?"

"모반 말이오."

"모반? 그게 대체 무슨 말이오?"

"거의 300만이 동원된 이번 원정에서 참패했다는 소식이 낙양에 그대로 전해지면 사람들이 가만있겠소? 양용도 원정에서 지고 몰락하지 않았소? 폐하가 급히 한주와 유현을 찾았던 것은 고구려 원정에 반대했던 그들이 모반의 우두머리가 되지 않을까 불안을 느꼈기 때문이오."

"을지문덕이란 놈은 가히 사람이라 할 수 없군. 그럼 폐하께서 아까 유 대신의 목을 치라 했던 것은 위장이었소?"

유사룡은 고개를 끄덕였다.

"거참! 그러고 보면 나는 칼밖에 쓰는 게 없군. 그나저나 113만 병력을 이끌고 와서 이렇게 참패하고 그냥 돌아간다는 사실을 나로서는 참으로 받아들이기 힘들구려."

"어쩌겠소? 폐하의 마음이 이미 기울었는데."

"그자는 유 대신보다 오히려 폐하의 머릿속에 더 깊숙이 들어가 있는 것 같소."

그들은 모두 그런 생각들을 하면서 왔던 길을 허둥지둥 되짚어 갔다. 그들 뒤로 나타나기 시작한 고구려군의 공격에 양광은 수레를 버리고 3일 밤 3일 낮 동안 꼬박 말을 달려 도주하였다.

을지문덕으로부터 떨어질 낙의 한 글자를 받은 양광은, 낙양으로 돌아가자마자 수도 없는 무고한 중신과 그들의 혈육들을 모반의 염려가 있다 하여 잡아 죽였다.

어느 날 대취한 그는 밤하늘의 별을 올려다보며 크게 한탄했다.

"을지문덕은 진정 동제의 현신이란 말인가! 내 일찍 그를 죽이지 못한 것도, 그가 나를 죽이지 않은 것도, 동제와 서제가 서로 존중하며 세상을 건건하게 운영함인가!"

수를 완전히 격퇴한 영양왕은 수많은 장수에게 상을 주는 한편 을지문덕에게는 왕녀를 배필로 주고자 하였다. 그러나 을지문덕은 어떤 상도 마다하고 심지어 벼슬마저 내놓은 후 산으로 들어갔다.

건무를 비롯한 장수들이 모두 문덕을 배웅하려 했지만 그는 표표히 말을 달려 북으로 향했다. 살수에 이른 그는 거기서 무릎을 꿇고 전장에서 생명을 잃은 수나라 병사들의 고혼을 위해 3일간 통곡한 후 낭림산(狼林山)으로 들어갔다 한다.

을지문덕을 쫓아 살수까지 갔던 건중은, 거기서 을지문덕이 세상에 남긴 마지막 말을 들었다.

"저들은 반드시 돌아온다. 역사의 허울에 사로잡힌 이들. 저들은 머리 위에 고구려를 놓아둔 채 살아가지 못한다. 언제든 그 허울을 벗어버리고자 다시 돌아올 것이다.

건중, 다음은 네가 해야 할 일이다. 그리고 그다음은 다른 후손이, 또 다른 후손이…… 영원히 지고 나가야만 할 업이다.

남을 침하지도, 그렇다고 당하지도 말아야 한다. 이것이 고구려의 업인 터, 그러기에 살수에서 내가 지어야만 했던 업이야."

문덕은 건중과 함께 수십만 병사의 무덤, 그 스러져가는 역사의 바람 앞에서, 살수 앞에서, 오래도록 서 있었다.

(끝)

살수 2

1판 1쇄 발행 2005년 7월 25일
2판 1쇄 발행 2019년 9월 2일
2판 3쇄 발행 2022년 5월 22일

지은이 김진명
발행인 양원석
편집장 김건희
디자인 오필민 디자인
영업마케팅 조아라, 신예은, 이지원

펴낸 곳 ㈜알에이치코리아
주소 서울시 금천구 가산디지털2로 53, 20층(가산동, 한라시그마밸리)
편집문의 02-6443-8902   **도서문의** 02-6443-8800
홈페이지 http://rhk.co.kr
등록 2004년 1월 15일 제2-3726호

ISBN 978-89-255-6772-3 (04810)
      978-89-255-6776-1 (세트)